Vanessa Cella

Archanges

© 2023. © Vanessa Cella, Éditions Encre de Lune.

Tous droits réservés.

Le Code de la propriété intellectuelle interdit les copies ou reproductions destinées à une utilisation collective. Toute représentation ou reproduction intégrale ou partielle faite par quelques procédés que ce soit, sans le consentement de l'auteur ou de ses ayants droit, est illicite et constitue une contrefaçon, aux termes des articles L.335-2 et suivants du Code de la propriété intellectuelle.

Crédit photo : © adobe. stock

ISBN Numérique : 9 782 494 619 630

Broché : 9 782 494 619 647

Relié : 9 782 494 619 654

Éditions Encre de Lune, 21, rue Gimbert, 35580 Guignen

Courriel : editionsencredelune@gmail.com

Site Internet : www.https://editionsencredelun.wixsite.com/website-1

Cet ouvrage est une fiction. Toute ressemblance avec des personnes ou des institutions existantes ou ayant existé serait totalement fortuite.

Dédicace

Archange : Être céleste. Chef des armées divines. Ils sont douze, dont trois au-dessus des neuf autres.

Mickaël : Le plus puissant des archanges. Son nom signifie « Qui est comme Dieu ». Il maintient Satan vaincu en enfer.

Gabriel : Archange, général des armées. Son nom signifie « Dieu s'est montré fort ». Il est le messager divin par excellence.

Raphaël : Archange, médecin des âmes. Son nom signifie « Dieu guéri ». Il apporte tout spécialement l'aide de Dieu à l'homme.

Prologue

Je flotte dans une lumière aussi chaude que réconfortante. Je ne sais pas ce que je fais là, et encore moins, comment j'y suis arrivée. Mais peu importe, je me sens trop bien pour vouloir me poser autant de questions. Petit à petit, je perçois mon environnement, je ne suis pas seule. J'essaie de me réveiller, mais je ne peux pas, pour cause, je suis déjà consciente. C'est seulement à ce moment-là que je réalise que je n'ai pas de corps, pire, je n'ai aucune consistance… Je ne suis qu'un esprit baignant dans le néant éclairé par une lumière hypnotique.

— Ha ! Vous êtes revenue à vous, sonne une voix directement dans mon cerveau.

— Où suis-je ? tenté-je d'articuler, alors que je n'ai pas de bouche, ni même de cordes vocales.

— Vous ne pouvez pas parler, il vous suffit de penser pour que je vous entende. Et pour répondre à votre question, vous êtes morte. Désolé.

— Morte !! Mais comment ?

— Je préférerais que vous en parliez avec les I.S.

— Les I.S. ?

— Oui, excusez-moi, les instances supérieures, ce sont les dirigeants du… enfin, d'ici.

— Et ici, où est-ce ?

— Vous avez rejoint le monde céleste.

Je ne saurais dire pourquoi, mais je sens que toutes mes questions l'agacent. Soudain, un esprit, d'une extraordinaire puissance, se positionne à côté de moi. Puis un second suivi d'un troisième.

— Comment va-t-elle ?

— Elle a survécu à la transition, mais elle me fatigue avec toutes ses questions.

— Nous prenons le relais.

« Enfin », lâche mon garde-malade avant de disparaître…

— Bonjour, Ange. Pas trop déstabilisée ?

— Je ne comprends rien… Où suis-je et qu'est-ce que je fais ici ?

— Tu as malheureusement eu un accident mortel, tu as fait une très mauvaise chute. Ce n'était pourtant pas ton heure, malgré cela, tu as succombé.

Quelque chose, en moi, se contracte. Peut-être que si j'avais encore eu un corps, j'aurais vomi, mais là, je ne ressens que cet étrange pincement.

— Pourquoi je ne m'en rappelle pas ?

— C'est l'effet secondaire de la transformation.

— Quelle transformation ?

— Lorsque tu es arrivée, tu nous as donné ton accord pour devenir un ange.

Un ange ! Non, mais ils ne vont pas bien ! Je suis pratiquement certaine de ne pas avoir donné mon aval pour devenir un truc en toge avec des ailes ! C'est impossible…

— Donc, avec ton accord, nous avons purifié ton âme. Dorénavant, tu es une AP-1D, félicitations !

— Une, quoi ?

— Tu es une Âme Purifiée ou recyclée, comme aiment vous appeler les démons. Donc, tu es une AP du niveau le plus élevé, le premier.

— Et le D, que signifie-t-il ?

— Divin ! Que veux-tu que ce soit d'autre ?

— D'accord… Et en clair, qu'est-ce que cela veut dire ?

— Tu es un ange terrestre ! Bien que nous ayons eu une drôle de surprise avec toi.

Une surprise !? Comme si tout ce qu'ils venaient déjà de m'apprendre n'en était pas une énorme.

— Oui, tu dois comprendre que nous ne savons pas à l'avance ce que va révéler la transformation, m'explique un autre esprit. La plupart du temps, nous révélons des âmes sans grande puissance qui resteront de simples subordonnés. Parfois, nous avons la chance de trouver un ange gardien ou un protecteur, mais, toi, tu es au-dessus de tout cela. Toi, tu es un maître chasseur…

Eh bien, voilà autre chose ! Chasseur ? Pourquoi cela ne me dit-il rien de bon ?

— En quoi est-ce que cela consiste ?

— Tu es une guerrière ! Tu es aussi bien capable de ressentir, de chasser que de renvoyer en enfer les démons qui arpentent le monde réel. Chaque fois qu'un démon sortira du royaume des damnés, nous te téléporterons près du portail qu'il a emprunté pour que tu le renvoies en enfer.

Si j'avais des yeux, je pense qu'ils seraient énormes et ils montreraient combien ce qu'ils me disent m'effraie. Je ne me vois pas courir après des démons pour les renvoyer dans les limbes ! Je ne sais même pas à quoi ça ressemble, un démon !!

— Qu'est-ce que j'étais avant de mourir ? Exorciste ?

— Bien sûr que non ! Vous étiez une mère ainsi qu'une épouse aimante et aimée. Il vous arrivait souvent d'apporter votre aide à la paroisse.

— Comment m'appelais-je ?

— Pour faciliter la transition, ton nom d'avant a été effacé en même temps que ta mémoire, afin de ne pas prendre le risque que tu te mettes en tête de retrouver ta famille. Aujourd'hui…

— Ma famille ! le coupé-je. Je les ai perdus, je ne les rejoindrais jamais ?

— Tu as demandé à travailler pour nous jusqu'à ce que tes proches te rejoignent ici.

— D'accord. Et comment est-ce que je m'appelle ?

— Ton maître est Mickaël, d'ailleurs son sceau est déjà sur ton épaule, donc ton nom est Ange Mickaëls.

Je n'ai pas d'épaules, crétin ! ai-je envie de hurler.

— Dans les prochains jours, tu suivras une formation puis tu partiras pour ta première mission.

Première Partie

Vivre selon cinq règles ! Ou pas…

Chapitre 1

<u>Ange</u>

— Ange, réveille-toi, tu as une mission !

Ma conscience est sortie de sa léthargie par la voix de mon maître.

— Un ou plusieurs êtres démoniaques font un carnage, m'explique-t-il pendant que le reste de brume se dissipe dans mon esprit.

— Où ?

— Toujours la même ville, soupire-t-il. D'ailleurs, j'aimerais que tu découvres ce qui les attire là-bas.

— J'essaierais, mais chaque fois c'est plus difficile de les trouver. À croire qu'ils sont aidés…

Je sens un malaise grandir au fond de moi. Depuis quelque temps, je vois des choses que mon maître ne semble pas savoir et que les I.S. ignorent.

Délibérément ?

C'est la question que je ne cesse de me poser. Ma mission n'est pas aussi simple qu'ils aiment le croire ou voudraient nous en convaincre. Lorsque je veux comprendre pourquoi ils ne font rien pour les souffrances de l'humanité, ils me rappellent que j'ai ma mission et mes règles pendant qu'eux ont leurs missions et leurs règles. Je ne sais pas pour les leurs, mais dire que les miennes sont strictes serait un euphémisme. Et puis, en fin de compte, elles se résument souvent par la même chose « Je dois obéir sans poser de questions ». Par malchance, pour eux, je n'en suis pas capable, même en essayant de tout mon cœur c'est impossible. Je ne suis pas rebelle de nature, enfin je ne crois pas, je voudrais juste qu'ils m'expliquent pourquoi je dois faire certaines choses. Après tout, ils sont bien placés pour le savoir, chaque acte a des conséquences sur mon âme et lorsque le bâton se retourne, c'est moi qui reçois les coups, pendant qu'eux sont en sécurité dans les cieux. Si je fais une erreur, c'est ma conscience qui va en souffrir, pas la leur…

Alors, je remplis mes missions, j'obéis tout en gardant mon esprit bien ouvert et je continue de me poser des tonnes de questions. Et en attendant de trouver toutes les réponses, j'entretiens l'illusion que je respecte toujours leurs règles à la lettre.

Tiens, justement, voilà un I.S.

Leurs façons de surgir sans s'annoncer m'agacent prodigieusement. Je sais qu'ils ne sont pas humains et surtout qu'ils ne l'ont jamais été, ce qui explique sans doute leur manque de politesse. Ils sont les intendants du paradis, le Seigneur les a créés pour qu'ils fassent fonctionner le monde céleste, mais ils n'ont aucun pouvoir en dehors d'ici. Normalement, je n'ai des comptes à rendre qu'à mon maître.

— Opérationnelle ? demande le nouveau venu, sans préambule.

— Oui, lui répond Mickaël. Je te recontacte si j'ai plus d'information, me dit-il avant de glisser vers d'autres cieux.

— Bien, claque la voix de l'I.S., puisque tu es prête, je te rappelle les règles et tu pourras réintégrer ton corps.

Je les connais, tes règles ! soupiré-je intérieurement.

— Première règle, récite-t-il froidement. **Tu dois passer inaperçue.**

Pff, je comprends, mais qui a eu l'idée de me donner un physique à la « Xena la guerrière » ! (Eh bien oui, je regarde la télé…)

Mon corps charnel mesure un mètre quatre-vingt-cinq, il est athlétique avec une poitrine généreuse. Ce qui est, je l'avoue, très pratique pour avoir des informations auprès des hommes, mais beaucoup moins quand je dois courir ou me battre. Je suis châtain foncé, pratiquement brune, avec des cheveux épais qui m'arrivent au-dessous des fesses. Et comme si le reste n'était déjà pas assez visible, j'ai les yeux des anges. Ils sont bleus, où perce la lumière divine. Bref pour « l'inaperçu », on repassera…

— Deuxième règle, poursuit-il sans chercher à savoir si je l'écoute. **Tu ne dois pas blesser ou tuer d'humains, mais les protéger au péril de ta vie, si nécessaire.**

En fait, cette règle résume pratiquement ma mission sur Terre. Cependant, je doute que les I.S. sachent que les Hommes ont des armes. Sans oublier qu'ils ne veulent pas que nous les protégions ! Ils sont persuadés d'y arriver tout seuls, même si c'est faux, puisque sans nous ils seraient déjà au fond de l'estomac d'un démon. La vérité ? S'ils connaissaient notre existence, ils nous traqueraient pour nous détruire.

— Troisième règle. **C'est dans la solitude et la méditation que ton âme peut cohabiter avec ton corps.**

Selon eux, c'est la meilleure méthode pour garder nos pouvoirs sous contrôle. Car si nous perdons l'emprise que nous avons sur lui, nous perdons la vie ! Il faut comprendre que puisque nous n'avons plus de liens avec l'humanité, nos âmes aspirent à passer au stade suivant plutôt que d'habiter des corps qu'elles ne reconnaissent pas du tout comme les leurs. Si, par mégarde, nous laissons nos âmes quitter nos enveloppes charnelles, toute notre puissance va se libérer en une seule fois, cela serait un peu comme si une de vos bombes atomiques explosait. Les morts se compteraient par milliers...

Les I.S. ne veulent pas admettre qu'il est plus facile de garder le contrôle lorsque nous sommes parmi les Hommes, plutôt que quand nous restons à l'écart. Moi, j'aime le monde, la musique et les humains. Mais par-dessus tout, j'adore les regarder vivre et ressentir tous ces sentiments qui me sont étrangers.

— Quatrième règle : **Tous les démons, sans exception, doivent être éliminés !**

Là, rien à redire. Même le plus inoffensif mange cinq kilos de chair humaine par jour donc oui, je la comprends très bien cette règle, cependant, eux, ils ne veulent pas être supprimés ! Ils se défendent.

— Cinquième règle : **Un AP-1D, n'a besoin d'aucune aide extérieure pour réussir sa mission, tu dois travailler seule.**

Mais bien sûr ! Nous, nous devons être seuls, alors que certains démons vivent en clan. J'aimerais que l'on me dise comment je suis censée faire pour en sortir « vivante », lorsque je suis seule contre des dizaines ? Pas besoin de préciser que je finis souvent en stase. Ce n'est pas drôle d'être dans une semi-conscience pendant des heures voire des jours à attendre que mon corps guérisse.

— Voilà, j'ai fini. N'oublie pas qu'elle est ta mission ni ces cinq règles et que Dieu te garde.

Il est déjà parti…

Pour eux, je ne suis qu'un outil. Heureusement, Mickaël est un maître gentil, pour un archange. Il est même chaleureux, d'une certaine façon. Je détesterais devoir travailler pour Gabriel, il est complètement inhumain.

Chapitre 2

<u>Ange</u>

C'est la quatrième fois de suite que je finis ma traque nocturne en planquant dans cette ruelle sordide. Elle empeste le poisson pourri et le vomi, c'est irrespirable ! Sans pouvoir l'expliquer, je suis de plus en plus convaincue qu'il n'y a rien dans l'immense entrepôt abandonné que je surveille, à part, bien sûr, de l'air, probablement aussi nauséabond qu'ici, et du vide !

Pourtant, je suis de nouveau plantée là…

Je continue à venir, car, camouflée sous les immondes odeurs de ce quartier dépotoir, j'ai détecté, à plusieurs blocs d'ici, les relents d'un démon. La trace olfactive n'était pas très soutenue, mais j'ai réussi à la suivre jusqu'à ce bâtiment. Je pense que c'est un leurre, cela dit, j'ai trop cruellement besoin d'information pour ne pas tenter ma chance.

Tant que l'autre accro au sang continuera de faire un carnage dans cette ville, alors que je suis incapable de le débusquer, je me dois de tout faire pour le trouver. Même obliger une autre abomination à me renseigner, de gré ou de force, peu m'importe. Je ne m'attends pas à ce qu'il soit coopératif, mais j'ai assez d'expérience pour savoir que lorsque je leur ai déjà fait brûler un bras, leurs langues se délient plus facilement. Arrivés à ce point-là, ils sont prêts à promettre n'importe quoi pour garder l'autre entier. C'est marrant comme ils peuvent se transformer en moulin à paroles dans ces moments-là… Enfin, pas toujours, mais je sais me montrer convaincante avec les muets.

Super, voilà qu'en plus, maintenant, il pleut. Heureusement que je ne ressens pas le froid.

Pff. Cette mission est la pire que j'aie eue à mener, quoique… pas sûre.

Je ne suis pas restée assise sur mon cul depuis que je suis arrivée. J'ai quand même réussi à récolter de nombreux indices, malheureusement, ils sont contradictoires. Je me cale contre le mur avec l'intention de profiter de cette interminable attente pour faire le point sur ma situation. Il faut que je trouve ce que j'ai raté. Ces derniers jours, j'ai parcouru cette ville de long en large, pourtant j'arrive toujours après le massacre. Les images des charniers que j'ai découverts défilent dans mon esprit ainsi que les traces que j'ai trouvées…

Je suis ramenée au présent par une lumière qui vient de s'allumer au rez-de-chaussée de l'entrepôt. Bien sûr, elle me nargue à l'opposé de l'issue de secours que j'ai repérée. Je regarde ma montre, plus par habitude que par nécessité, car, à force de courir après des « monstres nocturnes », je connais le cycle lunaire par cœur. Il ne reste que deux heures avant le lever du jour.

C'est le moment parfait pour agir.

Le jour qui approche le rend plus vulnérable. Si la bête est rentrée se nourrir avant de comater toute la journée, c'est qu'il a sa réserve de nourriture ici et qu'il n'a pas encore eu le temps de s'alimenter. Sinon, c'est qu'il a dû abandonner son garde-manger pour retrouver son nid, ce qui a probablement écourté son festin. Quoi qu'il en soit, sa faim doit être difficilement tolérable, elle a même dû atteindre un niveau de douleur ingérable.

Sans faire de bruit, je cours en direction d'une porte que j'ai trouvée barricadée lors de ma première nuit de surveillance. Ne voulant pas laisser mon odeur près de l'ouverture qu'utilise le démon, je l'ai dégagée et réparée. Grâce à la graisse que j'ai mise sur les charnières, elle s'ouvre silencieusement. Je pénètre dans une vaste pièce, tout en longueur, qui devait servir de vestiaire à l'époque où l'usine était encore utilisée. D'ailleurs, elle est encore partiellement équipée de sanitaires détériorés.

Beurk !! Dans une autre vie, ils ont dû être blancs.

Une mosaïque de casiers de taille identique, aux couleurs fantaisistes, recouvre du sol au plafond le mur sur ma droite. Ils devaient fermer avec des cadenas, ou quelque chose du même genre, mais dorénavant ils ne ressemblent plus à rien. Ils ont été entièrement vandalisés et tagués de vulgarités. Un rouleau d'essuie-mains est encore accroché au mur au-dessus des reliques d'un lavabo. J'arrache les premiers carreaux de papier, couvert de poussière, les jette dans ce qui reste d'une poubelle avant de me servir des suivants pour essuyer ma tête dégoulinante de pluie. Il est difficile de faire peur en ressemblant à un chaton qu'on vient d'essayer de noyer et c'est encore plus compliqué de se battre avec de l'eau qui coule dans les yeux.

Maintenant que ce problème est réglé, je me dirige vers une porte portant une pancarte « Atelier ». Pour ne pas risquer de laisser mon odeur et faire fuir le locataire de ce lieu, je ne suis pas rentrée et, du fait, je ne connais pas du tout cet endroit. En m'approchant de l'huisserie, je vois qu'elle a été arrachée du mur, cela m'arrange, au moins elle ne risque pas de grincer en s'ouvrant. Je me déplace en faisant très attention où je mets les pieds afin d'éviter de faire du bruit en m'enjambant dans tout le bric-à-brac qui recouvre le sol. Précautionneusement, je franchis les restes de la porte, j'arrive dans une immense salle encombrée de pièces métalliques. C'est un vrai dédale, heureusement pour moi, mon don est livré avec un GPS et un sonar. Je n'ai qu'à suivre mon instinct, il va me conduire jusqu'au démon qui, si je perçois bien les lieux autour de moi, se trouve derrière une grande porte épaisse à l'autre bout du bâtiment.

J'ai parcouru moins de la moitié de la distance qui me sépare de cette porte, lorsque je prends conscience d'une chose vraiment étrange. Il n'y a pas de cris ou de gémissements de douleur, et, plus que tout, je ne perçois pas d'odeur de cadavre en décomposition ni de viande avariée. J'ai beau me concentrer pour analyser l'air qui m'entoure, je ne sens rien, pas même les relents nauséabonds d'œuf pourri spécifiques au soufre. Pourtant, il y a un démon dans ce bâtiment, je le ressens dans chaque atome de mon corps !

Est-ce un piège ?

L'averse a dû s'arrêter, car, soudain, quelques rayons de lune essaient lamentablement de se frayer un passage à travers les vitres crasseuses, mais ce n'est pas suffisant pour voir quoi que ce soit.

— Punaise… murmuré-je.

Je vais devoir me servir de mon pouvoir. Je suis très douée pour le dissimuler, en fait je suis la meilleure, cela dit, le risque que le monstre le sente et m'attaque est quand même existant. Je ralentis les battements de mon cœur pour faire venir une infime parcelle d'énergie dans mes yeux, ainsi j'ai une vision nocturne parfaite.

— Ho zut !

Houston, nous avons un problème…

Il s'est installé sur un nœud d'énergie. Mais pourquoi ? Les démons ne peuvent pas puiser dedans, tout cela n'est vraiment pas logique !

Je recule doucement jusqu'à un étai métallique, aussi large qu'une colonne, afin de m'y adosser pour garder mon dos à l'abri d'une attaque tout en pouvant surveiller le reste de l'atelier d'un seul regard.

Enfin, c'est une façon de parler, il est immense.

J'ai beau feuilleter mentalement mon recueil de démonologie, je ne trouve aucun démon qui réponde à tous ces critères. Ils sont puants, ils gardent toujours une réserve de viande vivante sous la main.

Je déteste devoir les débusquer de leurs nids !

J'ai beau m'attendre à l'horreur que je vais y découvrir, chaque fois cela me fait un choc, ils sont répugnants. Ils vivent dans une porcherie de restes humains, quand ce n'est pas directement sur le lieu de leur massacre. Ils ne savent pas se cacher et ne sauraient pas reconnaître un nœud d'énergie même s'il était phosphorescent. Donc, encore bien moins s'en servir. Pourtant, je sens qu'une connexion est établie entre la chose qui vit ici et le nœud. Si j'en crois la puissance du lien, cela doit faire plusieurs semaines qu'il est branché sur cette source. Ce qui voudrait dire qu'il est ici depuis longtemps. Cela non plus, ce n'est pas habituel ! Aucun démon ne s'installe plusieurs semaines au même endroit. Ils se déplacent en fonction de leurs réserves de nourriture. La seule fois où j'ai vu un clan rester plusieurs jours dans la même cave, c'était lors d'une catastrophe naturelle. Les démons y sont restés cinq jours pendant lesquels ils ont dévoré tous les survivants.

Mon cerveau fonctionne à plein régime, une autre possibilité serait-elle envisageable ? Non, je n'en vois pas, c'est un démon ! Tout mon être me le crie.

À moins que ce ne soit un renégat...

Non, cela aussi est impossible, ils sont pires que les démons. Ils sont encore plus monstrueux, car, la plupart du temps, ils se sont mutilés pour effacer les marques de l'esprit immonde qu'ils devaient servir. Les démons n'ont rien d'humain, ils font deux mètres cinquante de haut et ressemblent à .... Rien de connu, en fait, ce qui s'y rapproche le plus, ce sont les gargouilles sur les églises. Leur langage n'est pas perceptible par les humains, pas plus que par moi, d'ailleurs. Quant à leurs mœurs... ce sont des démons, des êtres abjects, condamnés au tourment éternel en enfer. C'est presque logique qu'ils soient bestiaux, inhumains et certains sont même pervers. Quand ils abandonnent les règles de l'enfer, ils deviennent des renégats. Là, c'est bien pire puisque plus rien ne les empêche de s'adonner à leurs plus horribles instincts. L'enfer dispose de traqueurs qui sont chargés de les retrouver afin de les faire disparaître... enfin, c'est ce qu'il paraît, parce que les I.S. nous en parlent souvent, mais, moi, je n'en ai jamais croisé.

Bon, c'est inutile de perdre du temps ici, je ne trouverais pas plus d'informations dans ma tête. Il ne me reste plus qu'à passer cette porte et rencontrer mon ennemie. Quel qu'il soit...

Je me remets en route, la fin du trajet est laborieuse. Je suis obligée de franchir beaucoup d'obstacles comme des essieux, ainsi que de longues barres d'acier, des longerons, je dirais, qui sont empilés sur mon chemin. Je dois être dans un ancien atelier de fabrique de châssis de véhicule. Voilà encore une incohérence, puisque les démons détestent le métal, son contact les brûle comme du feu.

À quelques mètres de mon but, la situation empire encore. Il y a tellement de choses entassées que je suis obligée d'escalader des monticules de je ne sais quoi pour atteindre cette maudite porte !

— Génial, en plus ce truc doit pouvoir voler ! grommelé-je.

J'ai enfin atteint la porte tant convoitée. J'appelle à moi toute l'énergie que je peux emmagasiner afin de nourrir mon pouvoir, tout en le gardant caché pour le laisser éclater réellement au moment propice. Je le sens ramper sous ma peau en prévision de la bataille qui va avoir lieu dans quelques minutes. Mon corps bouillonne entièrement de la puissance destructrice que je retiens. La luminescence de mes yeux irradie au point d'illuminer en bleu la totalité de l'entrepôt. Dorénavant, je suis chargée à bloc, mais, pour éviter qu'il me sente trop vite, je fais disparaître les signes visibles de mon pouvoir.

J'attrape doucement la poignée avant d'ouvrir délicatement la porte pour qu'il ne puisse pas m'entendre. Une odeur de peinture fraîche et de neuf remplit aussitôt mes narines.

Cette histoire est de plus en plus incompréhensible !

En face de moi se trouve une petite alcôve aménagée en cuisine. Sur le plan de travail, s'entassent, pas loin de dix boîtes de pizza et, si j'en crois les arômes qui flottent dans la pièce, la dernière doit encore être chaude.

Les bizarreries continuent !

Je n'ai jamais vu, ou même entendu parler, d'un démon amateur de nourriture autre que de la chair humaine. Or tout laisse penser que celui-ci se nourrit de pizza. Et pas n'importe lesquelles, je reconnais aisément les boîtes, j'en commande souvent, ce sont les meilleurs de la ville.

Je sens toujours le démon, mais c'est devenu plus compliqué de le localiser clairement, car tout l'appartement porte son odeur.

J'ai dû atterrir dans son antre...

Après quelques minutes à renifler l'air, je le repère ! Il est à gauche, je me déplace sur la pointe des pieds et rentre dans un salon, peu meublé, mais joli. Dans le coin opposé à la porte, il y a un grand canapé que je distingue à peine dans la pénombre. Je puise de nouveau un peu dans mon pouvoir pour le concentrer dans mes yeux. J'ai besoin que d'une miette de mon énergie pour les faire éclairer afin de m'en servir comme lampe torche.

Ce qui est bien, quand tu es une AP-1D, c'est que tu es livrée avec toutes les options !

Soudain, le faisceau lumineux surréaliste éclaire le canapé et, là, ma surprise est totale !!

Un corps de forme humanoïde y est allongé à plat ventre. L'homme est seulement habillé d'un boxer noir qui moule comme une deuxième peau des fesses bien fermes. Sa peau est bronzée et, d'où je suis, je ne remarque aucune cicatrice identifiable. Il est très grand, sûrement plus de deux mètres, car ses pieds dépassent du convertible trois places, son dos et ses jambes sont magnifiquement musclés, ses épaules ont l'air très larges, malheureusement son visage est caché par un coussin. Je ne vois que des cheveux noirs, un front couvert de longues mèches ainsi qu'un œil pourvu de cils très sombres et fournis, fermés pour le moment. Aucune erreur possible, il est mon démon. Pourtant ce que j'ai sous les yeux est une aberration.

Mais mon Dieu ! Il est tellement beau…

À sa respiration, je sais qu'il est réveillé. Il doit probablement attendre que j'ouvre les hostilités pour s'en prendre à moi.

Ah, oui ! C'est évidemment ce que je suis censée faire, mais qui pourrait détruire un tel chef-d'œuvre ?

Je sens mon pouvoir crépiter sous ma peau, il est impatient de faire sa sale besogne, pourtant je le retiens encore…

Je ne peux pas faire cela !

Je ne sais pas trop ce qui me retient, je sais juste que je n'arrive pas à m'y résoudre ! Et si je commençais par l'obliger à répondre aux questions qui trottent dans ma tête depuis le début de cette mission, puis… Eh bien… Je devrais le tuer, enfin j'aviserais à ce moment-là.

Mon Dieu, pourquoi ma tête est-elle si vide ? Et qu'est-ce que c'est que cette sensation étrange ainsi que cette sorte de crispation dans mon ventre ? J'ai pourtant mangé avant de venir. Cela doit être l'odeur de la pizza qui me donne faim. Bref ! Je m'avance d'un pas dans la pièce, et je vois les muscles de son large dos se crisper en même temps que sa respiration se fige. Il pense que je vais libérer la lumière divine pour le brûler mortellement.

Eh non, pas tout de suite, mon beau… Que tu l'acceptes, ou non, tu vas m'aider en me disa…

Sainte mère de Dieu !! Qu'est-ce que c'est que cela ?

Je crois que je viens de me transformer en statue ! Ma bouche est légèrement ouverte.

Pourvu que je ne bave pas alors qu'il me regarde.

Mes yeux doivent être plus grands que des soucoupes !! Si seulement j'arrivais à les décoller des siens.

J'ai devant moi le plus étrange des spectacles !! Il a ouvert les yeux et…. Eh bien… Ses iris ne sont pas rouge sang, irradiant le feu infernal des démons de haut rang. Ni de l'orange lumineux des démons subalternes et encore moins entièrement noirs avec des braises rouges, comme les yeux des renégats. Non, les siens sont ambre clair et aussi luminescents que les miens, mais la lumière qu'ils diffusent est jaune et non pas bleue… Qu'est-ce que c'est ou plutôt qui est… cet… Homme ? Je ne comprends plus rien…

Chapitre 3

_D._

Putain de merde ! Je suis mort.

Ça fait quatre jours que je sens cette saloperie de chasseur, pourtant j'ai été incapable de situer ce connard de fantôme. C'est vraiment le meilleur que j'aie jamais eu de collé au cul, pire qu'un morpion sur une hémorroïde ! Là, je sens qu'il arrive, il approche un peu plus chaque seconde, alors que, moi, je ne peux pas fuir… Je n'ai pas la force de me barrer par l'issue que je me suis aménagée pour ce style d'urgence. Bordel ! Je n'aurais pas dû suivre l'autre monstruosité toute la nuit à travers la ville ! Pour que dalle, en plus, il est introuvable. Je ne dégote que des cadavres, beaucoup de cadavres, qu'il sème sur son passage. Et en plus, comme un con, après la douche je me suis endormi sans me nourrir, du coup, je suis hors-jeu…

Clic, clac.

Et voilà, ça y est, la porte d'entrée vient de s'ouvrir ! Cette fois, c'est fini. Après avoir passé des années à défier le danger, je vais crever en boxer, allongé sur ce putain de canapé, c'en est presque risible !!

Pourquoi ne me dégomme-t-il pas ? Il att…

En rentrant dans la pièce, il a créé un déplacement d'air qui apporte les effluves corporels de l'indésirable et… non, mais je rêve, cette putain de sangsue n'est pas un chasseur, mais une chasseuse !

Ouais, je m'en bats les couilles, moi, que ce soit une femelle, mais actuellement, celles qui restent, sont beaucoup plus puissantes que les chasseurs.

L'odeur de biscuit chaud qui me chatouille le nez, me confirme que c'est bien une saloperie d'âme recyclée, cependant le reste est plus fleurie, indéniablement féminine. Par contre, si je me fie à l'arôme qu'elle dégage, ce qu'elle mate lui plaît énormément à la coquine. Intéressant… Est-ce que je pourrais en faire un avantage ? Non, je ne pense pas.

Elle fait un petit pas, j'ouvre vite les yeux pour la voir, après tout ça fait bien cinq minutes qu'elle reluque mon cul en fantasmant, et il n'est pas question que je clamse les yeux fermés.

Waouh !!! Putain, ce n'est vraiment pas le bon moment pour que ma queue se réveille, mais, merde, ils ont pensé à quoi quand ils l'ont créé ?

Connerie d'hormones, je mérite mille fois ce qui va m'arriver.

Je devrais être inquiet, vu que ses yeux éclairent la pièce comme en plein jour, ce qui me prouve qu'elle est à pleine puissance. Pourtant, je n'arrive pas à ressentir son pouvoir… non, j'ai beau essayer, rien du tout. C'est complètement dingue, ça ! Mis à part ses yeux, qui sont en mode guerrière, je pourrais facilement la prendre pour une humaine. Et pourtant, ce qui est incompréhensible, je ne stresse pas. Bien au contraire même, je suis… je ne sais pas trop, ce que je ressens est confus, c'est probablement à cause de l'excitation, j'ai sûrement trop de sang au sud et plus assez au nord.

Elle est... Je n'ai pas de mots, enfin si, puisque je suis très à l'étroit dans mon boxer ! Elle est grande, un mètre quatre-vingts, peut-être, même plus. Son falzar est tellement serré, que je peux voir que ses jambes sont sublimement musclées, et d'une longueur à s'en damner.

Ouais, c'est clair que, moi, je ne risque plus rien à fantasmer dessus ! ricané-je intérieurement.

Elles sont moulées dans un putain de cuir noir avec des bottes de motard lui arrivant sous les genoux. Son tee-shirt trop court découvre une partie de ses abdos légèrement marqués, mais pas trop. Mes yeux sont attirés vers sa magnifique poitrine, qui, bien que volumineuse, semble ferme et j'adorerais...

Houla ! Il faut que j'arrête de penser avec ma bite !

Elle est venue au mieux pour me tuer, au pire pour me torturer avant de finir par me tuer !! Pourtant, je n'arrive pas à détourner les yeux d'elle ! Elle doit avoir des cheveux vraiment très longs pour que le pinceau de sa tresse arrive à sa hanche. Putain de merde ! Il faut vraiment que j'arrête de l'imaginer nue sur cette banquette, les cheveux défaits et...

STOP ! Fais chier, respire...

Je regarde son visage pour la première fois et... Il est parfait, pas forcément beau (c'est une guerrière, pas un mannequin non plus !) elle a une jolie bouche charnue, un petit nez droit bien qu'un peu large, et des yeux... Je sais que ce sont des armes créées pour me tuer, cela dit, ça n'enlève rien de leur beauté. Ils sont immenses, en amande et ils ont l'air très étonné ! Merde, je mérite de cramer pour fantasmer sur elle au lieu de la combattre pour ma survie, pourtant, je n'y peux rien, je crois que je suis vraiment fasciné. Voire même... avec une pincée de quelque chose que je ne reconnais pas.

Ce n'est pas le moment pour une analyse, abruti !!

Elle me dévisage toujours avec un étonnement non feint, sa bouche est légèrement ouverte et je m'imagine déjà...

STOP !! ...

En la regardant avec mes yeux, et non avec une autre partie de mon anatomie devenue douloureuse, je m'aperçois qu'il y a comme une question dans son expression. D'accord, si je comprends bien, c'est à moi de rompre notre contemplation mutuelle.

— Tu es venu mater mon cul ou me buter ?

— Qu'est-ce que tu es ?

Je me retiens pour ne pas exploser de rire, putain, je suis scié ! Quel drôle de question !

— C'est toi la chasseuse, à toi de me le dire.

— Tu as forme humaine, même ton odeur ressemble à la leur.

— Tiens, on s'en approche. Presque humain, alors le reste est constitué de quoi ?

— Légèrement, très légèrement de soufre. Et... NON ! C'est impossible.

— Allez, courage, va au bout de ton raisonnement.

— Tu sous-entends que je manque de courage, là ?

Putain ! Elle peut dompter son pouvoir, c'est pour ça que je ne pouvais pas la trouver ! Elle le fait courir sur sa peau sans me le jeter dessus. Elle éclaire de partout comme une sorte de luciole magique. C'est aussi fascinant que flippant ! Pour la calmer, je lui réponds :

— Non, je n'ai pas dit ça. C'était juste une foutue façon de parler.

Je vois l'éclairage divin se retirer doucement de sur sa peau pour réintégrer ses yeux, c'est incroyable !! Personne ne peut faire ça…

Oh, merde ! Je viens de comprendre.

— Putain, tu es Ange Mickaëls !!!?? La légendaire maître chasseuse.

D'un bond, je m'assois en le disant. J'ai du mal à croire à ma propre déduction… Mais si j'ai raison, je n'ai aucune chance de m'en sortir. Selon ce qui se raconte, elle n'échoue jamais. Je croyais qu'elle était une légende urbaine pour terroriser les démons.

Elle a braqué son regard surréaliste sur mon épaule gauche.

Fais chier !!

Je n'aurais pas dû bouger, maintenant qu'elle a vu ma marque, elle sait qui je suis, d'ailleurs elle blêmit légèrement et sa peau crépite en même temps que son pouvoir augmente de nouveau.

Merde, game over pour moi

Son pouvoir est immense, il rampe sur elle, électrisant ses cheveux. Il y a même des éclairs bleus qui jaillissent dans l'écartement de ses doigts. Je ne savais pas que les chasseurs pouvaient faire ça. Comme un con, je reste là à attendre l'éclair divin qui va me détruire. Mais au fond, pourquoi lutter ? Je suis puissant, mais, là, elle a tous les avantages... et je dois avouer qu'aussi étrange que ce soit, je n'ai pas envie de me battre contre elle.

— Toi aussi, tu es une légende ! Daemon Liths !! Mais ils m'avaient dit que tu n'existais pas.

— Ouais, pareil pour toi ! Mais comme tu vois, j'existe. Tu sais, ils mentent aussi.

Je sens qu'elle engrange encore de l'énergie, ses yeux brillent comme des lasers, ce n'est vraiment pas bon pour moi. On a des missions à mener à bien, je doute que nous détruire l'un l'autre nous aide à progresser. Putain, il faut vraiment que j'essaie de la calmer, peut-être que je peux essayer de la raisonner.

— Tu es ici pour m'anéantir ou pour stopper la saloperie qui fait des charniers aux quatre coins de la ville ?

— L'un n'empêche pas l'autre. J'ai pour mission de me débarrasser de TOUS les démons qui passent dans cette dimension. Et c'est ton cas, puisque tu es là.

— Je ne suis pas un démon à la con, moi, je suis un chasseur, tout comme toi.

— Tu veux que je te rappelle ce que veulent dire Liths ainsi que la marque sur ton épaule ?

— Non, c'est bon ! Putain de bordel de merde, je n'ai pas choisi d'appartenir à Lilith[1], pas plus que toi à Mickaël, m'emporté-je.

---

[1] Succube. Première femme d'Adam. Princesse des démons

Ses yeux sont braqués sur moi, si je bouge je suis mort... Elle a l'air en pleine réflexion, j'ai l'impression d'entendre les rouages de son cerveau grincer sous l'effort. Elle est réticente à croire que je suis vraiment un chasseur, même si ma réputation me précède. Elle finit par s'avancer vers moi, on dirait un félin... Son corps bouge avec grâce et sa tresse se balance sur ses fesses, que je n'ai pas encore pu voir.

Elle ne pourrait pas se retourner un peu. STOP putain !!

— Je pourrais te croire si tes yeux avaient une autre couleur, lâche-t-elle.

Pff, je n'avais pas pensé à ce détail...

— Ah, ouais, ça ! Ben, ils sont devenus ainsi après une blessure. Tu connais mon nom, donc tu sais ce que je suis.

— Je ne vais pas me fier à des ragots ou à une pseudo-légende.

— Pseudo-légende ! Waw, tu es dangereuse pour mon ego, ricané-je, pour détendre l'atmosphère qui commence à m'inquiéter.

Elle est à deux pas de moi, elle me fixe toujours de ses yeux divins. Son visage affiche clairement qu'elle a pris une décision ou plus exactement qu'elle a besoin de preuve pour en prendre une. C'est bon, j'ai compris, elle veut me sonder, mais semble hésiter à me le demander. Alors sans rien dire, je lui donne ce qu'elle veut. Je plonge mes yeux de démon affranchi dans les siens et je la laisse me découvrir. Je fais même mieux.

Ou pire...

Je lui donne accès à mon âme, je ricane intérieurement parce qu'il y a de fortes chances pour qu'elle voie des trucs qui risquent de vraiment la choquer…

Hey, oui, « mon ange » je ne suis pas un putain de moine, moi !

Chapitre 4

Ange

Alors là, je suis plus qu'étonnée qu'il me donne si facilement accès à son âme pour que je la sonde. Je n'ai même pas eu à le lui demander, bon, c'est vrai que c'est probablement sa seule chance de me convaincre de ne pas le tuer. Par contre, qu'il ait connaissance de la procédure et qu'il soit capable de l'appliquer à la lettre me surprend énormément.

Comment est-ce possible ?

C'est un secret connu que par les AP-1D, et pour être sûrs que nous ne le divulguions pas, ainsi que tous les mystères divins, ils ont scellé magiquement nos langues. Même sous la torture nous ne pouvons divulguer des informations compromettantes pour l'équilibre céleste.

Mais, au fond, est-il réellement un démon ? Son odeur me fait douter, ce soupçon de pâtisserie ne devrait pas courir sur sa peau, ajouté à la couleur de ses iris…

Oh mon dieu ! Comment ai-je pu rater cela ?

Il me laisse sonder son âme… son ÂME ! Les démons n'en ont pas… enfin pour être exacts, ils n'en possèdent plus, alors qu'est-il au juste ?

Bref, je suppose que je vais vite le savoir puisque je peux voir dans ses yeux que les verrous qui protègent son âme se défont les uns après les autres afin de me laisser pénétrer son esprit ainsi que ses souvenirs...

J'avoue que c'est la première fois que je vais me connecter à une autre personne, pas sûre que ce soit une bonne idée de commencer avec un démon. Je reconnais volontiers que je stresse un peu, de devoir faire cela, je crains ce que je vais découvrir. Car il n'est pas censé exister des démons comme lui, alors qu'est-ce que cela veut dire ? Mes yeux sont toujours mêlés aux siens et je vois la dernière porte sur le point de s'ouvrir. Sa voix me sort de mes réflexions.

— Accepterais-tu d'en faire autant pour que je comprenne mieux qui tu es ?

Il plaisante là ! Je ne vais quand même pas le laisser visiter mon âme, ce n'est pas un parc touristique !

— C'est bon, j'ai compris, grogne-t-il. Tu vas tout savoir de moi, mais tu ne comptes pas en faire autant, réplique-t-il avant même que je n'aie le temps de lui répondre.

Est-il devin ? Ou alors... Non, ce n'est pas possible ! Cette éventualité n'est pas envisageable, pourtant certains AP-1D compatibles peuvent communiquer par télépathie, comme les archanges. Selon ce que j'en sais, ils sont vraiment très peu nombreux à y parvenir. Je devrais peut-être accepter de partager nos esprits après tout, puisque c'est sans doute la seule solution pour trouver les réponses à mes questions.

Mais c'est un démon !!!

Peut-il modifier mes pensées ou mes souvenirs ? Non, je suis une chasseuse, mon esprit leur est complètement hermétique. Cela serait vraiment un bon moyen pour avoir des réponses et, en plus, il n'a pas tort, il s'ouvre à moi volontairement, je peux quand même faire un effort.

— Je te le concède, donne-moi deux secondes que je déverrouille.

Je me sens très mal à l'aise, je n'arrive pas à croire que nous allons communier. Pourquoi ai-je accepté ? Même pour débriefer à la fin de mes missions, je refuse de partager de cette façon. Pourquoi est-ce que je le laisse me sonder ? C'est irrationnel, je suis irrationnelle depuis que je suis rentrée dans cet appartement ! Il m'a mis la tête à l'envers... Malheureusement, quoi que je fasse pour essayer de le cacher, il va s'en rendre compte dans les prochaines minutes...

5... 4... 3... 2... 1... Go !

Le jaune rencontre le bleu, un éclair claque au-dessus de nous...

J'ai très mal à la tête, ce n'est pas normal, je ne souffre jamais ! Je peine à ouvrir les yeux, mes paupières ont l'air gonflées et j'ai le goût cuivré du sang dans la bouche. Je suis allongée sur une surface très dure et inconfortable cependant, je n'arrive pas à bouger. J'ai l'impression d'être attachée, ligotée plutôt.

Je ressens le soleil dans mon esprit, ce qui veut dire qu'il fait jour. Il faut impérativement que j'arrive à me souvenir de ce que j'ai fait cette nuit... J'ai passé une partie de la nuit à courir après l'autre monstruosité, ensuite, je suis revenue près de l'entrepôt où j'ai attendu un long moment, puis... Ah oui, une lumière m'a attirée dans l'ancienne usine, et... Un petit appartement tout neuf... Le démon en boxer ! Daemon en boxer !! Le partage... J'ouvre grand les yeux pour stopper le diaporama des souvenirs qui viennent de me frapper. Je force sur mes yeux douloureux pour découvrir que je suis allongée par terre, entravée par les bras et les jambes de Daemon. Je ne comprends pas pourquoi il me tient comme s'il voulait m'empêcher de bouger, encore moins, ce que nous faisons ensemble sur le sol. Je regarde la pièce baignée de soleil et...

Oh, mon Dieu, non !!

Tout s'explique, le canapé est entièrement cramé, je l'ai brûlé ! J'ai perdu le contrôle ! Comment cela a-t-il pu arriver ? Jamais je ne lâche l'emprise que j'ai sur mon don, alors que s'est-il passé ? J'aurais pu blesser quelqu'un...

S'ils l'apprennent, ils vont me punir, je risque la mort pour une telle erreur.

— Daemon ... DAEMON !! Lâche-moi, je dois sortir d'ici ! crié-je, paniquée.

— Putain, il est tôt ! Dors encore un peu.

Me répond une voix encore plus grave que d'habitude et légèrement éraillée par le sommeil.

La « crampe » au fond de mon ventre réapparaît soudain, ainsi qu'une sorte d'humidité intime… Je vais devoir trouver très rapidement un médecin, parce que les symptômes qui semblent aller avec cette maudite crampe se multiplient ! Je sens un souffle sur ma nuque puis des lèvres y déposer un bisou. La crispation dans mon ventre est presque douloureuse et ma respiration est rapide. Je ne comprends pas, je ne suis pas censée pouvoir être malade.

— Humm, cette odeur ! C'est bandant de savoir que je ne suis pas le seul à souffrir.

— Toi aussi, tu te sens malade ? Est-ce que tu ressens également une crampe dans le ventre ?

— Putain, tu te fous de moi ? Tu n'es pas aussi inculte !

Inculte ? Mais de quoi parle-t-il ? Je n'ai jamais été souffrante, je ne connais rien aux maux des humains ! La colère monte en flèche en moi, je puise une toute petite goutte de mon énergie que je concentre dans mes yeux. Quand je suis sûre de la tenir, pas question de perdre la maîtrise ce coup-ci, je libère une mini décharge sur ses mains, qu'il a croisées sur mon ventre.

Ho zut ! Il va me tuer…

Je voulais lui envoyer une décharge électrique pour qu'il me lâche, malheureusement c'est raté, il y a de la fumée qui s'échappe du dessus de ses mains, je l'ai brûlé !!

— Putain ! C'est quoi, cette merde ? Ça fait hyper mal en plus !!

Bon, au moins je suis libre… Je me lève rapidement afin de me positionner à côté de la porte tout en absorbant un maximum d'énergie pour pouvoir me défendre quand il va comprendre et m'attaquer.

— Bordel de merde, tu m'as brûlé !! hurle-t-il ! Dis-moi pourquoi tu m'as fait ça. Je ne t'ai fait aucun mal quand tu as perdu connaissance, au contraire, je t'ai même empêché de t'en faire, en te tenant de cette façon. Ce n'est pas à moi qu'il faut en vouloir pour tout ce que tu as vu dans ma tête. Si tu ne voulais pas la vérité, fallait pas venir la chercher… Fait chier, regarde mes mains maintenant !! Je ne peux pas me soigner, moi ! grogne-t-il très énervé.

La vérité ? De quoi parle-t-il ?

Je m'isole dans ma tête quelques instants pour retrouver le film des heures passées quand les images et pensées que nous avons partagées réapparaissent… Je me laisse glisser le long du mur jusqu'à tomber lourdement sur mes fesses. Je pose mon front sur mes genoux relevés. Je ne veux plus le voir et encore moins que lui puisse voir dans quel état de détresse je me trouve. Je suis anéantie, les images défilent dans ma tête sans que je ne puisse les arrêter. Aujourd'hui, j'ai la preuve que tout n'est que mensonge ! Certains de mes doutes étaient déjà devenus des possibilités lorsque je l'ai vu, maintenant ils se sont transformés en certitudes ! Dire que depuis des mois je voulais comprendre ce qui clochait…

Comment ai-je pu être si naïve !?

Au moins, à présent, je sais. Ce que j'ignore par contre, c'est ce que je vais faire ? Déserter ? Continuer à obéir aux règles qu'ils ne suivent pas eux-mêmes ? Non, je ne peux pas faire cela…

Les souvenirs de Daemon tournent en boucle dans ma tête. J'ai beau essayer d'en faire abstraction, ils continuent leur ronde macabre et voilà que mes propres réminiscences s'en mêlent ! En fait, j'ai toujours eu les réponses sous les yeux, c'est juste qu'ils m'avaient dressée à ne pas les voir…

Je réalise soudain que je ne suis plus assise par terre, contre le mur, mais confortablement installée sur les genoux de Daemon, dans ses bras pendant qu'il caresse mes cheveux en me murmurant des mots que je ne comprends pas. En relevant la tête, mes yeux plongent dans les siens, j'y vois du regret ainsi qu'autre chose, de l'espoir, je crois. Mais je ne vois pas ce qu'il peut espérer de moi, je ne sais même plus qu'elle est ma mission. À cette pensée, mes yeux se mettent à picoter d'une étrange manière, battre des paupières soulage un peu.

Et voilà encore un autre symptôme. Il faut qu'il me dise ce que j'ai, car je ne contrôle plus rien. Pas plus mon corps que mon don apparemment…

— Je me souviens de tout ce que tu m'as montré. Je…

Des gouttes d'eau débordent de mes yeux. Non, ce sont des larmes qui coulent sur mes joues. Je pleure ? Ce n'est pas possible !!

Là, j'ai touché le fond.

— Chut ! Calme-toi, mon ange, c'est normal de craquer après ce que tu viens de découvrir.

— Craquer ? Je ne vois même pas ce que cela veut dire dans ce contexte. Je ne comprends plus rien… Et ne t'avise pas d'encore te moquer de moi ! m'énervé-je.

— Hey ! Je ne suis pas dingue non plus !! Tu m'as déjà brûlé les mains, vas savoir ce que tu comptes me cramer après. D'ailleurs, si tu pouvais me les soigner ça m'arrangerait.

— Tu veux que je te soigne ? Et comment suis-je censée faire cela, moi ?

— De la même manière que tu le fais sur toi !

— Je ne me suis jamais soignée toute seule. Ils me mettent en stase jusqu'à ce que je sois guérie, puis je repars en mission !

— Putain de bordel à queue !!!

Soudain, toute la pièce s'éclaire en jaune. Il semblerait qu'il soit vraiment en colère, et pour la première fois, je sens son pouvoir se manifester. Il est immense, probablement plus grand que le mien ! J'essaie de me relever pour le fuir avant qu'il ne me détruise. Mais il m'en empêche en me serrant plus fort contre lui tout en continuant de me bercer. Je pourrais me libérer en utilisant la violence, mais quelque chose me retient. Je crois que j'aime être contre lui. Quand il reprend la parole, je suis étonnée que sa voix soit si calme alors que le salon est toujours baigné de son énergie.

— Tu sais mon ange, tu dois vraiment les terrifier pour qu'ils censurent tes pouvoirs de cette façon.

— Ils ne censurent rien, j'ai peu de pouvoir, c'est tout. Dis-moi, pourquoi m'appelles-tu « mon ange » ?

Il ricane pendant que l'intensité de ses yeux redevient normale.

— Franchement, tu ne trouves pas qu'ils pourraient avoir plus d'imagination que nous donner comme prénom nos fonctions ? Je trouve que « mon ange » te va mieux. Et quel est le connard qui t'a dit que tu as peu de pouvoir ? Parce que c'est tout le contraire justement, tu en as plus que toutes les chasseuses et les chasseurs réunis que j'ai croisés. On va faire un test si tu veux bien, ferme les yeux. Maintenant, essaie de sentir mes blessures.

J'obéis, même si je ne sais pas trop pourquoi, peut-être parce qu'il est en train de m'apaiser, non ce n'est pas cela. Il faudra que j'identifie ce que je ressens plus tard. Mes yeux sont fermés, son odeur étrange m'envahit, elle m'est déjà familière… Puis la puanteur du caoutchouc cramée agresse mon odorat, cela vient probablement du canapé ! J'ai beau renifler, je ne sens rien d'autre…

— Ce n'est pas avec ton nez que tu dois sentir !! me dit-il soudain. Tu dois ressentir les choses qui t'entourent avec ton don. Tu sens le mien ?

Je me concentre. Il me semble qu'il y a quelque chose qui court sur ma peau.

— Oui, un peu.

Même les yeux fermés, je perçois qu'un éclair d'énergie illumine la pièce.

— D'accord. Et maintenant ? me demande-t-il.

— Oui, je le ressens, il me picote la peau.

— Bien. Tu sens quoi d'autre ?

— Le nœud d'énergie, il palpite autour de nous, un peu comme un cœur.

— Justement, tu arrives à sentir le mien ?

— Oui, il bat vite et très fort.

Il ricane de nouveau avant de me répondre

— Putain, ouais, mais avec ton cul sur mes cuisses, c'est normal ! Maintenant, est-ce que tu sens ma blessure ?

— Euh, lâché-je, déconcertée par cet exercice inhabituel pour moi. Personne ne m'a appris à analyser ce que je ressens au contraire, je suis plutôt entraînée à oblitérer mes sentiments.

— Alors ? insiste-t-il.

— Je ne sais pas trop, je sens de la douleur oui, mais tu ressens autre chose de beaucoup plus fort que ça. Du plaisir ? Tu es heureux de souffrir ?

— Ho putain, que non !!

À ma tête, il doit saisir que je ne comprends rien du tout puisqu'il reprend tout de suite :

— Fais chier ! Pourquoi est-ce moi qui dois m'y coller ? Pfff. Écoute, ta naïveté est touchante, mais tu vas devoir t'habituer aux réactions de nos corps quand on est si près l'un de l'autre. Si j'ai bien interprété ta réflexion de tout à l'heure, tu réagis à mon contact aussi ?

— Réagis ? Comment ça ? Je t'ai dit que je suis malade !! m'énervé-je de nouveau, agacée qu'il ne veuille pas comprendre.

Il ricane encore, et plonge ses magnifiques yeux dans les miens. Je ne saisis pas ce que j'y vois.

Et ça m'énerve encore plus !!!!

Tellement que toute la pièce s'éclaire en bleu. Je le repousse pour pouvoir me lever.

— Chutttt, me murmure-t-il en se relevant aussi, calme-toi, mon ange. Tout va bien. Tu n'es pas malade et moi, non plus.

Je vais pour protester, mais il s'approche, pose deux doigts sur ma bouche, avant de continuer son explication.

— Et merde ! soupire-t-il. Tiraillement dans le ventre, culotte mouillée, cœur qui bat vite, respiration difficile, bouche sèche, tête vide et sein… enfin, poitrine tendue. Ce sont tes symptômes ?

Je hoche la tête puisque ses doigts sont toujours sur mes lèvres pour me faire taire. Bon, il sait ce que j'ai, j'attends fébrilement le verdict. Il y a quelque chose qui vient de prendre vie dans ses yeux, je l'entends soupirer en même temps qu'un magnifique sourire apparaît sur ses lèvres. Je ressens sa joie dans tout mon corps, sa main quitte mes lèvres pour recommencer à caresser mes cheveux, mon cou et mes épaules.

— Ce que tu ressens, c'est du désir ! Tu sais ce que c'est ? murmure-t-il.

— Oui, quand même ! C'est l'envie de se reproduire.

— Je ne préfère pas relever, grommelle-t-il, en levant les yeux au ciel, l'air excédé par ma réponse. Maintenant que tu comprends mieux tout ce que je ressens, essaie de trouver ma blessure.

Comment puis-je le désirer ? Je suis une céleste, je n'ai pas ce genre de besoin ni aucun sentiment… pourtant, il a raison, quelque chose me pousse vers lui.

Troublée par ce constat, je me ressaisis en me promettant d'analyser ça, plus tard. Je recule un peu, afin qu'il ne me touche plus. J'ai énormément de mal à me concentrer quand ses mains ou son souffle me frôlent. Je referme les yeux, et je cherche dans toutes les sensations qui l'habitent. Mon Dieu, tellement de « désir » vibre en lui que ça en est perturbant. Oh, je crois que j'ai trouvé… oui, c'est cela. Avant d'avoir le temps de réfléchir, je sens mon don se tendre vers lui pour nourrir ses plaies, de mon énergie.

J'ouvre les yeux pour le regarder pendant qu'un peu de moi le soigne, c'est magnifique… Mon don se déplace sur lui comme si je soufflais sur sa peau, d'ailleurs elle se couvre de frisson au passage de cet étrange vent. Il a les yeux légèrement fermés, la bouche entrouverte et la tête rejetée en arrière. Il est tellement beau… Comme j'aimerais que ce soit mes doigts, qui effleurent sa peau de cette façon… Un léger sourire flotte sur ses lèvres, il a l'air si bien enroulé dans mon énergie. Soudain, quelques fils jaunes se mélangent à ce souffle bleu…

— Ça a ton odeur, dit-il soudain. Viens, approche-toi. Ne crains rien, c'est juste nos énergies qui font connaissance.

Lorsque j'arrive à quelques centimètres de lui, il attrape mon poignet et m'attire à lui doucement. C'est étrange comme sensation, c'est un peu comme une caresse. Bizarrement, ce souffle surnaturel laisse des picotements sur ma peau, alors que de la lave en fusion coule dans mes veines. Les flammèches jaunes se multiplient à mon contact, j'en suis recouverte maintenant, alors que la peau de Daemon est entièrement parsemée de bleu. Je regarde ses mains et réalise que les brûlures ont entièrement disparu !

Il avait raison, je peux guérir…

Chapitre 5

Daemon

Je baigne entièrement dans cet océan bleu surréaliste alors qu'elle est habillée de jaune. Je ne suis pas certain de ce que ça signifie, si c'est bien ou si ça va nous détruire quand l'analyse sera terminée. Mais je me sens serein, calme. C'est plutôt étonnant de se sentir en sécurité quand on sait que cette énergie bleue est une arme créée pour calciner les êtres comme moi. Parce qu'après tout, je suis un démon, que ça me plaise ou non. Toutefois, je bosse dur pour me racheter auprès de l'humanité depuis que je me suis affranchie de mes maîtres, pourtant, au final, je suis loin d'être sûr que ça leur suffise.

Enfin, j'espère quand même m'être suffisamment amendé pour mériter de ne pas être anéanti comme n'importe quel démon.

Cependant, je crains quand même qu'à leurs yeux je reste pour toujours, le « monstre » qu'ils ont dépouillé de son âme et qui a réussi à s'évader des enfers. Du coup, si c'est le cas, ce petit moment de plénitude pourrait bien m'être fatal.

Je me suis libéré des enfers depuis plusieurs mois, bien que je me souvienne plus trop comment. Mais au lieu d'errer comme un paria sans moralité, ou du moins plus que douteuse, ni attache, j'ai décidé de continuer de traquer les renégats. De toute façon, je n'avais pas beaucoup d'autres options, au premier regard on voit bien que je ne peux pas me fondre dans le décor. Par contre, j'ai changé les règles du jeu, que j'avais toujours eu du mal à suivre, d'ailleurs. Maintenant, je protège les humains, je n'ai plus à tuer les témoins comme voulait m'y contraindre Lilith. On pourrait dire que je chasse avec plus d'humanité. Néanmoins, je connais beaucoup trop de secrets pour ma propre sécurité…

Merde ! Ange aussi, maintenant.

Les deux camps ont toujours eu très peur que je les divulgue, ce que je viens de faire. J'avais une cible au milieu du front à cause de ça, mais s'ils apprennent que j'ai tout montré à Ange… Saloperie !! Le premier qui nous mettra la main dessus nous fera disparaître ainsi que tous ceux qui nous auront aidés, c'est aussi pour ça que je suis resté très loin du monde extérieur.

J'aurais vraiment préféré ignorer tous leurs sales secrets ! Malheureusement pour moi, c'est impossible parce que, moi-même, j'en suis un, justement ! Et l'ironie de l'histoire, c'est que c'est leur duperie qui m'a permis de me libérer de leurs pouvoirs.

Moi aussi, à un certain moment de ma renaissance, j'ai eu les yeux bleus.

Ouais, c'est tellement loin que ça me semble irréel, pourtant j'ai été un ange…

Je m'appelais Angel Gabs, le sceau de Gabriel ornait fièrement mon épaule. J'ai même effectué quelques missions pour lui, puis le maître chasseur des enfers a prématurément fini son temps, enfin avec un peu d'aide, paraît-il. On ne doit pas perdre de vue que l'équilibre entre le bien et le mal est très fragile. Il est maintenu par de petits riens qui garantissent son maintien en place, comme, par exemple, le fait qu'il faut impérativement un maître chasseur de chaque côté ! Et c'est à ce moment-là que j'ai appris que mon âme n'avait pas sa place au paradis. Selon eux, j'ai gagné ce droit juste avant de mourir et c'est pour ça que les enfers m'ont réclamé.

J'ai eu du mal à l'avaler, celle-là !

Puis on m'a expliqué qu'en acceptant, je stabiliserais l'équilibre du monde, donc la paix sur Terre où mes proches vivaient encore, eux ! Que répondre à ça ? J'ai accepté avec réticence, je suis passé dans l'autre camp et c'est là que j'ai compris la connerie que je venais de faire ! Elle ne le sait pas, enfin, maintenant si, depuis notre partage, mais c'est Ange qui a pris ma place. Le partage… pff, elle ne m'a rien montré, c'est comme si son esprit était hermétique. C'est étrange que je repense à ça maintenant.

C'est marrant, regarder ce tourbillon de couleurs est tellement apaisant que je dis même plus de grossièreté

« C'est nos énergies qui nous obligent à revivre certains passages de nos existences… »

Putain !! Tu entends mes pensées ?

« Oui, je crois, concentre-toi et tu entendras peut-être les miennes. »

J'ai beau me concentrer, je n'entends rien. Merde, fais chier, ça avait l'air chouette comme pouvoir !

« Arrête de jurer, s'il te plaît ! »

Oh super, je peux même plus penser en paix !! Et ouais, j'ai recommencé à jurer comme un charretier ou un démon dans mon cas.

Soudain, nos énergies se mélangent à grande vitesse, on croirait presque qu'on est dans l'œil d'une tornade bleu et jaune !! Mais aussi verte, VERTE ? C'est quoi encore, cette merde ? Je n'ai pas le temps de poser la question à Ange, que nous sommes propulsés contre le mur. Elle s'écroule lourdement sur moi en me plantant son genou dans les burnes et son coude dans les côtes !

Putain, ce que ça fait mal !!

Je respire difficilement, je tire sur mon boxer pour remettre le matos en place, espérant ainsi alléger la gêne. En vain…

J'attrape Ange par les hanches et la relève, bizarrement, elle ne réagit pas. Ses yeux sont fixés sur quelque chose que je ne peux pas voir dans la position où je me trouve. Je me relève d'un bond pour apercevoir ce qui la fascine autant. La tornade n'a pas cessé de tourner, bien au contraire même, elle tourbillonne beaucoup plus vite qu'avant, mais, le plus étonnant, c'est que maintenant elle est presque entièrement verte. Comme si des millions d'émeraudes virevoltaient au milieu de mon salon. Le soleil qui l'éclaire crée un surprenant kaléidoscope sur les murs de la pièce.

C'est aussi fascinant qu'effrayant.

Pour améliorer encore la situation, je sens l'énergie jaillir du nœud afin de rejoindre la tornade, qui, avec cette aide inattendue, s'intensifie. Elle se met à scintiller tout en prenant encore plus de vitesse, pendant que le vert continue de dévorer les deux autres couleurs. Le phénomène est devenu bien trop puissant ! Ça m'inquiète, j'appelle mon don, mais il est aux abonnés absents. Putain, j'ai sous les yeux l'équivalent d'une bombe atomique surnaturelle alors que j'ai plus le moindre pouvoir ! Je me tourne vivement vers mon ange dans l'espoir qu'elle ait gardé les siens pour pouvoir nous protéger. Je suis pratiquement certain que quand cette saloperie de torrent d'énergie va se déverser sur nous, on va avoir mal, très très mal, même. Là, tout de suite, je donnerais n'importe quoi pour avoir de quoi me protéger du tourbillon qui a encore pris de la vitesse. Ange plonge ses magnifiques yeux dans les miens et je suis stupéfait de les découvrir marron clair,

Hey, merde, elle est comme moi, sans arme.

Nous devrions fuir avant d'être détruits par cette déferlante de puissance dorénavant entièrement verte et dont le déplacement ressemble plus à une vague prête à s'abattre sur notre gueule qu'à la tornade du départ.

Trop tard ! Elle va nous percuter dans :

3… 2… 1…

Putain ! J'ai mal partout ! On dirait qu'un camion m'a roulé dessus, bien que je n'aie jamais essayé l'expérience. Quand j'arrive à soulever légèrement mes paupières, j'ai l'impression que mes iris prennent feu et que mon crâne explose.

C'est bon, je les garde fermés encore un petit moment.

J'ai beau être en vrac, je me sens étrangement en paix. Lilith[2] et Gabriel ont cessé de hurler dans ma tête « que je dois rentrer ». Et après tous ces mois à les entendre, c'est reposant !

Depuis que j'ai déserté, je suis hanté nuit et jour par leurs voix ! Bien sûr, je savais que la marque sur mon épaule était une sorte de GPS pour que nos maîtres puissent nous retrouver. Cependant, j'ignorais qu'ils pouvaient nous envoyer des messages par ce canal.

Je rouvre les yeux doucement ? Je ne sais pas trop ce qui s'est passé ni dans quel merdier je me trouve, mais avant d'essayer de clarifier ce bordel, il faut que je trouve mon ange. C'est bon, elle est allongée au sol à quelques mètres de moi. Je rampe vers elle pour m'assurer qu'elle va bien. Lorsque je suis à sa hauteur, je lui secoue l'épaule pour la réveiller. Je me sens soulagé en voyant que ça fonctionne, elle ouvre tout de suite les yeux.

Ho putain, bordel de merde !! Ce n'est pas possible, je n'y crois pas...

---

[2] Succube. Première femme d'Adam. Princesse des démons

Ange

Le choc a été violent ! Je me suis envolée jusqu'au plafond que j'ai percuté de plein fouet avant d'atterrir à plat ventre sur le sol. Je n'ose pas bouger, car je ne suis pas sûre d'être entière. Daemon n'est qu'à quelques pas de moi, je le sens ainsi que sa souffrance. C'est sa tête, je crois.

Je sens ? C'est nouveau ça, pourtant… Oui, je le ressens partout en moi…

Dorénavant, il fait intégralement partie de moi, je sens battre son cœur en bruit de fond de mon âme. Je perçois aussi son inquiétude pour moi, c'est très étrange comme sensation. Sans avoir besoin d'ouvrir les yeux, je sais qu'il rampe vers moi. Mon âme a conscience de chaque atome de son corps, aussi bien que de son esprit. Sa main vient de se poser sur mon épaule, j'ouvre les yeux et…

— Put-ain-mon-Dieu ! Tes yeux !!!

Nous sommes tellement surpris que nous l'avons dit en même temps.

Le jaune de ses yeux a disparu, remplacé par le magnifique vert émeraude de la tornade. Et à sa réaction, je suppose que le bleu des miens a aussi été transformé.

Il n'est plus un démon et je ne suis plus un ange.

Je crois que même si je répète cette évidence toute la journée, j'aurais encore beaucoup de mal à intégrer cette nouvelle donnée. Je sais très bien ce qui a les yeux verts, cependant mon cerveau refuse de l'accepter. Nous ne pouvons pas avoir fait cela, c'est impossible ! Par contre, si c'est la vérité… Nous sommes morts. Mes… non, je devrais dire NOS supérieurs respectifs ne l'accepteront jamais. Ce n'est même pas censé être faisable. Je n'ai jamais entendu parler d'un chasseur qui aurait réussi à changer de niveaux. Et encore bien moins tout seul !

— Tu vas bien, mon ange ? Rien de cassé ?

Il est sérieux là ? Nous sommes dans une situation plus que dangereuse, potentiellement mortelle, même, et, lui, il veut savoir comment je vais. Je me relève pour lui dire ce que je pense de sa question de merde, mais je reste figée, la bouche ouverte.

Deux émeraudes incandescentes me scrutent à la recherche d'une blessure. Je peux ressentir sa crainte que je sois blessée, autant que son désir de me protéger…

Comme si cela avait encore de l'importance maintenant, nous sommes bien au-dessus de ça.

J'ai toujours les yeux dans ceux de Daemon lorsque quelque chose de chaud et d'agréable se répand dans mes veines. À l'instant où cette vague apaisante atteint mon cœur, je sens une entrave céder et des tonnes de sensation m'envahissent. C'est agréable, réconfortant, c'est comme si mon âme venait de retrouver quelque chose qu'elle avait perdu. Je me sens entière ! Oui, c'est le mot, entière…

Une phrase se répète à l'infini dans mon cerveau, je sais que je dois la dire à haute voix, mais je résiste. J'ai peur des conséquences, pourtant, elle sonne tellement juste dans mon cœur. Je peux pratiquement la visualiser tellement, elle nous correspond. Elle pourrait quasiment se refléter dans les yeux de Daemon. D'ailleurs, il me semble que lui aussi mène une lutte contre lui-même pour garder la bouche fermée. Cette chose est si puissante que je n'arrive pas à la faire taire, je n'en peux plus. Si je continue à résister, ma tête va éclater. Je dois la dire :

— Nous sommes tout, nous sommes unis, nous ne faisons qu'un !

Daemon

Putain ! Qu'est-ce qui s'est encore passé ? Nous avons les yeux verts ! Est-ce que ça veut dire que je ne suis plus un démon ? Est-ce que je suis libre ? Je regarde mon épaule pour identifier le nom de mon nouveau maître. À la place de la marque à moitié arrachée de Lilith[3], il y a un symbole étrange que je ne reconnais pas.

Hey merde !!! Fini la liberté…

Je verrais ça après, chaque chose en son temps.

— Tu vas bien ? Rien de cassé ?

Pas de réponse. Bordel ! Elle doit être blessée, je m'approche un peu plus au moment où elle se redresse. Oh là, elle est en colère. Je plonge mes yeux dans les siens.

---

[3] Succube. Première femme d'Adam. Princesse des démons

Putain, quelque chose me percute l'esprit de plein fouet. Une porte au fin fond de mon être vient d'exploser et Ange s'y engouffre pour prendre possession de mon âme. Je la sens partout en moi, j'entends ces pensées, je perçois les battements de son cœur, le mien a désormais son parfum. Nous sommes en symbiose totale, un lien invisible vient de se nouer entre nous.

Une sorte de mélodie tourne en boucle au fond de mon crâne. Je dois la répéter à voix haute, je le sais, je le sens, c'est essentiel, pourtant je refuse de le faire ! Ange a l'air de se contraindre au silence aussi. Merde, je ne vais pas y arriver, putain, c'est trop difficile... Ange commence à dire quelque chose, mais...

— Nous sommes tout, nous sommes unis, nous ne faisons qu'un !

Nous avons vraiment dit la même phrase en même temps ?

Espérons que ça n'engage à rien.

Mon ange a toujours la bouche ouverte, mais elle ne fixe plus mes yeux, c'est mon corps qu'elle passe en revue. Son expression n'est pas vraiment flatteuse pour mon ego. On dirait qu'elle va vomir ! Je baisse les yeux pour essayer de comprendre pourquoi elle me regarde comme ça et...

— Tu peux peut-être m'expliquer ce que c'est que cette merde ? lui demandé-je, énervé de ne pas comprendre la situation.

— Oui, je peux, répond-elle en se mordant la lèvre inférieure, cependant, j'hésite parce que le dire à haute voix va rendre tout cela bien réel...

Ange

Son magnifique corps est entièrement recouvert de symboles. On dirait un tatouage intégral, seules ses mains jusqu'au coude, son visage et ses abdos ne sont pas encrés. Je m'approche pour mieux voir les symboles qui le recouvrent désormais, j'en reste sans voix !

Ce sont des symboles angéliques !

Les yeux verts, les symboles, la phrase que nous avons dite ensemble, mes pires craintes viennent d'être confirmés ! Je relève la manche de mon tee-shirt pour voir à quoi ressemble ma marque, pour découvrir que je suis, moi aussi, entièrement encrée. Quant à la marque...

Je m'y attendais !

Daemon me fixe toujours en attendant une explication

— Pff ! soupiré-je, désespérée. Nous sommes des archanges !

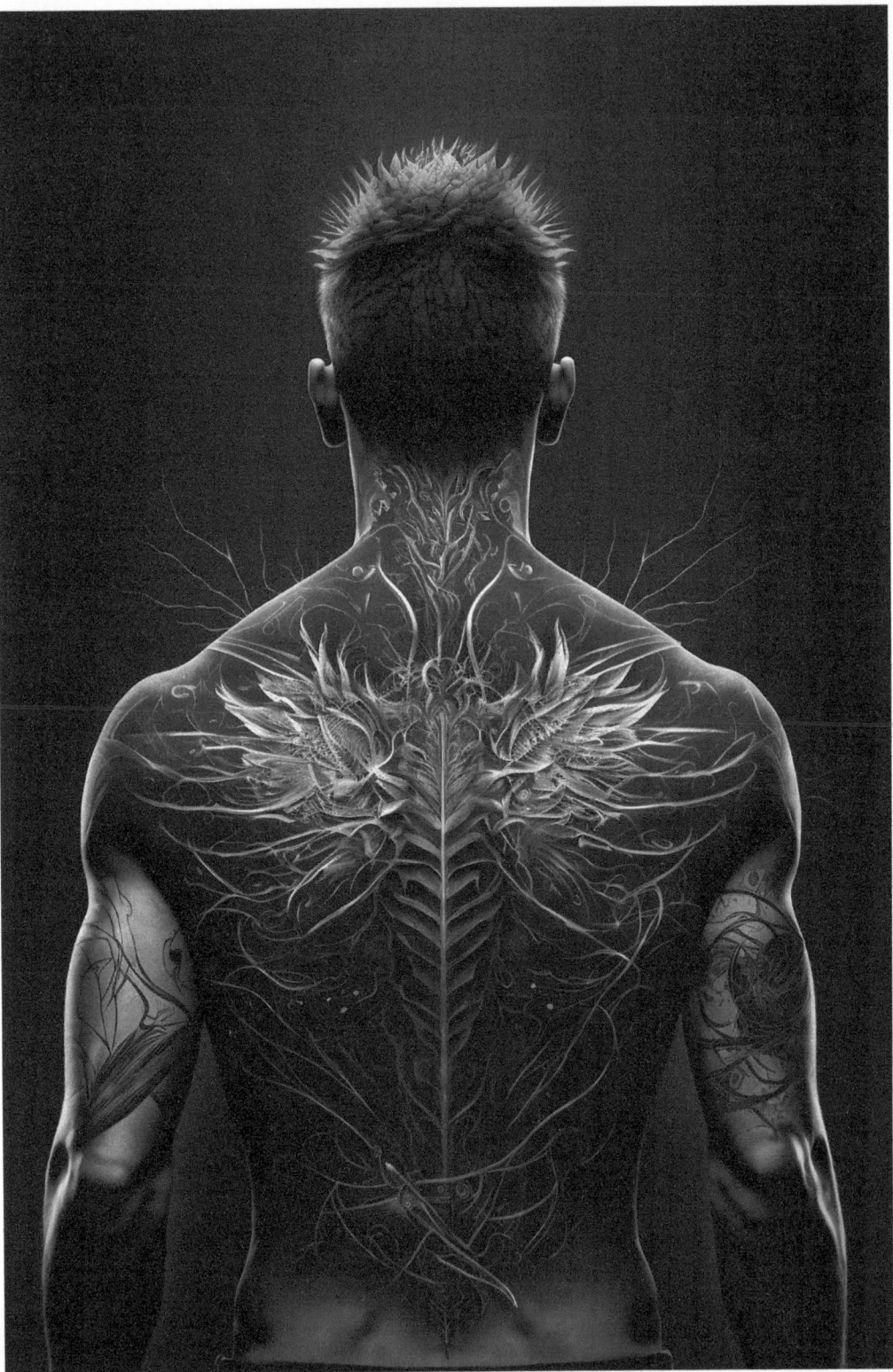

Deuxième partie

Chasseurs chassés et monstre à éradiquer !

Chapitre 1

Daemon

Des archanges ? Putain de merde !! Cette fois, on y est jusqu'au cou ! Ils ne laisseront jamais passer un truc pareil ! On vient d'atteindre, sans l'autorisation de personne, le niveau de guerrier divin. Ce qui fait de nous leurs égaux dorénavant, je suis prêt à parier mon testicule gauche qu'ils vont voir ça comme une insulte plutôt que comme une bonne nouvelle. Je me dirige rapidement vers mon armoire pour en sortir mes fringues, que je jette dans un sac de sport ainsi que mes armes, puis j'enfile un pantalon.

— Il faut très vite qu'on se casse d'ici, m'exclamé-je, en finissant de m'habiller.

— Oui, avant que tout le monde débarque. Il faut aussi que nous passions récupérer mes affaires dans ma chambre.

Super, on est sur la même longueur d'onde. J'ai fini d'emballer mes maigres possessions, j'enfile mon blouson en jetant un dernier regard à mon « chez-moi ». Je n'ai pas le temps de m'appesantir sur ce que j'abandonne, je lui saisis la main en prenant la direction de mon issue de secours que j'emboutis d'un coup d'épaule. Le mur s'enfonce et se désagrège pour finir par laisser apparaître une ouverture de la grandeur d'une porte. Le battant est couché sur l'herbe humide, le mécanisme s'est brisé sous l'impact, ce qui a arraché l'huisserie.

Merde ! Il faut que je me calme sinon je risque de perdre le contrôle.

On sort précipitamment, pour débouler dans le jardin de la villa d'à côté qui accessoirement me sert de garage, enfin c'est surtout une ruine, comme tout le quartier, d'ailleurs. À pas feutrés, on longe le mur d'enceinte de l'usine afin de rejoindre la rue. Soudain, l'intérieur de l'entrepôt que nous venons de quitter s'éclaire d'une lumière rouge, accompagnée par des explosions.

Merde, ils sont déjà là ! Rapides ces cons…

Ange passe immédiatement en mode combat. Son pouvoir crépite sur sa peau, ses yeux sont… Putain, je n'avais jamais vu ça, ils ont perdu leur partie blanche ! Ils sont complètement verts, et ses iris ont cessé d'éclairer, ils scintillent ! Heureusement d'ailleurs, sinon elle illuminerait tout le secteur, ce qui nous rendrait extrêmement faciles à repérer.

— On ne va peut-être pas les affronter tout de suite, lui chuchoté-je, précipitamment. Je te rappelle que tu veux qu'on aille à ta planque avant qu'ils n'y débarquent aussi, continué-je, en espérant la convaincre. Et je ne sais pas, toi, mais moi, je préférerais qu'on se prépare un minimum avant de déclarer la guerre aux deux clans !

Elle me fixe de son regard flippant, je commence à me demander si elle a compris ce que je viens de dire. Mais soudain, ses yeux redeviennent normaux, enfin tout autant qu'ils pouvaient l'être avant…

« ***Qu'est-ce que tu as comme véhicule ?*** »

Merde, j'avais oublié qu'on peut communiquer de cette façon maintenant.

« Un S.U.V de l'armée. »

« Sérieux ? Ce n'est pas assez discret… As-tu d'autres affaires que tu veux prendre ? »

« Non, mais je ne vais pas laisser ma caisse ici ! »

« Bien sûr que si, elle ne risque rien, par contre attrape le casque sur le meuble là-bas. »

« Tu es à moto ? »

« Tu crois que je m'habille de cette façon pour faire genre ? La moto, c'est ce qui va le mieux pour disparaître rapidement. »

Ce n'est pas la peine que je réponde, elle a l'air déjà assez énervée comme ça. J'attrape le casque avant de la suivre dans la rue. Le plus possible, on rase les murs jusqu'à ce qu'elle pénètre dans une ruine juste trois maisons après celle qui me sert de garage.

Putain, je n'y crois pas !

Je n'ai pas été capable de la trouver alors qu'elle était juste à côté de moi ! Elle soulève une bâche avant de caresser, amoureusement, sa moto du bout des doigts.

— Ça va, ma belle ? Tu n'as pas de bobo ? lui murmure-t-elle.

« C'est trop bizarre… »

Elle relève la tête en me fusillant du regard ! Hey merde, je n'ai pas fait que le penser, je lui ai envoyé aussi !

Je ne maîtrise pas encore très bien ce don, on va devoir s'entraîner.

Elle prend son casque, posé sur l'assise, le passe en même temps qu'elle enfourche son bolide.

« *Tu as deux secondes pour monter sinon je pars sans toi.* »

Ah oui, merde ! Je me cale derrière elle tout en mettant mon casque. J'ai à peine le temps de m'installer qu'on est déjà dans la rue. Elle roule très vite pour rejoindre les avenues du centre-ville, ensuite elle suit les automobilistes tranquillement, sûrement, pour ne pas attirer l'attention sur nous. Rapidement, on quitte le boulevard pour s'engager dans le parking d'un joli petit hôtel. La moto avance au pas pendant que je la sens scanner les environs avec son don qui me chatouille la peau, le constat doit être bon puisqu'elle se gare à côté de la porte. Je commence à enlever mon casque lorsqu'un fou rire me prend. Putain, ce n'est pas le moment, mais je n'arrive pas à me calmer. Lentement, elle finit de retirer son casque, c'est encore pire quand je croise son regard rempli d'incompréhension.

— Je suis heureuse que la situation t'amuse ! grogne-t-elle.

— Non, ce n'est pas ça !

Je ris tellement qu'il m'est impossible de m'expliquer. Elle s'approche de moi, les sourcils froncés, lâche un soupir de contrariété et me gifle…

Putain ! Ça fait mal !

— Alors, tu n'as plus envie de rire ? dit-elle sèchement.

— Non !

Elle a raison, mon hilarité a disparu.

— Bien ! Tu m'expliques maintenant ?

— J'ai passé plusieurs jours à essayer de te trouver, alors que ton garage était presque à côté du mien et que tu dors simplement à l'hôtel. J'ai beaucoup à apprendre apparemment.

Elle ricane tout en se dirigeant vers l'entrée, passe devant l'accueil et va aux ascenseurs. Je ne suis pas à l'aise, je n'étais jamais rentré dans un hôtel ni dans aucun lieu public d'ailleurs ! Quand la porte s'ouvre, je fais un pas en arrière, pas question que je rentre dans cette boîte de conserve ! Un mec avec des fringues au nom de l'hôtel en sort, il fait un super sourire à mon ange, tout en lui sortant un :

« Bonjour, miss Mickaëls ! »

D'une voix qui me file du diabète tant elle est mielleuse… Je sens mes poings se serrer avant même d'y avoir pensé.

« Calme-toi, c'est juste le pingouin de l'accueil. »

Ils échangent quelques mots polis puis elle lui signale qu'elle quitte l'hôtel, je n'écoute pas le reste de la discussion, je suis trop occupé à gérer ce que je ressens. Il la mate toujours, alors qu'elle rentre dans la cabine sans un regard pour lui. Je la suis et m'accroche à la barre métallique qui fait le tour de cette petite boîte.

Ange

Je n'arrive pas à détourner mes yeux de lui, nous avons le même style d'habits, en fait. Son jean noir le moule juste là où il faut, son tee-shirt, noir aussi, ce qui cache les symboles qui recouvrent sa peau et son blouson en cuir lui donne un air dangereux. Être enfermé dans cet espace minuscule semble le terroriser. Je me colle à lui, ses bras m'enlacent immédiatement et sa respiration s'apaise à mon contact. Il est tellement grand qu'il doit baisser la tête pour poser son menton sur le haut de mon crâne.

« Respire, nous sommes presque arrivés. »

« Putain, j'aurais dû prendre les escaliers ! »

« Mais ? »

« L'autre con serait resté avec toi ! »

« Tu es jaloux ? »

Je n'arrive pas à retenir un petit rire. Il a la bouche ouverte pour me répondre quand les portes s'ouvrent sur une scène de guerre. Nous entendons un hurlement puis une femme de ménage de l'hôtel atterrit contre la porte de la chambre d'en face dans un horrible bruit d'os qui se brise. Elle pousse un gémissement en s'évanouissant, enfin j'espère…

Des éclairs rouges, suivis par d'autres bleus, illuminent le couloir.

Génial ! Nos anciens collègues s'entretuent devant ma chambre.

Je me penche juste assez à l'extérieur de la cabine pour voir ce qui se passe.

Ce n'est pas possible !

Comment ont-ils trouvé ma planque aussi vite ? Je fais toujours attention de ne pas être repérable. Pourtant, je ne rêve pas, il y a un ange et un démon qui ravagent les lieux, sans réussir à atteindre leur cible en plus.

Pathétique !!

Ce spectacle fait naître un horrible doute en moi, non pire, c'est une certitude ! J'ai beau ne pas connaître personnellement cet ange, je suis certaine d'être incapable de le tuer. Lui et ses semblables, ainsi que les démons chasseurs ! À mes yeux, cela reviendrait à tuer des innocents. Je refuse de l'envisager !

Mauvais timing pour une introspection…

« *Même avec ce que je sais, je ne pourrai pas tuer ceux qui obéissent aux ordres…* »

« *Tu n'auras pas à le faire mon ange.* »

Il fouille dans son sac et finit par en sortir une sarbacane, il la remplit d'une sorte de petites aiguilles ou d'épines de plante.

« *C'est avec ça que certaines tribus humaines endormaient leurs ennemies avant de les faire cuire pour les manger.* »

« *Charmant.* »

« *T'inquiètes mon ange, on ne va pas les bouffer, juste les endormir, on disposera de trente minutes maxi.* »

« *Cela me va.* »

Je me sens vraiment soulagée qu'il ait trouvé cette alternative, même si je ne suis pas sûre de vouloir savoir pourquoi il se balade avec ce style d'arme dans son sac. Et encore moins ce qu'il en fait généralement ! Malheureusement, je me doute bien que nous n'aurons pas toujours le choix. Je jette un coup d'œil à Daemon pour être sûr qu'il est prêt, ce qu'il me confirme avec un sourire d'anticipation à la bagarre qui l'attend de l'autre côté du mur, puis je sors dans le couloir. Je n'y crois pas, ces idiots ont tout détruit, la moquette a des traces de brûlure, les murs sont couverts d'impacts de boule d'énergie, le petit salon est en cendre et il y a même des portes qui ont explosé ! Mais à quoi pensent ces deux incapables ? Ne connaissent-ils pas la règle sur la discrétion ?

« Vu les dégâts qu'ils ont faits, nous avons au maximum dix minutes avant que les autorités interviennent ! »

« Merde, je m'occupe d'eux et, toi, tu vides ta chambre. »

« Promets-moi que tu ne tueras personne ! »

« Promis. »

Ces deux inconscients ne nous ont même pas encore repérés, si nous avions voulu les anéantir nous y serions parvenus sans qu'ils aient eu le temps de réagir. S'ils sont tous comme eux, nous ne devrions pas avoir trop de mal à nous en débarrasser.

Nous, nous engageons dans le couloir où la bataille se tient. Ils ne nous ont toujours pas vus, alors que nous ne sommes qu'à quelques pas d'eux. La porte de ma chambre est juste à ma droite, enfin était, car, dorénavant, elle est en miette sur le lit que je n'ai pas eu le loisir d'utiliser. L'ange est accroupi derrière ce qui reste d'un fauteuil à moins d'un mètre de l'entrée de celle-ci. Ignorant le danger que nous représentons, il nous tourne le dos tout en continuant d'envoyer des décharges d'énergie sur le démon. Lui a été plus malin, il s'est bien caché afin de ne pas être débusqué trop tôt. Il applique à la lettre la tactique standard d'un démon obligé de se battre pendant la journée. D'ailleurs, je sens qu'il est encore en vie, mais très faible. Il a arrêté de se défendre, il se laisse acculer par l'ange qui s'épuise à le bombarder et dans une heure ou deux, quand le soleil se sera couché, il dévorera l'ange complètement exténué. Je n'y peux rien, je n'ai pas le temps de former cet incompétent.

Je me faufile dans la pièce, un poids quitte mes épaules en constatant que personne n'a eu le temps d'y entrer, mes repères visuels sont toujours en place. J'ouvre mon armoire pour y prendre mon sac, je ne le vide jamais afin de gagner du temps si je dois partir rapidement, comme aujourd'hui.

Je me dirige vers la table de nuit pour récupérer la seule chose importante dans cette chambre, mais je me stoppe net à l'instant où Daemon passe la porte, enfin ce qui en reste.

Le moment de décider si j'ai confiance en lui ou pas est arrivé.
Je dois faire un choix…

« C'est bon, on y va. »

« Non, pas encore. »

« Putain ! Alors tu fous quoi plantée au milieu de la piaule ? »

Son regard est presque insultant, du style « Putain, ces bonnes femmes, il leur faut deux semaines pour se préparer »

« Je médite sur la condition humaine, connard ! »

J'arrache agressivement le tiroir de la table de nuit avant de le retourner. Tant pis pour le contenu qui finit avec les résidus du mobilier projeté depuis le couloir. Je décolle la clé USB que j'avais fixée en dessous le jour de mon arrivée, la balance dans mon sac, vérifie que mon ordinateur y est toujours bien caché et rejoins Daemon près de la porte.

L'ange est assis à côté de celle-ci, il a l'air d'être sur le point de s'endormir. Daemon fait un pas pour sortir, mais j'attrape sa manche pour l'en empêcher. Je scanne rapidement les environs pour analyser la situation. Je peux sentir que le démon s'est éloigné de nous pour comater.

« Attrape l'ange et bâillonne-le. »

« Non, mais tu es folle ! »

« Pas encore non, chope-le ! »

« Non, on n'a pas le temps ! »

Je pose mon sac à l'écart avant de me diriger d'un pas résolu vers la porte.

Trop facile, il s'est endormi !

Je plaque ma main gauche sur sa bouche et son nez pendant que la droite enserre sa nuque. Je le soulève de terre avant de le rentrer dans la chambre sous le regard haineux de mon acolyte.

« Tu n'avais qu'à le faire. »

« Et maintenant ? »

Je lâche l'ange, qui essaie de m'échapper, sur la chaise de bureau avant de l'emprisonner dans mon regard. C'est un pouvoir archangélique. Je ne sais pas comment il fonctionne, mais dès qu'un archange plonge ses yeux dans ceux d'un subalterne ce dernier ne peut plus du tout bouger. Son cerveau et sa bouche fonctionnent normalement, cependant son corps n'obéit plus. C'est un peu comme s'il était endormi. En bref, c'est le don parfait pour pratiquer des interrogatoires sur ses employés. Gabriel ne s'en prive pas, il s'en est pris à moi à plusieurs reprises ces derniers mois, alors que je ne lui appartiens pas. Mickaël n'a pas paru étonné lorsque je lui ai relaté les faits, il m'a juste dit qu'aucun archange ne ferait cela s'il n'avait de bonne raison. Mais il m'a avoué, plus tard, qu'il n'avait pas pu apprendre lesquelles. Je crois qu'aujourd'hui, je les connais.

Chapitre 2

Daemon

Putain !! Mais elle joue à quoi là ? Elle ne va quand même pas interroger un ange maintenant ! En plus, la voir le choper de cette façon a réveillé mes envies !

Saloperie de jean serré, ma queue est tellement comprimée que je peux sûrement dire combien il y a de dents sur ma fermeture éclair.

Bon, allez, si je suis ce qui se passe, ça calmera peut-être ma libido. Je n'y crois pas trop, mais on a plus trop de temps pour fuir alors je dois rester concentré…

Elle ne perd pas de temps en débutant illico l'interrogatoire.

— Qui est ton maître ?

— Je n'ai rien à te dire.

Ouch ! Mauvaise réponse, mec !

Avec rapidité et agilité, elle lui bloque le poignet sur l'accoudoir de la chaise. La pièce s'éclaire en vert et deux secondes plus tard l'index d'Ange est en feu, façon allumette, qu'elle lui applique sur le dos de la main.

— NON ! Stop !! Arrête !! Gabriel, mon maître, c'est Gabriel, crie-t-il !

Aussitôt, le feu s'éteint. Dommage que l'odeur ne disparaisse pas aussi vite.

— Bien ! Quels sont tes ordres ?

Silence...

La pièce redevient verte...

— Non, non, c'est bon ! hurle-t-il alors qu'elle ne l'a pas encore touché. Surveiller la chambre et prévenir Gabriel de ton arrivée !

— L'as-tu averti ?

— Non, je n'ai pas vu que tu étais revenue.

— Si nous revenions ensemble, quels étaient les ordres ?

Je ne comprends pas sa question.

« *Tu crois que Gabriel aurait pu anticiper qu'on reviendrait ensemble ?* »

« *Juste une intuition, je t'expliquerai plus tard.* »

— Toi, vivante. Lui, mort !

Eh bien, ça fait toujours plaisir à entendre.

— Quels archanges nous recherchent ?

— Seulement Gabriel, je crois.

— Et Mickaël, qu'est-ce qu'il fait ?

— Je ne sais pas, il n'est pas mon maître.

— Mais ?

— Je ne pense pas qu'il sache que tu es surveillée

— Surveillée ? Depuis quand es-tu là ?

— Hier, après ton départ.

— Pourquoi fait-il surveiller ma chambre ?

— ...

— Réponds.

Son ton est uniforme, elle ne crie pas et ne se réjouit pas de la situation non plus. Elle veut qu'il lui parle, c'est tout !

— Tu vas me tuer de toute façon

— Si tu te tais, c'est certain…

En même temps qu'elle lui répond cela, elle lui plante une lame dans l'épaule. Je suis estomaqué ! Putain, elle n'a même pas sourcillé, mais le pire c'est que je l'ai serré plusieurs fois dans mes bras ces dernières heures, je n'avais pas senti qu'elle était armée. Toujours sans état d'âme, elle fait glisser sa lame tout le long de l'humérus jusqu'au coude. Du sang gicle de tous côtés,

À part sur elle, étonnamment !

L'ange se met à hurler !

— Arrête de crier, s'il te plaît, lui dit-elle calmement, avant d'ajouter. Je t'ai demandé de répondre à mes questions, mais tu n'as pas voulu. Il te reste à peine quinze minutes de vie maintenant, alors, soit tu meurs, soit tu coopères et je te soignerais.

— Promets-le-moi !

Elle s'incline légèrement pour plonger ses yeux dans ceux de l'ange. Ils deviennent entièrement verts.

— Promis, dit-elle simplement.

— Il ne m'a rien dit. Depuis quelque temps, Gabriel est devenu complètement paranoïaque, il se méfie de tout le monde même de son armée.

Il regarde partout comme s'il pensait que Gabriel pouvait l'écouter au-delà de ces murs. Il a peut-être raison, au fond, puisqu'il peut nous parler grâce à la marque.

— Mais je l'ai entendu parler… Cette mission est un leurre, tu es ici pour le tuer, lui, murmure-t-il.

Bien sûr, « lui », c'est encore moi. C'est agréable de savoir qu'on veut à ce point ma mort. Mais Ange avait vu juste, il se doutait qu'on ne s'entretuerait pas. Comment le savait-il ?

— Pourquoi le tuer ? Et pourquoi m'attendre ici ?

— Je ne sais pas pourquoi il veut sa mort, mais quand il était à lui, il a sûrement dû apprendre des secrets. Et, moi, je dois le prévenir pour qu'il puisse te tuer, enfin je crois, dit-il dans un souffle.

— Pour quelle raison voudrait-il me tuer ?

— Tu es une aberration, nous le savons tous depuis le début !

La luciole magique est de retour, des arcs électriques verts lui courent sur tout le corps. Elle est effrayante, son pouvoir est extraordinaire ! Je sais que ce n'est pas le moment, mais je me demande quand même si le mien équivaut le sien.

« Calme-toi mon ange, le réduire en cendre ne te fournira aucune réponse. »

L'ange s'est ratatiné sur la chaise, et il murmure des excuses. Il est tellement pâle que sa fin n'est sûrement pas très loin.

« Il est presque mort, libère-le. »

— Tu m'expliques cette histoire d'aberration pendant que je te soigne.

Il n'a pas encore accepté qu'elle a déjà commencé à faire courir des filaments verts sur la plaie qui se referme, en faisant un bruit dégueulasse de succion.

— Euh, oui... Quand Lilith[4] a tué l'ancien maître-chasseur des enfers, ils ont demandé de l'aide aux I.S. pour le remplacer et c'est lui qui a été choisi.

Bien sûr « Lui » étant toujours moi.

Mais ce dernier continue sur sa lancée.

— Toi, tu venais d'être purifiée et tu n'avais pas encore été... Euh... Altérée ?

Là, je craque ! Je me la ferme depuis le début, mais, ça, c'est trop !

— Altérée ? Explique-toi, demandé-je, très énervé.

— Pour être sûrs que vous obéissiez aveuglément, mais surtout que vous ne vous retourniez pas contre eux, les chasseurs subissent... Je ne suis pas assez haut pour savoir exactement quoi, mais votre loyauté n'a plus de limite après ça !

— On me l'avait fait ? demandé-je, révolté.

— Oui.

---

[4] Succube. Première femme d'Adam. Princesse des démons

Mon ange a terminé, elle est assise par terre contre le mur. Les yeux dans le vague. Je sens au plus profond de mon âme sa colère et sa détresse.

— Pourquoi dis-tu qu'elle est une …

Je refuse de la traiter d'aberration alors qu'elle est l'être le plus extraordinaire que j'ai pu rencontrer.

— Qu'elle est différente ? demandé-je, les mâchoires à deux doigts d'exploser, tant je les serre pour ne pas laisser exploser ma rage.

— Ils n'ont pas eu le temps de le lui implanter, elle est partie en mission telle quelle, et quand elle est revenue…

Il s'arrête et la regarde… Waw ! Il l'admire, elle représente beaucoup pour lui.

Je ne suis pas sûr de trouver ça à mon goût, par contre !

— Ils n'ont jamais réussi à la modifier. Les bruits courent que, chaque fois qu'ils l'ont mise en stase, ils ont essayé d'initialiser le processus. Depuis quelque temps, elle aurait commencé à se cacher d'eux lors des missions. Ils n'arrivent plus à savoir ce qu'elle fait. C'est pour cela qu'ils ont dû estimer qu'elle est un danger… Mais personnellement, je crois qu'ils ont surtout peur qu'elle découvre leurs vilains secrets.

— Ils en ont ? demandé-je.

— Je ne sais pas, je ne suis qu'un guetteur. Je ne fais qu'obéir aux ordres. Ils ne me donnent pas d'explication. Cela dit, l'ambiance est mauvaise. Gabriel semble comploter et Mickaël évite les autres. Je n'en sais pas plus.

Le temps passe vite ! Après toutes ces années à fuir le soleil, je n'ai plus besoin de regarder dehors pour savoir que dans moins de vingt minutes les démons pourront sortir.

« Il faut qu'on dégage d'ici et vite. »

« Endors-le, s'il te plaît. »

— Je ne sais pas ce que vous voulez faire de moi, reprend l'ange, mais débarrassez-vous du démon qui dort dans le couloir. Allez voir dans la chambre du fond, il a massacré tous les clients de l'étage.

Génial ! Encore ça !

Au même instant, ma fléchette se plante dans son cou, et l'ange s'endort immédiatement.

Chapitre 3

<u>Ange</u>

Une aberration ! Avoir gardé mon libre arbitre m'a condamnée à mort ! Je suis abasourdie ! Dire que ce sont eux que nous appelons les « Instances supérieures » ! Ils se croient au-dessus des humains, mais, en fait, ils ne valent pas mieux, voire pire…

L'ange nous a procuré beaucoup de renseignements qui en fin de compte ne font que susciter plus de questions. J'ai une liste sans fin de « pourquoi » qui tourne dans ma tête, elle ne contient que très peu de réponses, mais maintenant, je sais qui les possède… Gabriel !

Mais chaque chose en son temps, pour l'instant nous avons un démon à éliminer, un autre à pister et détruire, sans parler de ceux qui nous sont tombés dessus à l'entrepôt. Je pense qu'avec nos nouveaux pouvoirs cela devrait être facile… Je scanne mentalement l'étage à la recherche du démon pendant que je récupère mon sac. Daemon allonge l'ange sous la fenêtre, sur un rare morceau de moquette restée propre. J'espère qu'ils ne lui feront pas payer trop cher sa coopération forcée.

Nos chefs sont loin d'être cléments !

Enfin, les siens, car, moi, je n'ai plus d'ordre à recevoir de personne.

Cette idée me plaît infiniment.

Je suis sur le point de franchir le seuil lorsque Daemon me rattrape.

« *Tu n'es pas une aberration, tu es un être merveilleux.* »

Je regrette qu'il soit impossible d'identifier la moindre intonation ou sentiment lorsque nous communiquons par télépathie, parce que, si j'en crois son regard ce compliment est rempli de... Tendresse ? D'amour ?

« Je ne sais pas ce que je suis, mais l'assumer ne me gêne pas. »

Il se penche et dépose un petit bisou à la commissure de mes lèvres. En se redressant, il plonge ses yeux dans les miens puis me fait un magnifique sourire.

Quelque chose vient de s'envoler près de mon estomac et son pilote n'arrête pas de faire des loopings...

Il passe devant moi et s'engage dans la direction où nous pousse notre instinct de chasseur. Je lui emboîte le pas sans rien dire. Je regrette de ne pas avoir plus de temps pour profiter de l'étrange sensation d'euphorie qui m'habite. Il faut rapidement que je me ressaisisse, je dois me concentrer pour affronter un démon, bien nourri si j'en crois les restes humains qui jonchent la moquette. Sans oublier qu'il est probablement dans cet hôtel pour nous tuer, lui aussi.

Daemon vient de s'arrêter devant une porte, étrangement intacte, je ressens son trouble, bien que je ne le comprenne pas. La procédure est pourtant simple, nous ouvrons et nous le cramons...

« Il y a un problème ? » lui demandé-je, par télépathie, en appelant un peu d'énergie à moi.

« Putain, ouais, et de taille ! »

« Je t'en prie, explique moi ? »

« Ce qui se trouve ici n'a rien à y foutre »

« Comme tous les démons qui quittent l'enfer. »

« Non, tu ne comprends pas, mais en le voyant peut-être... »

Il ouvre la porte puis la pousse avec le pied, une odeur pestilentielle envahit mes narines. Ho, ce n'est pas vrai ! Le monstre est assis au milieu de cadavres que la chaleur a déjà bien dégradés. Somnolent, il dévore un bras comme nous le ferions avec une cuisse de poulet.

C'est répugnant, mon estomac se soulève et ma bouche est noyée par la bile que j'essaie de contenir avec difficulté. Heureusement que je n'ai rien mangé ces dernières heures sinon j'aurais déjà vomi, ce qui serait plutôt gênant. Surtout que Daemon ne semble même pas incommodé par l'odeur.

J'appelle plus d'énergie, je la sens ramper du sol jusque sur mon corps qu'elle imprègne. Lorsqu'elle arrivera à mes yeux, je pourrais anéantir ce cauchemar ambulant.

« Merde, tu n'as pas l'air surprise d'en voir un ! »

« Je suis une chasseuse, j'en tue au moins un par semaine. »

« Des Orcus [5] ? »

« Non, des démons... »

« Putain, ce n'est pas un démon ça ! »

« Bien sûr que si. »

« Certainement pas non, il faut que je l'interroge. »

---

[5] Monstre ressemblant aux gargouilles qui se nourrit de chair humaine. Le mot français est « ogre »,

« Il ne parle pas. »

Il ricane en s'avançant dans la... Pièce ? Garde-manger ? Je peine à trouver un mot pour qualifier cet endroit. Si je m'écoutais, je brûlerais tout ! Soudain, un étrange son sort de la bouche de Daemon, une sorte de sifflement modulé qui déclenche une gêne à la limite de la douleur dans mes oreilles.

« Tu sais qui je suis. »

« Oui. »

Ho ! Ils parlent ! Je suis étonnée de découvrir à quel point c'est utile d'être accompagné par un ex-démon, je ne savais pas que les chasseurs peuvent communiquer avec eux.

« Que fais-tu ici ? »

« J'attends. »

« Tu attends quoi ? »

« Rien. »

« Alors qui ? »

« Lilith[6]. »

« C'est elle qui t'a amené ? »

« Sais pas, j'suis réveillé ici. »

« Où est le reste de ton clan ? »

« J'sais pas lumière blanche prendre les miens et jamais les autres revenus... »

---

[6] Succube. Première femme d'Adam. Princesse des démons

« Lumière blanche, c'est quelqu'un ? »

« Oui, non. »

« Comment ça oui et non ? »

« Lui marche dans lumière, mêmes yeux vous. »

Je ne peux m'empêcher de demander :

« Il a les mêmes yeux que nous ? Un archange kidnapperait des démons pour les lâcher sur la terre ? »

« Ce n'est pas un démon, mais une saloperie d'Orcus et il ne sait pas mentir ! »

« Nous ne pouvons pas le laisser ici. Alors soit il repart en enfer, soit je le désagrège ! »

« Je sais, vas-y… »

Je lâche prise sur mon pouvoir, une boule d'énergie verte s'échappe de mon corps et percute la bête infernale pour ne laisser qu'un tas de cendre. Un problème de réglé. Je vais pour partir quand je réalise que nous ne pouvons pas laisser le reste des corps à moitié rongés dans cet hôtel. Les humains seraient effrayés par un monstre dévoreur de chair…

Je fais affluer mon énergie que je concentre en un jet maîtrisé afin de brûler entièrement la chambre et ce qu'elle contient. Puis, le cerveau en ébullition, je me dirige vers les ascenseurs. Je viens de brûler une pauvre créature qui n'avait pas demandé à être là, elle ne s'est même pas défendue. Est-ce que tous les autres étaient dans cette situation aussi ? Qui peut faire cela et dans quel but ?

J'entends Daemon me rejoindre, mais j'accélère le pas, je ne veux pas discuter ici. J'appuie sur le bouton d'appel de l'ascenseur qui s'ouvre immédiatement. Je suis stressée en rentrant dans la cabine, car j'ai le pressentiment que nous allons rencontrer des difficultés pour sortir de l'hôtel. Daemon est de nouveau pétrifié contre la cloison et il me regarde avec inquiétude.

« Tu devrais te faire plus de soucis pour ce qui nous attend sur le parking, que pour l'étroitesse de ce lieu. »

« Putain, ce n'est pas ça le problème, c'est... »

« Il le faudrait pourtant parce que dans moins d'une minute, ils vont tous nous tomber dessus ! »

Soudain, la cabine s'éclaire en vert. Pour la première fois, je vois son pouvoir se matérialiser sur sa peau, puis sur ses habits pour finir par se solidifier en une sorte d'armure verte qui recouvre ses épaules et son torse. Elle est aussi dotée de plaques de protection sur son bas-ventre qui descendent sur ses cuisses. Et pour compléter sa carapace, ses avant-bras ainsi que ses mains sont protégés par des gants.

« Tu as l'épée qui va avec... »

Le sourire qu'il me lance me déstabilise, il est irrésistible. Je n'arrive pas à détacher mes yeux de sa bouche si appétissante.

Quel goût à son souffle ? Ses lèvres étaient si douces tout à l'heure... Houla, ce n'est pas le moment de penser à cela.

« Putain, c'est trop cool ça, vas-y essaies... »

Pour me laisser du temps, il met l'ascenseur en panne.

Tiens, tiens, soudain il n'est plus claustrophobe.

J'appelle mon don en pensant à la nécessité de me protéger. Tout mon corps se met à crépiter, de plus en plus fort. Mes bottes se recouvrent d'une substance verte qui se rigidifie puis elle imprègne le cuir de mon fute qui malgré cette couche dure reste souple. Mon buste a hérité du même genre d'armure que lui, mais elle se termine en jupe à partir de la taille, jusqu'à la moitié de mes cuisses. Mes bras, eux, sont entièrement protégés ainsi que mes mains. Je me vois dans le miroir qui me fait face, et, waouh ! Nous avons peut-être réellement une chance maintenant. Je me concentre de nouveau pour créer un casque, il recouvre exactement l'implantation de mes cheveux.

« Je suis prête. »

Il remet l'ascenseur en route et nous reprenons notre descente vers le hall d'entrée. Ses yeux, chargés à pleine puissance, ne me lâchent pas, je sens son désir comme je suppose qu'il sent le mien. Ce n'est pas la meilleure façon de se préparer à un combat, cependant je suis incapable de me détourner de lui. Pourquoi m'attire-t-il autant, pour ne pas dire qu'il me fascine complètement ? Peut-on vraiment développer des sentiments aussi forts en si peu de temps ? À moins que cela ne soit qu'un effet indésirable de ce lien archangélique que nous ressentons au plus profond de notre chair.

Une sonnerie, d'une discrétion toute relative, me sort de mes pensées pour nous avertir que nous sommes arrivés à destination. Les portes s'ouvrent sur le hall entièrement vide, même l'accueil a été déserté.

« Ce n'est pas normal. »

« Tous ces connards sont dehors. »

« Je les sens, il y en a des deux camps, dont plusieurs très puissants. »

« Putain, ça fait vraiment chier ! »

Deux boules d'énergie se matérialisent dans le creux de ses mains alors que nous avançons de quelques pas.

« Elle est passée où, ta moto ? »

J'éclate de rire en voyant son expression, et, même si ce n'est vraiment pas le moment, l'image d'un Orcus sur ma moto roulant dans la ville à toute vitesse vient de me traverser l'esprit

Cette image ne l'amuse pas, au contraire, son regard est devenu meurtrier, je me calme immédiatement.

« Je te rappelle qu'on a plus de moyens de locomotion. »

« Mais si, j'ai demandé au pingouin de l'accueil de me l'amener derrière. »

« Ha… parce qu'il a tes clés ! »

« Bien sûr que non… Oh, écoute la crise de jalousie, tu me la feras quand nous serons en sécurité, d'accord ? »

Encore une chose qui doit aller avec les sentiments. Mais là, j'ai l'estomac noué, le cœur douloureux et les yeux qui piquent ! C'est nouveau pour moi, mais son manque de confiance en moi me... peine !?

Ça fait chier ! Comme dirait Daemon.

J'ai pris la direction de la sortie de secours, lui me fixe froidement sans faire un geste pour me suivre. Tant pis, il semblerait que ce soit ici que nous devions reprendre nos routes personnelles. À chaque pas qui m'arrache un peu plus de lui, la douleur augmente dans ma cage thoracique. Je commence à pousser doucement la porte lorsque j'entends ses pas s'éloigner dans l'autre sens.

Cette histoire aura fini avant même de commencer, c'est dommage, car je suis sûre que nous avions plus de chance de survivre ensemble !

Je ravale la boule qui obstrue ma gorge et pousse la porte d'un grand coup rageur. Elle s'ouvre sur le parking du personnel, je vois le « pingouin » fumer sa cigarette, appuyé contre ma moto.

Appuyé contre !?

Où est-ce qu'il se croit celui-là ? Comme si je n'étais déjà pas suffisamment énervée par les propos de l'ange, l'Orcus et la désertion de Daemon...

— Ha ! Vous êtes enfin là ! Ma pause est presque terminée. Alors, où va-t-on ? demande-t-il avec un sourire qu'il estime sûrement charmeur.

— Merci de me l'avoir amenée, vous pouvez retourner à votre poste, lâché-je froidement, j'ai rendu ma chambre.

— Originale votre tenue de moto ! dit-il avec un sourire enjôleur, on pourrait aller boire un verre.

— Non, nous ne pouvons pas, je suis pressée.

Je lui arrache mon trousseau des mains, insère la clé et démarre sans même le regarder. Il est tellement furieux que sa respiration est saccadée, il me dit quelque chose, mais le bruit du moteur m'empêche d'entendre. Avec rapidité, il tourne la clé pour l'éteindre et m'attrape le poignet.

— Toi, la sale garce, tu me dois un service ! Tu crois que mon temps est gratuit ? Alors on va remonter dans ta chambre et tu vas être très, très gentille avec moi. Tu as bien compris ?

Je pouffe de rire, ce qui l'énerve encore plus. Comme si ce gringalet allait me faire peur.

Daemon

Merde, mais quel con !!! J'aimerais comprendre pourquoi j'ai réagi comme ça ?

En fait, si, je sais pourquoi… Je suis obligé de reconnaître qu'elle a raison, je suis jaloux à en crever ou plus exactement à éviscérer mon rival. Putain, imaginer que l'autre guignol ait pu la toucher me fait bouillir ! Ça ne fait pas deux jours que je la connais, et déjà je ne me reconnais plus. Je ne peux pas m'empêcher de penser à elle, de penser qu'elle est à moi !

Et rien qu'à moi !

Mais maintenant, je me retrouve seul dans cet hôtel, avec au moins vingt ennemis sur le parking, sans même savoir où est mon ange ni comment elle va. Par contre, j'ai senti une présence que je connais bien au premier étage.

Cette fois, je prends les escaliers, j'ouvre la porte palière pour me retrouver nez à nez avec mon pote. À voir sa tête dégoûtée, il n'apprécie pas trop mes derniers changements physiques.

— Bordel de merde ! C'est donc vrai, tu es passé à l'ennemi ! Espèce de traître…

— C'est quoi, cette réflexion à la con ? Je ne suis pas un traître, alors que toi, mon pote, tu es venu pour me buter !

— Les autres connards, dehors, oui. Moi, je suis juste venu te parler.

— Alors, vas-y ! grogné-je.

— Où est ta saloperie de moitié ? Je ne voudrais pas qu'il me crame.

— Elle n'est pas loin. Mais ne t'inquiètes pas, si tu restes calme, elle n'attaquera pas, bluffé-je.

— Elle ? Comment une putain de recyclée, aurait réussi à te faire ça, à toi ?

J'apprécie très modérément, le ton dédaigneux que j'entends dans sa voix.

— Me faire quoi ?

— Bordel, tu le sais ! Il faut un combat à mort entre un démon et un ange pour qu'ils se transforment l'un l'autre. Certains disent que c'est le mélange de leurs derniers souffles qui les changent.

— Encore une connerie de mensonge ! Et vu qui était l'ange, elle aurait facilement réussi à m'anéantir de toute façon !

— Alors, vas-y, balance ! Dis-moi qui est ta moitié ?

— Tu veux dire que tu ne le sais pas ?

— Foutrement non, si je te le demande, s'agace-t-il.

— Et les autres en bas ?

Il a pris une position hostile. Les jambes légèrement écartées, bras croisés sur le torse, dos raide…

Il gagne du temps.

Je dois lui soutirer un max d'info afin de pouvoir vite me casser d'ici. Je soulève juste un sourcil pour lui rappeler ma question, il secoue la tête en guise de réponse.

Incroyable !

C'est hallucinant que personne ne sache que les deux plus dangereux maîtres-chasseurs se soient alliés, sans parler de notre transformation en Archange.

— Alors qui est l'heureuse élue ? raille-t-il.

C'est cette info qu'il est venu chercher !

Il ne ment pas, ils n'ont pas son nom, seul Gabriel est au courant, et encore, ce n'est pas sûr puisque son ange ne l'a peut-être pas encore contacté. Il rêve s'il croit que je vais lui dire.

— Bon, tu voulais me parler, alors je t'écoute. Mais fais vite, elle ne va pas tarder à arriver.

— Ouais, elle doit être toute proche pour que tu sois si calme. Tu peux t'éloigner de combien de mètres d'elle avant que le manque ne te dévore au point de péter un câble ?

Il y a beaucoup d'histoire qui circule sur les archanges, cependant, je ne sais pas si elles sont toutes vraies. C'est exact que l'une d'elles dit que les jeunes archanges vont par deux et que leur lien est indestructible. Selon cette même légende, ils ne pourraient pas s'éloigner de plus de quelques mètres sans en subir un contrecoup plutôt violent. Il paraît même que si l'un meurt l'autre le suit. Je n'avais pas réalisé que, dorénavant, c'est de nous que parlent toutes ces histoires…

Putain de merde ! Si c'est la vérité, ma connerie est encore plus grave, parce qu'on est bien plus vulnérable seul, il leur suffit d'en anéantir un pour nous faire disparaître tous les deux.

Par contre, je ne ressens pas de manque, enfin, si, mais ce n'est pas viscéral, juste… sentimental ? Est-ce qu'elle serait encore dans les parages ? Pourvu qu'il ne lui soit rien arrivé ! Il faut que je sorte d'ici.

— On est en lune de miel, on ne s'est pas encore beaucoup séparés…

— Ah, ouais, je comprends ! ricane-t-il d'un air graveleux qui me hérisse les poils.

Il est très mal à l'aise soudain, je vais enfin savoir qu'elle est le message

— Écoute, il faut que tu la tues et que tu rentres. Tu dois arrêter tes conneries, mec, l'équilibre est sur tes épaules, merde ! Ou alors, si vous vous êtes assez rapprochés pour avoir confiance en elle, convaincs-la de nous rejoindre…

— T'es dingue ! m'exclamé-je, stupéfait de son audace, je ne compte pas me suicider, mec ! Et puisque tu as l'air de croire que tu as toutes les réponses, dis-moi, ce qui se passe sur le parking, c'est bon pour l'équilibre ? Et les Orcus enlevés à leurs clans pour être lâchés dans ce monde innocent, c'est super bon aussi ? Mon pauvre, me moqué-je devant son regard éberlué, il faut que tu ouvres les yeux, tu sers des maîtres qui ne font que s'occuper de leurs intérêts personnels. Il n'y a plus aucune règle qui soit respectée.

Il ne sait pas quoi répondre, mes propos le déstabilisent, pour la première fois, je vois qu'il réfléchit.

— Je dois y aller. Je ne voudrais pas avoir à te blesser, alors te mets pas en chasse après moi, dis-je en me dirigeant vers la porte avant de me stopper, un dernier conseil, ajouté-je sans me retourner, si tu veux vivre, ne t'approche pas d'elle.

Chapitre 4

<u>Ange</u>

Plusieurs possibilités s'offrent à moi pour me libérer de la poigne de l'autre pervers. En premier, je pourrais me servir de mes armes archangéliques en prenant le risque de l'estropier, voire pire. Ou me défendre à la mode terrestre en prenant le risque de le blesser quand même. Je peux aussi tenter une nouvelle approche...

Oui, je vais essayer de le raisonner.

— Lâchez-moi, tout de suite ! dis-je froidement.

— Sinon quoi ?

— Elle va vous faire mal ! Très mal, même.

Je reconnais cette voix.

Je me retourne d'un bond avant de croiser son regard envoûtant, aussitôt, je fixe mes pieds, penaude. Mon maître ne devrait pas être là. Je sais très bien que je ne suis plus un ange à son service, cela dit, je ne sais pas comment me comporter devant lui désormais.

Mon poignet se libère d'un coup alors que le pingouin est allongé au sol, vivant, mais inerte.

— Regarde-moi ! m'ordonne-t-il sèchement. Tu n'as plus à te soumettre, aujourd'hui, tu es mon égal, poursuit-il, adouci. Et puis, nous savons tous les deux que tu n'as jamais réellement été obéissante. Jolie tenue ! Je vois que tu as déjà bien assimilé tes nouveaux pouvoirs.

Je relève la tête, avant de plonger dans le vert hypnotique des yeux de Mickaël, qui n'est pas tout à fait le même que le nôtre, il est légèrement plus clair. Il me sourit tout en me détaillant.

— Vous aussi, vous êtes venu pour me tuer ? demandé-je, le plus calmement possible.

— Non ! Juste discuter avec vous de votre nouvelle mission. Où est ta moitié ?

— Occupé ailleurs pour l'instant. De quelle mission parlez-vous ?

— Je te promets que je vais tout t'expliquer, mais tu vas devoir répondre à quelques questions avant. Liths s'est aussi transformé en archange ?

J'hésite à répondre. Je ne sais plus à qui me fier. Mais c'est indéniable, j'ai aussi besoin d'informations sur mon nouveau statut d'archange. Il me regarde avec son sourire habituel. Il n'a pas l'air ébranlé par mon changement. J'inspire un grand coup.

— Oui, soupiré-je, en me lançant.

— Bien ! Il ne doit vraiment pas être loin alors. Dorénavant, vous ne pouvez plus vous éloigner, l'un de l'autre, que de quelques mètres, le savais-tu ?

— Non.

— Si vous êtes trop éloignés, votre lien souffrira ce qui vous rendra irritables. Si l'espace augmente encore, vous ne pourrez plus contenir votre colère, ce qui vous empêchera de gérer vos pouvoirs correctement. Tu peux imaginer toute seule le carnage que vous pouvez faire.

— Jusqu'à quelle distance pouvons-nous nous écarter ?

— Je ne sais pas. Vous allez devoir faire des tests. Je ne vais pas pouvoir beaucoup vous aider, puisqu'il n'y avait pas eu de nouveaux archanges depuis des siècles ! D'ailleurs, comment est-ce arrivé ?

— C'est une longue histoire, mais pour faire simple… Je l'ai soigné, lui réponds-je, honteusement après un instant de doute.

Il éclate de rire ! Sa réaction n'est vraiment pas celle à laquelle je m'attendais. Mais je suis incapable d'avoir des pensées cohérentes pour le moment. J'avais déjà entendu parler du rire des anges, mais jusqu'à cet instant, je ne savais pas que c'était vraiment le plus beau son de tous les mondes réunis. Mon cœur se remplit de bonheur, mes craintes s'envolent et je sens un sentiment de joie infinie m'envahir…

Wauuh, c'est extraordinaire !

Quand le silence revient, toute la magie de l'instant disparaît aussi…
Dommage.

— Il n'y avait que toi pour vouloir guérir un démon ! Enfin, un affranchi dans son cas. Bon, j'aurais préféré que vous soyez là tous les deux pour vous expliquer la situation, mais je te laisserai lui faire un résumé. Je ne dois surtout pas être vu ici.

Il se racle la gorge en grattant son sourcil droit, je souris, ce tic nerveux apparaît lorsqu'il se concentre. Ce sont ces petites habitudes qui le rendent presque humain, c'est ce que j'ai toujours aimé chez lui. Il n'est pas comme les autres archanges, froids, quasi robotisés, lui paraît réel et vivant.

— Il y a longtemps, la direction des deux camps a été donnée à un consortium qui devait œuvrer pour l'équilibre et la paix sur Terre. Cela a marché, et les grands patrons des deux factions se sont retirés. Depuis quelque temps, j'ai des doutes sur la réalité du bien-être de la Terre. Il y a trop de guerres, d'horreurs au quotidien pour que cela ne soit que le fait des humains. Alors j'ai commencé à surveiller un certain nombre des nôtres... Ce que j'ai découvert est... soupire-t-il, inacceptable ! Il n'existe plus deux camps distincts, mais un seul, dirigé par un conseil secret. Des archanges et des démons y siègent côte à côte. Je ne sais pas quels sont leurs desseins pour l'avenir du monde, mais avec eux au sommet, il me paraît bien sombre.

— Pourquoi chassons-nous des Orcus à la place des démons ? osé-je demander.

— Je l'ai découvert que très récemment, grâce à toi, d'ailleurs. Te rappelles-tu la dernière mission où tu as été gravement blessée et mise en stase ?

— Non, pas vraiment, ma blessure à la tête m'a rendue amnésique.

— Tu n'as pas été blessée lors de cette mission. Quand tu es rentrée, tu as demandé à me voir. Malheureusement, je n'étais pas là et à mon arrivée à l'infirmerie tu étais déjà en stase. J'ai voulu comprendre pourquoi ils ne m'avaient pas attendu et j'ai découvert que tu as blessé cinq anges ce jour-là. Ceux qui t'ont attachée de force à ton lit, pour t'endormir. J'en ai déduit que quelqu'un ne voulait pas que tu me parles. La suite, tu la connais. À ton réveil, tu n'avais plus de souvenirs, et, alors que pour toi cela a toujours été inné, ils ont dû te faire suivre une formation pour reconnaître un démon. Sauf, comme tu l'as découvert, ce sont des Orcus.

— Un nom revient régulièrement depuis hier. Il m'a même fait surveiller.

— Qui ?

— Je ne suis pas sûre de devoir vous le dire pour l'instant ni d'avoir entièrement confiance d'ailleurs. Excusez-moi…

— Je comprends. La seule personne à qui tu peux te fier totalement, c'est ta moitié ! Vous êtes liés pour l'éternité dorénavant. J'ai encore deux choses à te demander, la première : trouve le monstre qui fait un carnage dans cette ville, et si tu peux, interroge-le avant de le tuer. Je pense qu'il fait partie d'un plan pour que, Liths et toi, vous vous entretuiez. Et en deuxième : cherche la vérité. C'est ce que je vais faire aussi, j'essaierais de te laisser des messages ou des pistes.

— Comment saurais-je que cela vient bien de vous ?

— De toi ! Plus vous.

— Si tu veux, mais cela ne change rien à ma question.

Il réfléchit un instant, s'accroupit en faisant attention à ses immenses ailes d'une blancheur éblouissante au soleil, puis dessine un symbole dans la poussière. Lorsqu'il a terminé, il me regarde en attendant ma réaction. Je hoche la tête et le redessine à côté de son symbole archangélique. C'est bon, nous sommes d'accord. Il efface les deux symboles avec son pied en se relevant.

— Je vais y aller avant que quelqu'un ne sente ma présence. Fais bien attention à toi, petit ange, ta mission pourrait bien être essentielle pour l'humanité et j'ai vraiment besoin de toi, enfin de vous. S'il accepte de t'aider, vous multiplieriez vos chances de réussir.

— Merci pour la pression ! Tu n'aurais pas un indice pour trouver le monstre ?

— As-tu trouvé comment il se déplace ?

Maintenant que je connais la vérité, ça change tout. Je ne traque plus une bête stupide à travers une ville, mais un démon dans le genre de Daemon, doté d'intelligence. Ses attaques ont certainement une logique que je vais devoir trouver…

— D'accord, j'ai compris, grincé-je irritée, en pensant aux kilomètres de sous terrain que contient cette ville.

— Quelqu'un approche, je disparais !

Et c'est ce qu'il fait ! Fin de la conversation, mais là, pour la première fois, depuis le début de tout ça, j'ai des réponses intéressantes.

Il a dit que nous ne pouvons pas être séparés, Daemon et moi, pourtant, cela fait un moment qu'il est parti. Il va falloir que je me résigne, même si mon cœur proteste, et que je parte aussi…

— Ho, mais qu'est-ce que j'ai trouvé, là ? Une archange inexpérimentée et sans défense.

Il part d'un rire gras à la limite de l'hystérie. Pas d'erreur possible, c'est un démon. Je me retourne pour me retrouver face à un homme au faciès peu engageant. Il est très laid, nez crochu, menton saillant, yeux globuleux rougeâtres, oreilles disproportionnées et en pointe. Par contre, je ressens une très grande puissance.

— Et vous êtes ? demandé-je, froidement.

— Ah oui. Tu as raison, restons polis, avant que je te tue, soupire-t-il exagérément. Je suis Abaddon[7], l'ange exterminateur, reprend-il avec emphase.

Il termine en me faisant une révérence.

— L'ange exterminateur, rien que ça ? ricané-je.

— Garde tes sarcasmes pour le sans-couilles de traître qui te sert de toutou ! lâche-t-il en faisant une grimace de dégoût.

— Oh, je comprends. Je suis vraiment désolée pour toi ! gloussé-je.

— Désolé, pour quoi ? grogne-t-il.

— Je n'avais pas compris que tous les démons sont atteints de cette pathologie. Et forcément, je compatis à votre jalousie de voir que l'un des vôtres a retrouvé les siennes.

Un éclair rouge jaillit de ses mains avant de frapper le sol à cinquante centimètres de mon pied gauche.

Je crois que je l'ai énervé !

Je lance deux boules d'énergie. La première le touche à l'épaule droite, une longue giclée de sang s'en échappe pour percuter le mur ainsi que la porte de l'issue de secours derrière lui. La deuxième, lui

---

[7] L'ange destructeur, chef des démons de la septième hiérarchie. C'est l'ange exterminateur dans l'Apocalypse.

arrache la moitié de la cuisse gauche. Il s'écroule en poussant des cris de douleur. Je solidifie mon énergie en deux pointes d'à peu près trente centimètres de long, pendant que je m'approche de lui d'un pas conquérant. Par télékinésie, je lui tourne les mains afin que ses paumes soient collées au sol pour être sûre qu'il ne puisse pas les retourner dans le but de me balancer des éclairs. Puis, je les cloue avec les pointes vertes et la manœuvre le fait hurler encore plus fort.

Voilà, maintenant, il est à ma merci.

— L'ange exterminateur… Pff ! Laisse-moi rire !! Juste un papillon épinglé au mur, enfin au sol, dis-je, sarcastique.

Chapitre 5

<u>Daemon</u>

Putain, il faut vite que je la retrouve, c'est plus qu'urgent là. Elle n'a pas dû partir sinon je le sentirais probablement, enfin si leur merde concernant la distance marche vraiment. Je dévale les escaliers à une vitesse folle pour me précipiter sur l'issue de secours par laquelle elle est sortie, il y a déjà un moment.

Alors que je pousse la porte, je vois passer un truc rouge.

Putain de bordel de merde ! Ils se battent dans la cour arrière.

Deux boules vertes traversent dans l'autre sens… J'ai juste le temps de repousser la porte pour éviter une gerbe de sang. J'entends des râles de souffrance provenir de la cour.

Hey ouais ! Mon ange ne rate jamais.

Je découvre un spectacle surréaliste à ma seconde tentative pour sortir. Abaddon est étendu au sol, alors qu'elle le domine de toute sa hauteur. Une force invisible retourne les mains de l'exterminateur afin de l'empêcher de lancer des éclairs. Deux longs pieux verts s'envolent des mains de mon ange pour se planter dans celles du démon ! Il est complètement immobilisé et sans défense. Je suis sidéré, son pouvoir semble ne pas avoir de limites. Elle était déjà la meilleure chasseuse, elle est probablement devenue la plus puissante des archanges. Nos anciens patrons ne vont pas aimer ça…

Elle s'adresse à l'autre raclure d'un ton rempli de haine :

— L'ange exterminateur… laisse-moi rire !! Juste un papillon épinglé…

Putain, je suis mort de rire, elle vient de le traiter de papillon ! Bon, il va être enragé quand elle va le libérer, il n'aura plus qu'une chose en tête : la pourchasser pour la tuer. Il n'a pas l'habitude d'être défié et encore moins d'avoir le rôle de victime, il va devenir dingue, mais il n'a pas intérêt de s'approcher d'elle. Pour le moment, je suis trop heureux de la retrouver, sans parler du plaisir que ça me fait de voir ce connard arrogant cloué au sol, pour m'inquiéter. Je fais un pas pour la rejoindre, j'ai tellement envie de la sentir contre moi, de humer son odeur ainsi que de me recharger à sa chaleur. Cependant, un doute m'assaille soudain. Il y a peu de chance qu'elle apprécie que je la dérange en plein interrogatoire. Enfin non, l'ange, elle l'a interrogé, lui, elle le torture… Je sens des sentiments contradictoires se bousculer en elle.

Non, mais quel con ! Je l'ai vraiment blessé…

Je ressens sa souffrance au point de suffoquer. Je ne me rendais pas compte que, moi aussi, je ressentais cette gêne. C'est un peu comme si un poids comprimait ma poitrine. D'en être la cause, me donne envie de gerber ! Ma culpabilité est encore plus grande en pensant qu'elle a dû se battre, seule, contre au moins un démon. Comment revenir vers elle sans me faire jeter après ça ? Je sais ! Je referme la porte et m'y adosse.

« J'ai des infos, tu es où ? »

Allez ! Putain !! Réponds… s'il te plaît ! …

C'est mort, elle a décidé de m'ignorer. Cette défaite me broie les tripes. Non, elle ne peut pas, je suis prêt à la supplier s'il le faut, mais je n'abandonnerais pas !

« S'il te plaît, laisse-moi te rejoindre, il faut qu'on discute… »

Je m'approche doucement d'une lucarne pour voir ce qui se passe dehors, la scène qui m'y attend me sidère. Abaddon a les pieds en feux !

Il n'y a pas à dire, elle a vraiment des tendances pyromanes, elle fait systématiquement tout cramer.

À la limite de mon champ visuel, je perçois un mouvement à côté de sa moto. Putain ! C'est encore l'autre pingouin de merde. Qu'est-ce qu'il fout là, lui ? Elle aussi vient de le voir, aussitôt un flash remplit de colère et de dégoût s'immisce dans mon esprit pendant moins d'une seconde.

Il est mort !

Il n'aurait jamais dû la toucher. Je jure de revenir pour m'occuper de lui plus tard !

« Amène-toi, ton pote veut te parler. »

« Ce n'est pas mon pote ! »

« C'est bien que tu saches déjà de qui je parle, mais lui soutient que vous êtes amis et qu'il a quelque chose à te dire. »

Et merde, grillé !

Une putain de vision d'horreur m'attend dans la cour, sans parler de l'odeur effroyable qui s'en échappe. Quoi qu'elle ait voulu savoir, il est évident qu'il a dû tout déballer. Il est brûlé jusqu'aux genoux, ses tibias sont définitivement en cendres. Pour un démon, ça équivaut à la mort et du coup c'est un billet simple pour l'enfer où il va passer un long séjour afin de pouvoir se régénérer. Ses blessures à l'épaule et à la cuisse ont été cautérisées, non sans douleur, j'imagine. Il baigne dans une mare de sang ainsi que d'un tas d'autres fluides corporels. À l'odeur, je ne serais pas étonné qu'il y ait même de l'urine. Quatre pieux supplémentaires ont été plantés dans des endroits stratégiques et extrêmement douloureux. Un liquide visqueux, répugnant s'échappe de celle qui est fichée dans son estomac. En m'approchant d'eux, je distingue encore mieux ce qu'elle lui a fait et il est presque mort. Un truc est sûr, j'ai eu de la chance qu'elle ne me fasse pas la même chose quand on s'est rencontrés. Enfin, vu son regard, ça peut encore se produire très prochainement.

Arrivé à côté d'elle, je tends le bras pour la serrer contre moi, mais elle m'évite pour filer vers l'autre merde de violeur en puissance, sans même me regarder. J'ai merdé à haute dose, je sens que je vais ramer pour pouvoir de nouveau l'approcher.

Merde, fait chier !!!

Abaddon est en triste état, à part son œil gauche, qui a l'air entier, tout le reste de son corps est soit brûlé, soit traversé par des pieux d'énergie.

Il tente de relever la tête pour me regarder, mais abandonne rapidement, elle atterrit sur le bitume en faisant un bruit sourd. Il n'a plus de force, rien qu'ouvrir la bouche pour parler l'épuise, seul un murmure s'en échappe. Je m'accroupis pour comprendre ce qu'il essaie de me dire.

— Lilith[8] te propose un deal, elle passe l'éponge à condition que tu nous rejoignes avant demain soir à la tombée de la nuit avec ta furie ou que tu l'aies tuée.

— Il y a un moment que j'obéis plus aux délires de Lilith. Et maintenant que je suis un archange, je fais même plus partie des enfers. Alors vous pouvez tous aller vous faire foutre.

Son corps brisé s'agite, il rit, l'enfoiré, en me lançant un regard, enfin une moitié de regard supérieur. Même à moitié mort, il garde son arrogance…

— Oh, ce n'est pas vrai !! Tu n'as toujours rien compris alors. Allez, on a assez joué pour aujourd'hui, détache-moi que je rentre en t'attendant demain soir.

— Non ! TU n'as rien compris « mon pote », tu ne vas nulle part. Tu n'es pas mon prisonnier, mais le sien…

Je regarde Ange en le disant, elle se retourne vers moi et j'en profite pour lui faire un sourire, qui ne suscite aucune réaction de sa part.

---

[8] Succube. Première femme d'Adam. Princesse des démons

— C'est bon, tu lui as demandé tout ce que tu voulais ? questionne-t-elle.

— Non, une dernière question.

— D'accord, mais fais vite.

— Qui est l'archange qui fait passer les Orcus[9] sur Terre ?

— Non, mais tu ne vas pas bien ! De quoi tu parles ? Quel rapport entre les archanges et les Orcus ? Et c'est qui, cette folle ? me demande-t-il.

— Tu n'en as plus pour longtemps, alors tu as le droit d'être dans le secret. Ma moitié angélique est la plus puissante maître chasseur des célestes, Ange Mickaëls.

— Elle existe ! souffle-t-il avant de fermer l'œil.

— Il ne sait rien, c'est bon, on peut y aller.

« Pas encore, deux trucs à régler avant… »

« Ah bon ? Quels trucs ? »

Sans un mot elle se retourne vers sa proie moribonde, toujours épinglée au sol.

— Ta première erreur, démon, a été de sortir de l'enfer. La deuxième a été de profiter de ta présence dans ce monde pour faire beaucoup de mal aussi bien directement à des humains, ainsi qu'en les influençant à en faire eux-mêmes. Et la dernière, c'est d'avoir voulu me tuer. Reconnais-tu tes torts ?

---

[9] Monstre ressemblant aux gargouilles qui se nourrit de chair humaine. Le mot français est « ogre »,

— Va te faire foutre, salope d'ange perverse. Libère-moi !!

— Eh oui, toujours le même discours. C'est pour cela que tu mérites la mort.

Elle claque des doigts, il s'enflamme entièrement. Ses cris de douleur et de rage me glacent le sang. Elle secoue la tête d'un air dégoûté en se retournant vers le pingouin qui hurle encore plus fort que la torche humaine. Enfin humain, il ne l'est pas et ne l'a jamais été.

« Feu l'ange exterminateur… »

Je ricane en même temps que je l'entends pouffer de rire à ma blague. Bon, elle n'est peut-être pas aussi remontée contre moi que je le pensais.

Je la suis, mais beaucoup plus lentement, personnellement, je trouve que l'autre enflure ne crie pas assez fort et j'aimerais y remédier en lui arrachant les couilles avant de les lui faire bouffer. Je ne suis pas prêt d'oublier qu'il a voulu la contraindre, et, même si j'ai été un connard avec elle, personne ne la touche, c'est MON ange !

Quand j'arrive à leur hauteur, il est toujours assis par terre, l'air hébété. Il a arrêté de s'époumoner, mais il est aussi pâle qu'un mort.

Quelle belle image…

Sans me regarder, elle enfourche sa moto, avant de se retourner vers le zombi au sol.

— Pour ton bien, je te conseille de ne jamais oublier ce qui vient de se passer ! Même à l'autre bout de la planète, je claque des doigts et tu t'enflammes, comme lui ! Alors, il vaudrait mieux, pour toi, que je n'entende plus jamais parler de toi.

Elle fait disparaître son armure, met son casque et démarre.

Chapitre 6

Ange

Le moteur tourne, pourtant il ne s'est toujours pas installé.

— Tu montes ou tu as d'autres projets ? dis-je abruptement alors que la peur qu'il ne me suive pas me serre le ventre.

Il s'assoit rapidement.

Il est là !

Je peine à respirer, je ne pensais pas qu'il reviendrait. Lorsqu'il s'est installé derrière moi, il n'a pas osé me toucher. Cependant, après deux virages, il a passé son bras autour de ma taille, j'ai eu l'impression qu'il soupirait de contentement. Je crois que j'ai compris ce que voulait dire Mickaël lorsqu'il disait que la distance ferait souffrir notre lien. Car depuis que Daemon a réapparu dans la cour de l'hôtel, la douleur qui comprimait ma cage thoracique a disparu. Bien sûr, nous allons devoir régler un certain nombre de choses, mais nous sommes ensemble. Enfin, je l'espère…

Après trois quarts d'heure de route, je me gare sur la place vingt-deux d'un joli petit immeuble de banlieue. Comme d'habitude, j'arrive au lever du jour. Le parking est rempli, mais personne ne traîne dehors. Le quartier est tranquille et bien entretenu. Je loge ici depuis, un peu plus de huit mois. J'ai acquis un petit appartement, une sorte de refuge loin du poids de leurs mensonges. C'est ici que je disparaissais la plupart du temps quand j'échappais aux radars de mes supérieurs. Je pense que nous allons devoir y vivre les prochains jours, et, probablement, aussi après.

« On est où ? »

« Chez moi… »

« Tu vis dans une résidence ? »

Je tape mon code pour déverrouiller la porte, puis sans lui répondre, je monte deux à deux les escaliers jusqu'au deuxième étage. Sur le palier, je m'approche du bloc de secours afin de mettre en route le petit boîtier qui y est caché depuis mon emménagement. C'est fou qu'une boîte pas plus grande qu'un chamallow puisse gérer huit caméras, qui se déclenchent grâce à des détecteurs de présence, ainsi que quatre micros. Il y a un an, je ne connaissais rien à la technologie, mais étrangement, on peut apprendre très vite lorsque l'on craint pour sa vie.

Avec mes clés, j'ouvre la porte et rentre sans vérifier s'il me suit. Je suis rassurée en entendant la porte se fermer doucement derrière mon dos.

Ouf ! Il est là, nous sommes ensemble.

J'enlève ma veste et mes bottes tout en me dirigeant au salon. Enfin, cela n'en est plus un, j'en ai fait mon QG. Rapidement, j'allume les écrans avant de mettre en route les ordinateurs. Maintenant que tout est en place, nous sommes en sécurité. Daemon est appuyé contre le montant de la porte, les bras croisés sur son torse, si joliment moulé par son tee-shirt. Lui aussi a enlevé son blouson et ses chaussures. Il me bouffe des yeux, je ne sais pas ce qu'il a en tête, mais je suis trop en colère contre lui pour que son regard y change quelque chose pour le moment. Par habitude, je récupère ma clé USB, que je m'apprête à connecter, lorsque je me souviens que je ne suis pas seule. Avant d'aller plus loin, je dois lui expliquer la situation, malheureusement, je n'y arrive pas !

Est-ce que je peux lui faire confiance ?

J'espère sincèrement que oui, Mickaël a dit qu'il est le seul à qui je suis censée me fier, mais je ne le connais pas. Nous sommes liés par notre lien archangélique, c'est indéniable, néanmoins est-ce réel ou est-ce juste une impression ?

Je suis épuisée, aussi bien physiquement que moralement, ces deux derniers jours m'ont semblé avoir duré une décennie. D'ailleurs en y réfléchissant, je ne me souviens plus de quand date mon dernier repas, cela doit faire plus de vingt-quatre heures, en tout cas. Alors, en premier, nous allons manger.

Tout en prenant la direction de la cuisine, je glisse la clé USB dans ma brassière. Daemon lâche un soupir de dépit et m'emboîte le pas en silence. J'ouvre plusieurs boîtes de conserve que je vide rapidement dans un plat avant de le placer dans le four à micro-ondes, ce silence m'oppresse autant qu'il m'attriste.

« J'ai réagi comme un con, tu as raison, je suis jaloux… »

Je hausse les épaules, cela ne suffit pas, il m'explique pourquoi il a pris la mouche, mais il ne s'excuse pas !

« *Tu sais, c'est nouveau pour moi aussi...* »

Je continue de mettre la table en ignorant ses propos.

— Putain, mais tu attends quoi de moi ? explose-t-il.

Je me fige. Je n'ai pas besoin d'y réfléchir. Je connais la réponse et, pendant quelques heures, j'y ai cru !

— Réponds-moi ! Vas-y, crie-moi dessus, n'importe quoi, mais réagit !

— Je n'attendais qu'une seule chose de toi. Toi ! Rien de plus. Et j'ai bêtement espéré que c'est ce que tu voulais aussi, mais j'avais tort.

Je suis étonnée que ma voix soit si calme parce qu'à l'intérieur, je bouillonne.

— Je suis là, non ?

Sa voix est caressante, étonnamment douce. Je dois lutter pour ne pas lui pardonner immédiatement, ce qui alimente ma colère.

— Peu importe maintenant...

— Non ! me coupe-t-il, c'est important, alors vide ton sac pour qu'on puisse repartir du bon pied.

— Ce n'est clairement pas le plus urgent.

— Mais...

Je le fais taire en levant la main, et je vois que des éclairs verts crépitent sur mes ongles, il faut vraiment que je me ressaisisse si je ne veux pas le faire exploser.

— Il y a un moment de cela, commencé-je, j'ai été blessé en mission et, une fois de plus, ils m'ont mise en stase. À mon réveil, j'étais amnésique. Je savais encore parler, lire, écrire, mais pour tout le reste… ma tête était vide, soupiré-je. J'ai suivi une formation pour reconnaître, chasser et tuer les démons, puis je suis repartie en chasse. Mais quelque chose n'allait pas, je ne savais pas quoi exactement, mais je me sentais étrange, diminuée.

Daemon s'assoit sur un des tabourets de l'îlot central et m'écoute sans rien dire. Il soulève juste son sourcil pour m'inviter à continuer mon récit.

— Dans le coffre de ma moto, j'ai trouvé un mot signé par un symbole dessiné ainsi que la carte de visite d'un restaurant d'autoroute miteux. Bien sûr, j'ai tout de suite reconnu mon écriture et j'y suis allée. Sur la porte des toilettes, au milieu d'autres graffitis, il y avait le dessin du mot, accompagné de coordonnées GPS. Là encore, je m'y suis rendue, à cet endroit j'ai trouvé d'autres coordonnées. Dès que je pouvais leur échapper, je suivais les miettes de pain que j'avais semé derrière moi avant d'être amnésique.

— Et tous ces lieux, c'est quoi ? demande-t-il, captivé.

— Jusqu'à hier soir, je ne savais pas trop puisque je ne connaissais pas la supercherie avec les Orcus. Chacune de ces adresses a été une de mes missions. Mais comme personne ne parlait de monstres dévoreurs de chair, mais de tueurs en séries, je n'avais pas compris le rapport. Pour l'instant, j'en ai répertorié un peu plus de soixante-dix aux quatre coins du monde. Et j'ai mené mon enquête pour comprendre pourquoi tous ces humains avaient été tués et quand je dis tués, c'est un euphémisme, car ils ont été anéantis. Chaque fois, je n'ai pu retrouver que très peu de choses d'eux.

Daemon

Je l'écoute mais, en même temps que j'essaie d'analyser ce que j'entends, je reste branché sur la fréquence de ce que nous ressentons. Elle me parle comme si j'étais un collègue de boulot, à qui on dit que ce qu'il a besoin de savoir. J'admets que j'ai merdé, je ne lui ai pas fait confiance et, surtout, je suis parti. Cependant, là on parle de nos vies, des prochaines batailles qu'on va devoir mener, ainsi que de nous. Parce que, merde, je veux qu'il y ait un Nous ! Mais pour ça, elle va devoir m'accepter et s'ouvrir complètement à moi !

— Attends ! la stoppé-je, malgré le regard noir qu'elle me lance. Je comprends ce que tu fais. Tu me mets au courant de toutes tes découvertes, mais j'ai aussi des éléments, ça fait plusieurs mois, en fait depuis que je suis affranchi, que moi aussi, je vois des trucs surprenants. On pourrait peut-être essayer de communiquer, discuter ensemble de nos trouvailles, mais aussi du reste. Merde ! Tu déballes tout ça froidement, comme si ça ne te touche pas. Je n'y crois pas ! On a été trahis, manipulés et aujourd'hui, j'ai appris qu'ils ont volontairement diminué mes aptitudes pour s'assurer que je ne puisse pas me retourner contre eux ! Sans parler du fait qu'on ne saura probablement jamais qui nous étions avant. Perso, je suis en colère, les deux camps m'ont utilisé sans vergogne !

Elle a l'air gênée soudain, elle baisse la tête comme si elle préférait éviter de me regarder quand elle va asséner le coup suivant.

— Il n'existe plus deux camps…

— Quoi ? C'est quoi, ce merdier ?

Et là, elle me parle de sa rencontre avec Mickaël, de tout ce qu'il lui a révélé et de ce qu'il attend de nous. Je suis… sidéré ! Abasourdi, voire groggy.

Il compte sur nous ? Maintenant qu'ils ont tous foutu le bordel, ils veulent qu'on nettoie derrière eux ! Qu'ils se démerdent ! C'est leur problème, pas le mien.... Je plonge dans le regard de mon ange et me calme immédiatement. D'accord, on peut sûrement faire ça, on est des archanges maintenant, ce qui veut probablement dire qu'on a un rôle à jouer dans le maintien de l'équilibre. Mais je me doute que ça ne va pas être facile, d'autant plus qu'on a des anges et des démons collés au cul pour nous tuer.

— Okay, on va essayer de régler tout ça, mais le premier obstacle est l'ultimatum de Lilith[10]. J'ai jusqu'à ce soir pour réussir à te convaincre de me suivre en enfer, ou te tuer et retourner auprès d'elle !

---

[10] Succube. Première femme d'Adam. Princesse des démons

Elle me regarde comme si elle allait me cramer. Quoique... je devrais me méfier parce qu'elle pourrait réellement le faire maintenant qu'elle ne voit plus grand-chose en moi qui l'intéresse.

— Parce que tu as vu Lilith aujourd'hui ? Pendant que je me battais, qu'est-ce que tu faisais, toi ? Tu... Enfin... Elle et toi... vous... Toi, avec l'autre succube ? Non, mais je n'y crois pas là, s'exclame-t-elle soudain au bord de la rupture.

Au fur et à mesure qu'elle peine à sortir cette phrase sa colère augmente, le vert de ses yeux s'intensifie et les petits éclairs qui recouvrent sa peau crépitent. J'hésite, mais il vaut mieux que j'évite de m'approcher, ma luciole magique est de retour. Sauf qu'elle est mille fois plus dangereuse. Je pense qu'elle me tuerait s'il n'y avait pas notre connexion. Encore que, là, je ne suis pas sûr qu'elle soit encore capable de penser rationnellement.

Et merde ! J'en ai marre d'être l'élément passif de notre duo. Lorsqu'elle commence à se déplacer pour s'éloigner de moi, je me concentre pour la stopper.

Eh oui, mon ange, il n'y a pas que toi qui puisses utiliser la télékinésie

Bordel de merde, j'ai un mal de chien à la contenir, elle me jette des décharges d'énergie mentale.

— Putain, tu vas te calmer et m'écouter !

Je ne sais pas ce qu'elle vient de m'envoyer, mais elle m'a fait vaciller et je sens une douleur prendre vie entre mes yeux. Elle a réussi à m'énerver au point que je ne me contienne plus.

— Non, je ne l'ai pas vu ! m'exclamé-je, à deux doigts de la secouer. Et non, je ne baise pas Lilith ! Je ne l'ai jamais fait ! Et je ne vais pas m'y mettre maintenant, alors que je pense à toi en continu ! Merde à la fin, tu vas devoir me faire un peu confiance, parce qu'on a plus que nous, dans cette histoire ! Dehors, ils veulent tous notre peau, on n'a plus aucun soutien. Alors, vas-y, dis-moi ce que tu as sur le cœur, mais je t'interdis de me fuir !!

Elle est tellement en colère que son corps vibre et sa respiration est hachée.

— Ha, parce que, moi, je n'ai pas le droit de fuir ? Toi, tu m'as abandonnée alors que nous avions plus de chances de réussir ainsi que de survivre ensemble. Tu as donné vie à… je ne sais pas trop quoi en moi et ce qui en est né nous a transformés. Les deux camps n'existent plus, je n'ai jamais été terminée, ils ont modifié mes souvenirs et ma formation pour que je tue des créatures qui ne sont coupables que d'être des pions sur leur échiquier. Ils veulent nous détruire, je suis depuis des mois des pistes qui me montrent combien ils sont tordus. J'ai envie de toi enfin, je crois. Je viens de cramer l'exterminateur sans trop savoir ce que cela va me coûter. Toute cette histoire est remplie d'incohérences, les victimes que j'ai sauvées avaient toutes des dons divins, Dieu et Diable sont partis en vacances en nous laissant un monde au bord du chaos, quand je te regarde… il se passe beaucoup trop de choses dans ma tête, dans mon cœur, et même dans mon intimité. Gabriel fait venir des monstres sur Terre pour bouffer des gens ayant des dons, Lilith veut te récupérer et si j'ai bien compris, moi aussi. Je ne sais pas grand-chose de toi, mais si on s'éloigne, a priori, il va nous arriver quelque chose de grave, je ne sais pas ce qu'ils vont faire de nous si nous réussissons cette mission. Mickaël m'a donné un indice pour trouver le tueur en série de cette ville, je ne comprends toujours pas comment nous avons pu quitter l'hôtel sans avoir à affronter tout le monde, et là, tout de suite, j'ai faim, j'ai envie d'une douche ainsi que de dormir…

Elle soupire, se frotte le visage avant de reprendre d'un ton las :

— Nous sommes dans de sales draps, tu sais ? Je pense que cela ne va pas se calmer de sitôt, mais, ici, nous sommes en sécurité pour le moment. Dans l'immédiat, nous avons besoin de quelques heures pour nous reposer ainsi que réunir des informations avant de nous mettre en chasse. Ce programme te convient ?

Bon, au moins, là, elle a tout dit. Il y a des trucs qu'elle va devoir mieux m'expliquer, mais ça peut attendre. Elle est naze, je le vois bien qu'elle tient à peine sur ses jambes. Il faut dire qu'on a beaucoup utilisé nos nouveaux dons aujourd'hui et on a besoin de repos. J'espère qu'elle acceptera qu'on dorme ensemble. Et putain ce que c'est bandant de savoir que je suis dans sa tête comme elle est dans la mienne.

Enfin, pas tout à fait puisqu'elle ne sait rien des joies de l'amour et du sexe— Ouais, j'ai la dalle ! dis-je simplement pour couper court à la discussion qu'on n'est clairement pas en état d'avoir pour l'instant.

Chapitre 7

<u>Ange</u>

Nous mangeons en silence. Il ne me quitte que très peu des yeux, c'est gênant et réconfortant en même temps. Je ne me l'explique pas, mais son regard apaise quelque chose en moi, me réconforte. Nous avons beaucoup à accepter, à digérer, je sais déjà que la suite va être encore plus difficile et certainement plus macabre aussi. Aujourd'hui, nous avons eu de la chance, nous n'avons tué que deux démons responsables de la mort de nombreux humains. Le score serait bien pire si nous avions dû affronter tous ceux qui nous attendaient devant l'hôtel. C'est vraiment une histoire de fous, la liste de nos ennemis est sans fin et ils sont tellement puissants que j'ai du mal à envisager que nous puissions venir à bout de notre mission. Enfin, si nous combattons ensemble, nous pourrons peut-être nous en sortir. Même si au fond, notre avenir est encore plus incertain que l'issue de ce conflit. J'ai fini mon repas, je me lève en prenant la direction de la salle de bain.

— Si cela ne te dérange pas, je vais à la douche la première ensuite, j'irais dormir.

— Non, je débarrasse et j'irais après toi.

Lui aussi s'est levé, dans son regard je vois qu'il veut me demander quelque chose, mais n'ose pas. Il se met à danser d'un pied sur l'autre, en me jetant des regards par en dessous. C'est flippant ! Lui, le géant si sûr de lui, a soudain l'air d'un petit garçon mal à l'aise. Je soulève simplement mon sourcil gauche pour lui faire comprendre que j'attends sa requête. Il se racle la gorge en plongeant ses yeux dans les miens.

— Je sais que je ne le mérite pas, cependant, je peux dormir avec toi ?

Je ne sais pas à quoi je m'attendais, mais pas à cela… de toute façon, il est bien trop grand pour le canapé ou le lit de camp et je suis trop épuisée pour y dormir moi-même. Quant à le faire dormir par terre, je trouve quand même cela cruel, la journée a été longue et éreintante pour lui aussi. Je ne sais pas qui j'essaie de convaincre, c'est surtout que je n'ai pas envie qu'il dorme ailleurs qu'à mes côtés.

Je suis pathétique !!

— Oui, soupiré-je, mais ne t'y trompe pas, je suis toujours énervée contre toi et ne rêve pas, c'est juste pour dormir !

— Ça me va.

Je file à la douche, que je prends bouillante. Un régal !

Enveloppée dans mon peignoir, je jette un dernier regard sur les écrans, puis je vérifie que toutes les ouvertures sont verrouillées avant de me diriger vers la chambre. En passant devant la cuisine, je vois qu'il fait la vaisselle, c'est très gentil, ça !

Retrouver ma chambre est un plaisir inestimable après une journée pareille, mais je réalise soudain que je ne peux pas dormir toute nue, j'enfile un shorty en coton et un grand tee-shirt puis je me glisse dans le lit. Doucement, je sens le sommeil venir et mes yeux se ferment pour s'entrouvrir lorsque j'entends l'eau couler dans la douche. C'est probablement idiot, pourtant je commence à stresser un peu. Vu le désir que nous ressentons l'un pour l'autre, dormir ensemble n'est sûrement pas une bonne idée. Lorsqu'il m'a laissé sonder sa tête, j'ai vu qu'il est déjà allé avec des femmes, plus exactement, des démons femelles et cela avait l'air de lui plaire. Mais est-ce que les archanges peuvent se reproduire ?

Le soleil est déjà haut dans le ciel, lorsque je me réveille. Une main est posée sur mon ventre et mon dos est plaqué à un torse nu.
Il aurait quand même pu mettre un tee-shirt, lui aussi !
Pourvu qu'il ait gardé un bas !! Il bouge et son souffle joue avec les cheveux sur ma nuque. J'en frissonne.
Mon corps est un traître !
Je vais pour lui retirer la main de mon ventre, quand je sens ses lèvres embrasser la veine de mon cou. Je me fige sous la sensation extraordinaire que cela me procure. Ses lèvres sont très douces alors que ses joues sont légèrement râpeuses, le contraste me fait frémir.
— Arrête d'analyser mon ange, ressens simplement
Sa langue laisse une trace de feu sur la peau de mon cou et de ma nuque. Sans, vraiment, réaliser ce que je fais, je bouge la tête pour lui donner un meilleur accès. Cela devait être une sorte de signal, car sa main se déplace doucement jusqu'à ma hanche qu'il attrape pour me retourner. Je me retrouve le dos plaqué au matelas, nous nous faisons

face. Ses yeux sont deux jades incandescents dans lesquels je me noie et qui ne me quittent pas. De son nez, il caresse tout doucement le mien puis y dépose de petits bisous, son souffle balaie mes lèvres que j'entrouvre pour l'avaler. Son regard quitte mes yeux pour se braquer sur ma bouche. Sa respiration s'accélère, très lentement, il approche sa bouche de la mienne avant de se stopper à quelques millimètres de mes lèvres. Nos yeux se mélangent de nouveau, pourtant il ne bouge toujours pas, même si je vois sa mâchoire se serrer et se desserrer en cadence avec sa respiration. Je comprends qu'il lutte pour rester impassible, mais qu'est-ce qu'il attend pour m'embrasser ? À moins qu'il veuille que ce soit moi qui fasse le dernier pas.

Et je le fais, je plaque mes lèvres aux siennes. Une nouvelle barrière vient d'exploser quelque part en moi. Je passe mes bras autour de son cou et dépose quelques baisers sur ses lèvres. J'espère qu'il va prendre le contrôle parce que pour moi c'est tout nouveau, je ne sais pas trop ce que je suis censée faire. Humm, je sens ses dents grignoter ma lèvre inférieure, c'est une sensation très agréable !

Daemon

Je lèche, suce, mordille sa bouche avec une faim dévorante, mais je n'ai pas encore osé passer la barrière de ses sublimes lèvres à l'arôme de miel pour goûter à sa langue ni commencer à la caresser. Elle me laisse faire en respirant très fort, pourtant je ne sens pas l'abandon que j'attends.

« Ça ne te plaît pas ? »

« Si… »

« Alors pourquoi tu ne participes pas ? »

« Je ne sais pas ce que tu attends de moi… »

« Je n'attends rien, mon ange, mais je prendrais tout ce que tu voudras bien me donner… »

Sa main se pose sur ma joue, pendant que l'autre caresse mon épaule avant de descendre sur mon pectoral, avec une lenteur qui embrase mon sang. Son pouce vient de rencontrer mon téton qu'elle caresse, cajole et maltraite à tour de rôle. J'en profite pour caresser ses lèvres de ma langue en attendant l'instant propice. Elle continue de jouer avec mon téton, soudain elle le pince, je râle, ce qui la fait sourire contre ma bouche, et j'en profite pour plonger ma langue dans sa bouche. Elle se fige de surprise, le temps que je commence à lécher la sienne et, là, elle gémit, enfin.

Putain, que ce son est doux à mes oreilles, là tout de suite, je rêve de la baiser. Non, c'est moche de parler d'elle comme ça ! Je veux lui faire l'amour, m'oublier en elle. Je veux que l'on fusionne complètement, ne plus savoir où elle commence ni où je finis. Oublier nos passés, fuir le présent pour réinventer notre futur. Je veux un NOUS pour l'éternité.

Sa langue répond doucement à la mienne. Je dois refréner la voracité qui me hante pour ne pas la dévorer. Je découvre et déguste sa bouche avec un plaisir que mon boxer a du mal à contenir. Je me déplace pour coller mes hanches aux siennes, et enfin me frotter à son shorty, bien trop recouvrant à mon goût. La plainte qui résonne dans ma bouche et le mouvement de ses hanches prouvent qu'elle est réceptive. L'humidité qui a imprégné le tissu me signale qu'elle est plus que prête pour la suite. Mais même si notre baiser est devenu sauvage, que ma queue est douloureuse et qu'elle est trempée, je ne la prendrais pas maintenant. J'intensifie les mouvements de mes hanches pour que ma gaule frotte son clitoris déjà bien mûr, je décolle mes lèvres des siennes pour la regarder, je veux la voir jouir. En bougeant, j'ai trouvé un point encore plus sensible. Elle a cessé de gémir, elle râle, les yeux semi-fermés, les poings accrochés aux draps, le corps arc-bouté et tremblant. Ses tétons, que je rêve de lécher, tirent sur son tee-shirt, alors que le mouvement de ses hanches se fait plus brutal, plus appuyé. Elle respire très vite en faisant un bruit entre le grognement et le râle qui m'électrisent encore plus. Mes reins sont en feu.

Je ne vais pas pouvoir tenir encore longtemps,

J'attrape sa taille et me frotte un grand coup.

— Daemon !! crie-t-elle en jouissant, le regard plongé dans le mien.

Ce cri mélangé à son regard voilé de plaisir me fait lâcher prise et je jouis dans un grondement quasi animal.

Putain, je n'ai jamais pris un pied pareil ! Et je l'ai à peine touchée…

Chapitre 8

<u>Ange</u>

Je suis trop inexpérimentée pour pouvoir nommer ce qui vient de se passer, mais c'était grandiose. Nos corps en vibrent encore alors que nos respirations commencent à se calmer. Ma joue est posée sur son torse pendant que sa main caresse mes cheveux, nous somnolons, heureux et… apaisés, je crois. Sans signes avant-coureurs, le sommeil me submerge, alors que j'ai de nombreuses choses à préparer pour la chasse de cette nuit, pourtant j'y succombe doucement avec délice. Cependant, je n'ai pas le temps de fermer complètement les yeux qu'un éclair vert illumine la chambre. Avant d'avoir pris le temps d'analyser la situation, je me retrouve debout d'un côté du lit alors que Daemon, pas mieux réveillé que moi, se tient de l'autre. La pièce, complètement éclairée en vert, de nos énergies cette fois, atteste que nos pouvoirs sont déjà à leur apogée. Le picotement qui court sur ma peau me renseigne sur ce qui nous a réveillés.

« Nous avons de la visite… »

« Tu attendais quelqu'un ? »

« Non, mais lui nous ne l'attendons jamais. »

« C'est bien la peine d'avoir autant de sécurité, alors ! »

« Suis-moi et tais-toi. »

« Je peux aussi me recoucher ? »

« *Bouge et arrête de grogner !* »

Je contourne le lit, attrape la main de Daemon pour rejoindre notre « *hôte non invité* » au salon. Mes yeux glissent sur le corps de mon compagnon toujours en sous-vêtement lorsque je réalise qu'une tache très visible souille son boxer.

« *Habille-toi vite !* »

« *Pourquoi ?* »

« *S'il te plaît, fais vite !!* »

Je le laisse là et je file rapidement dans la pièce voisine. La porte est à peine ouverte que j'entends déjà sa voix.

— Je vois que vous êtes tous les deux en vie.

— Déçu ? ne puis-je m'empêcher de demander.

— Non, mon petit ange, bien au contraire.

— Et vous êtes ?

Merci, Daemon, pour cette arrivée chaleureuse

— Ha, Liths, enfin ! Je suis Mickaël.

— Daemon ! Je ne suis plus Liths, puisque je ne lui appartiens plus, gronde-t-il, tout comme mon ange, ne fait plus partie de vos larbins.

— Oui, techniquement, c'est vrai.

— Bon, trêve de politesse, que s'est-il passé pour que tu viennes ? questionné-je, afin de mettre rapidement fin à leur joute verbale.

— Merci, petit ange, de me rappeler la raison de ma visite. Je ne viens pas avec de bonnes nouvelles, je le crains. Au contraire même, les choses se gâtent encore pour vous, le consortium a engagé des mercenaires humains pour vous traquer et vous éliminer.

— Putain !! Des humains ? Mais pour quoi faire ?

— Si nous les tuons, ils auront toute légitimité de nous anéantir. Nous passerons pour des bêtes sauvages ayant abandonné les règles. Ils espèrent nous piéger !

Mickaël me regarde avec une certaine fierté dans les yeux,

— C'est ça, petit ange ! Tu as très bien analysé la situation, et, malheureusement, je ne peux pas vous aider. Autre chose, le monstre a fait un carnage en début de soirée et un autre, un petit peu plus tard. La population a très peur.

— Deux massacres en une nuit ! C'est impossible, à moins qu'ils soient plusieurs.

— C'est encore un excellent raisonnement, mon petit ange. Et toi, que vas-tu faire de l'ultimatum du succube ? demande-t-il en regardant Daemon.

— Rien à foutre, évidemment ! On part en chasse !

— Qu'est-ce qui t'énerve autant ? demande doucement mon ancien maître.

— Vous !! Vous faites chier à vous pointer chez nous, sans y être invité, alors que c'est super protégé. Et en plus, vous n'arrêtez pas avec vos regards lubriques sur elle et vos petits noms. Putain, mais vous êtes là, pour nous aider ou pour autre chose ?

— Il n'est pas nécessaire de devenir grossier ! dit-il exaspéré. Les transformés vont par deux, toujours. Nous ne savons pas trop bien quel est le déclencheur et n'avons pas encore compris le réel fonctionnement de cette union. Mais vous n'êtes plus séparables, même pas physiquement. Comme je l'ai déjà dit, c'est à vous qu'il revient de déterminer jusqu'à combien de mètres vous pouvez vous éloigner l'un de l'autre sans souffrir ainsi que tout ce que le lien implique. Même vos cœurs battent à l'unisson dorénavant, je les entends, ajoute-t-il en souriant, comme si c'était une mélodie agréable à ses oreilles. Les humeurs de l'un affectent l'autre, reprend-il doucement, et c'est pareil pour la souffrance et la mort. Si l'un périt… malheureusement, l'autre aussi. Mais vous découvrirez aussi des avantages, certains peuvent communiquer par télépathie, d'autres peuvent partager leurs énergies et donc guérir très vite. Votre connexion peut aussi servir à localiser votre moitié. Parce que, si vous ne l'avez pas encore compris, vous êtes la moitié d'un tout. Je me répète, mais je ne peux pas vous guider, car il n'y avait pas eu de transformés depuis plusieurs siècles. Et puis, avant cela, j'étais un guerrier, je ne m'occupais pas des jeunes recrues. Bon, il vaut mieux que je parte. Nous nous reverrons.

Et crac, il est parti.

Je me retourne pour fixer Daemon de mon regard le plus noir, le plus agressif.

« *Tu n'en as pas marre de jouer au con !* »

Daemon

Bon, vu le regard assassin qu'elle me jette, j'ai encore dépassé les limites ! Elle va vraiment finir par me cramer, mais merde, elle sait qu'il n'est plus son maître ! Je ne comprends pas, elle n'est pas obligée de lui obéir et encore moins d'accepter tous ses « petit ange ». Il me fait royalement chier cet archange de merde, même si ses infos sur notre statut étaient intéressantes. Avant son arrivée, on était super bien, en mode câlin, puis il débarque et on passe en mode guerrier. Ça m'emmerde prodigieusement ! Ouais, c'est bon, je sais qu'on ne peut pas faire comme si rien d'horrible ne se passe autour de nous sous prétexte que je veux profiter au maximum de son corps.

Il y a beaucoup trop d'humains innocents qui meurent pour jouer les égoïstes.

Et c'était sympa de nous prévenir que des mercenaires nous recherchent. Ça ne va pas nous faciliter la tâche non plus. Et cette saloperie d'ultimatum arrive à sa fin, je n'ai aucune idée de comment Lilith[11] va réagir quand elle va comprendre que je ne compte vraiment pas reprendre du service auprès d'elle. Enfin si, je me doute qu'elle va nous lâcher tous les chiens au cul avec ordre de nous tuer, si on a de la chance, sinon ils devront nous attraper pour qu'elle puisse jouer avec nous. Et quand je dis jouer, c'est sa manière à elle d'appeler ça, parce

---

[11] Succube. Première femme d'Adam. Princesse des démons

que se faire bouffer par les chiens de l'enfer pendant plusieurs jours n'est pas ma conception d'un jeu. Le plus simple serait de quitter la ville pour leur échapper le temps que l'on puisse se préparer à les affronter. Malheureusement, je sais déjà qu'Ange refusera tant que le ou les monstres ne seront pas anéantis. Son devoir est bien ancré en elle. Enfin, je dis ça, mais moi aussi je ne pourrais pas partir, sachant ce qu'il se passe, ici. Il faut que très rapidement on règle son compte à ce bouffeur de chair et après nous pourrons trouver un autre lieu pour résoudre nos autres problèmes, si possible loin de la civilisation.

Elle est penchée sur une grande table à dessin, et dans cette position j'ai une vue imprenable sur son magnifique petit cul moulé dans son shorty noir. Génial, je bande de nouveau ! Putain, on ne pourrait pas reprendre au moment où on était allongés tous les deux sur le lit. Non, bien sûr que non. On va aller courir à la poursuite d'un psychopathe mandaté par les enfers juste pour nous faire chier, et avec ma chance il se planque dans les égouts. Je suis sûr que ce truc est juste là pour nous empêcher de passer la nuit à faire l'amour comme tous les couples d'humains !!

Bon aller, je me calme et j'arrête ma parano, c'est la faute de personne.

Dommage que ma queue ne comprenne pas que ce n'est vraiment pas le moment. Quoique... on a encore plusieurs heures avant le coucher du soleil.

Je m'avance, plie les genoux pour plaquer mon érection contre son cul. Elle se fige, oubliant même de respirer sous le choc de mon assaut. Tout doucement, je frotte la bosse qui agonise par manque de place dans mon fute, contre ses fesses, elle ne m'arrête pas, mais ne réagit pas non plus. Et merde ! Autant la laisser tranquille. Juste au moment où je recule, elle pose l'arrière de sa tête sur mon épaule. Je me penche et applique ma bouche sur la sienne. Aussitôt, sa langue caresse mes lèvres et j'approfondis notre baiser. Comme à notre réveil, j'essaie de rester soft et doux. Mais lorsqu'elle se retourne et me mordille la mâchoire avant de replonger dans ma bouche, je craque. Mes mains attrapent ses cuisses pour la soulever, ce qui l'oblige à s'accrocher à moi. Je fais deux pas vers le mur le plus proche et lui plaque le dos contre. Elle participe enfin activement, sa main est dans mes cheveux pendant que l'autre se faufile, par l'encolure de mon tee-shirt, dans mon dos qu'elle caresse, malaxe ou griffe selon l'intensité de notre baiser. Ma queue me fait un mal de chien d'être délaissée, mais j'ai fait exprès de plaquer sa féminité à mes abdos pour pas que, dans le tourbillon de désir qui coule dans nos veines, je la prenne sauvagement contre ce mur. Je veux que pour sa première fois on ait le temps, et l'esprit à ce que l'on fait…

Autant dire que ce n'est pas pour tout de suite.

Je sais que je dois m'écarter d'elle pour que nous reprenions nos esprits, même si je n'en ai vraiment pas envie. C'est elle qui finit par s'éloigner de mes lèvres pour se blottir dans mon cou. Je n'ai pas envie de la reposer à terre, mais elle détache ses jambes de ma taille, et je me recule. Le charme est rompu. Elle pose sa main sur ma joue en plongeant son regard dans le mien.

« Désolée. »

Je soupire et pose mon front contre le sien

« Ne le soit pas mon ange, on doit se préparer pour aller chasser ou à être chassés… »

« Comment allons-nous faire avec les mercenaires ? »

« Putain, je n'en sais rien, on avisera selon leurs armes ! »

« Ils auront sûrement des armes à feu… »

« Alors ils crèveront ! »

« Oui, tu as raison, je crois qu'il est temps que nous abandonnions les règles… »

« Ouais, de toute façon plus personne ne les suit ! »

« Et ils nous ont déjà tous condamnés… »

« Pas d'attaque, mon ange, on va juste se défendre ! »

« D'accord, cela me convient ! »

Elle décolle son front du mien, dépose un léger baiser sur mes lèvres et retourne à la table. J'essaie en vain de remettre le matos en place dans mon fute. C'est dingue comme je suis à l'étroit là-dedans ! Tant pis, je défais les premiers boutons de la braguette.

Putain, ce que ça fait du bien !

Chapitre 9

<u>Ange</u>

J'allume l'ordinateur, me connecte à Internet, dès que mon moteur de recherche apparaît, je l'explore afin de trouver des informations concernant le lieu où s'est déroulé les deux carnages. Mais je ne vois pas l'écran, je suis encore dans ses bras pressés contre le mur. Je me mordille la lèvre inférieure pour essayer de me calmer. Grosse erreur, elle a gardé le goût de sa bouche. C'est encore pire maintenant ! Je me sens fiévreuse, mon sang est en ébullition, j'ai la tête à l'envers et le cœur léger.

Est-ce que c'est les symptômes de l'amour ? Je crois me rappeler que oui…

Ce n'est vraiment pas le moment de rêvasser, je dois organiser cette chasse, de nombreuses vies humaines sont entre nos mains. Nous partons, probablement, pour une traque de plusieurs jours, ce qui va la rendre encore plus dangereuse. Mais à cet instant, je m'en moque complètement ! Je voudrais pouvoir retourner au lit avec ma moitié démoniaque afin de découvrir, enfin, toutes ces choses que mon corps réclame si ardemment. C'est vraiment difficile de tirer un trait sur mon désir afin de pouvoir me concentrer sur ma tâche.

Tant bien que mal, je me ressaisis, puis je reporte les deux nouvelles croix sur la carte qui en contient déjà neuf. Je me suis procuré un plan du sous-sol de la ville. Enfin, ce qui s'étale sous mes yeux ressemble à tout ce que l'on veut, sauf à un sous-sol. Entre le réseau des eaux usées, les lignes du métro, les nouvelles et anciennes voies du chemin de fer, ainsi que les tunnels de l'autoroute, c'est un vrai gruyère. Je fixe intensément la carte, en espérant une révélation divine, parce que j'ai beau la regarder sous tous les angles, il n'y a toujours aucun schéma cohérent entre les lieux des attaques. Elles ont commencé à l'est, les premières suivaient un vieux tracé du train, mais la suivante était au sud, sur une autre voie...

« C'est quoi ? »

« Les emplacements de toutes les attaques. »

« Alors ce n'est pas complet ! »

« Bien sûr que si ! »

« Non, il te manque cinq croix. »

« De quoi parles-tu ? »

« J'ai découvert certains charniers et je les ai fait disparaître. »

« Je pouvais encore chercher... »

« Désolé. »

« Rajoute-les. »

Je me pousse pour lui laisser ma place, c'est là, que mes yeux se posent sur lui.

Oh, ce n'est pas vrai !! Il veut ma mort là ?

Il est à nouveau torse nu, ouah, je n'avais pas vu que les symboles sur sa peau étaient devenus aussi noirs que des tatouages. Leurs formes soulignent sa musculature parfaite et ça lui va très bien. Les boutons de son jean sont défaits, de ce fait, il descend bas sur ses hanches, et pas de doute, il est en mode commando… Pour mon plus grand plaisir, j'ai une vue complète sur la pointe en V au bas de son abdomen. Je détourne rapidement le regard, gênée de le dévorer ainsi des yeux.

« *Putain… cette fois on sait où chercher.* »

Je me penche sur la carte, et, effectivement, nous avons notre destination. Tous les massacres ont eu lieu sur le tout premier tracé du métro.

« *Merde ! Tu as vu l'évolution des carnages ?* »

« *De quoi parles-tu ?* »

« *Le premier avait deux corps en pièces. Deux jours plus tard, ils ont découvert cinq dépouilles. Et encore cinq supplémentaires le lendemain* »

« *Tu penses à un clan qui se déplace pour se nourrir ?* »

« *Fait chier, mais, oui, c'est bien possible. Par contre, hier soir, il y a eu deux attaques, la première huit personnes.* »

« *Ce n'était pas assez pour nourrir tout le monde.* »

« *Non, d'où la deuxième avec onze personnes de plus.* »

« *Total, dix-neuf corps.* »

« *Merde, ça fait beaucoup pour un seul repas !* »

« *Pour toi, combien d'Orcus[12] faut-il pour un tel repas ?* »

---

[12] Monstre ressemblant aux gargouilles qui se nourrit de chair humaine. Le mot français est « ogre »,

« On se plante, ce ne sont pas des Orcus, cette fois, mais des démons ! »

« Comme toi… »

« Merci, c'est gentil, mais, putain, je n'ai jamais mangé de chair, moi ! »

« Désolée… »

Je prends deux secondes pour reformuler ma question sans l'insulter, ce coup-ci.

« Je voulais dire avec une forme humanoïde… »

« Ouais, ça expliquerait qu'on n'en ait pas encore entendu parler. »

« Oui, cela se tient, mais nous parlons d'un groupe de quelle grandeur ? »

« Selon moi, ce n'est pas un clan, mais plutôt une légion complète ! »

— Vingt-cinq guerriers démoniaques fouleraient la Terre librement, m'exclamé-je, horrifiée par cette perspective.

— C'est bien possible, oui, grogne-t-il, les sourcils froncés.

— Mon Dieu, nous nous préparons et nous y allons, dis-je en me dirigeant vers la grande armoire où je range mon sac spécial chasse.

Je n'ai pas le temps d'y parvenir, mon compagnon m'attrape par le bras et plonge ses iris incandescents dans les miens.

— Attend mon ange, je ne sais pas après quoi, exactement, on va courir, commence-t-il tout en se frottant la nuque d'un geste trahissant sa nervosité.

Alors que j'allais le repousser pour ne pas perdre de temps, je me calme et attends qu'il me dise ce qui le perturbe ainsi.

— Pour la première fois, j'ai peur de perdre quelque chose de très important, plus que ma vie. Toi ! Alors, mon ange, promets-moi deux choses. Fais attention à toi, ne joue pas les héroïnes, s'il te plaît. Et si ça tourne mal, on se casse ! Ils ont sûrement déjà nommé nos remplaçants, ils prendront la suite si on déserte, okay ?

— Tu sais très bien que je ne peux pas te promettre ce que tu me demandes, mais je serais prudente et tu seras à mes côtés ! Soit, nous gagnons, soit nous mourrons. Mais de toute façon, nous le ferons ensemble !

— Ouais, c'est vrai. T'aurais du matos pour moi ?

— Oui, tu peux prendre ce que tu veux, mon sac est prêt. Moi, je vais me changer.

— J'irais après toi

Je sors rapidement de la pièce, le corps et la tête en ébullition. Il devrait y avoir des lois pour interdire aux hommes d'avoir un physique comme le sien !

« Tu as de quoi équiper une armée ! »

« Non, j'ai juste anticipé le moment où ils viendraient me chercher pour leur avoir désobéi… »

« Logique, oui. »

J'ouvre ma penderie pour sortir une de mes tenues de combat, je n'ai pas à me poser de questions, chaque cintre en contient une complète. J'en attrape un et le pose sur le lit. Je me déshabille tout en fouillant les poches du cargo à la recherche de ma culotte sans couture.

« Pourquoi penses-tu que c'est une légion ? »

J'ai enfilé mon tanga de guerre et je pars à la recherche de mes chaussettes, qui normalement doivent être dans les bonnets de mon soutif.

« Un clan ne se déplacerait pas, mais aurait cherché un stock de bouffe plus important et puis je pense qu'on a rencontré deux de leurs chefs hier. »

« L'ange exterminateur était un chef ? »

« Oui et dans l'hôtel, il y avait un de mes anciens compagnons. »

« Donc nous pouvons logiquement imaginer que Lilith est derrière ces massacres. »

« Peut-être... »

Génial !

C'est bon, j'ai tout trouvé. Je m'habille en essayant de faire le vide dans ma tête et surtout purger mon cœur de mon... mon quoi, d'ailleurs ? Mon compagnon ? Il l'est pour cette mission, mais nous ne pouvons pas être de vrais compagnons après juste deux jours. *Ma moitié*, selon Mickaël, c'est notre statut, mais je ne trouve pas que cela résume ce que nous sommes l'un pour l'autre. Mon m.e.c ? ... Je crois qu'au fond j'aimerais qu'il le soit.

Oh flûte ! Voilà que je vire nunuche, maintenant !!

Je me désespère toute seule, assise sur mon lit, à me poser des questions débiles alors que je me prépare pour une bataille gigantesque. Nous avons encore du temps avant la nuit, pourtant il faut que nous y allions si nous ne voulons pas arriver après la prochaine hécatombe.

Tout en me dirigeant vers la porte, j'appelle mon don. Il a changé et je n'ai pas encore l'habitude de le sentir se glisser en moi. Pour ne rien arranger, il a l'odeur de Daemon aussi. C'est plus que perturbant, ce partage d'énergie, je suis à plusieurs mètres de lui pourtant, je le sens à mes côtés et je ressens sa faim comme si c'était la mienne. Je ressens aussi son désir, sa frustration, sa colère, et même ses craintes. Je vais vraiment devoir m'y habituer, parce que, là, j'ai du mal à gérer.

« *Mon ange, je te sens dans mon corps dans ma tête, c'est génial comme sensation...* »

« Je te sens aussi. »

« Je suis prêt et toi ? »

« Presque... nous allons manger avant de partir. »

« Merci, mon ange, j'ai la dalle ! »

« Oui je sais, je la ressens. »

Je tends la main vers la poignée pour l'ouvrir et je reste interdite un instant. Mon armure est en place, pourtant je ne l'ai pas invoquée. Dommage que nous n'ayons pas le temps de tester nos nouveaux pouvoirs, j'espère que nous n'aurons pas de mauvaise surprise. Il ne manquerait plus que nous nous retrouvions sans défense face à toute une légion de démons aussi sanguinaires que puissants.

Je sors de la chambre, tout en faisant disparaître ma carapace, et me retrouve encore une fois bouche bée face à Daemon. Ce type est vraiment dangereux pour ma santé mentale. Et je ne parle pas de l'intensité de la crampe qui me noue le ventre… Lui aussi s'est changé, il est en mode guerrier. Pantalon cargo noir, rangers, tee-shirt noir moulant avec des renforts de cuir. Et sur chaque bras des bracelets de force clouté. Il est… Majestueux !

« Viens manger, c'est prêt. »

Par chance, il n'a aucune idée de l'effet qu'il me fait…

Je récupère un plan de la ville et le suis. Il a préparé des pâtes à la bolognaise avec plein de fromage. Elles sentent divinement bon, et je mange de bon cœur. J'ai étalé la carte entre nos deux assiettes, je suis embêtée en voyant la zone que nous allons inspecter ce soir. Il va falloir jouer serré, elle se trouve sous un quartier très animé la nuit. S'ils nous échappent, c'est au milieu des humains que nous allons nous retrouver. Je préférais autant que possible éviter cela. Je pose mon doigt sur la carte.

« C'est ici que nous allons descendre. »

« Okay, on reste ensemble ou on se sépare ? »

« Ensemble… nous ne savons même pas de combien de mètres nous pouvons nous éloigner. »

« Merde, ça risque de poser problème de pas avoir testé cette connerie ! »

« Non, il nous suffit de rester à quelques pas l'un de l'autre. »

« Ouais, bon, j'ai prévu trois jours d'autonomie dans mon sac après, on avisera ! »

« J'ai prévu large aussi dans le mien. »

Nous débarrassons, récupérons nos sacs, nos casques et sortons de l'appartement.

Chapitre 10

<u>Daemon</u>

Le soleil commence à décliner lorsqu'on dévale les escaliers précipitamment. Au moment d'ouvrir la porte qui donne sur le hall, elle s'arrête net, alors que j'allais justement l'attraper pour la stopper.

Putain, il y a du monde dehors ! Beaucoup trop de monde même… Bordel de merde, on va sortir comment d'ici ? On est piégés, et on a mis en danger les habitants de ce bâtiment.

« Tu as un plan B pour sortir d'ici ? »

« Oui, bien sûr. »

J'aurais dû me douter qu'elle avait prévu cette possibilité. Son esprit est captivé par la porte en face d'elle. En m'approchant, je vois qu'elle gratte un drôle de symbole juste au-dessus de la poignée. On dirait qu'il y a quelque chose d'écrit à côté. Lorsque je me penche pour mieux voir, mine de rien, elle pose sa main dessus. Immédiatement, de la fumée s'élève du bois, accompagnée d'une odeur de cramé qui se répand dans l'espace étroit. Elle retire sa main et je constate que le battant de la porte est brûlé.

Ce n'est pas vrai ! Elle a vraiment un problème avec le feu !

« C'était quoi ? »

« Rien d'important. »

Quoi ? Mais elle se fout de ma gueule, là !! Je lâche nos sacs, la chope par les épaules pour la plaquer au mur le plus proche. Un hoquet de surprise lui échappe, mais à cet instant je n'en ai rien à foutre, je ne rigole plus...

« Ne me prends pas pour un con, je vois bien que ce truc était là pour toi ou tu préfères que j'aille chercher directement dans ta tête... »

« Non, ce n'est pas nécessaire, c'était un message de Mickaël pour nous prévenir du danger. »

Je la libère tout en grognant de colère, de frustration aussi. Je sais que j'ai merdé hier, et qu'elle m'en veut encore, mais là où on va, si on n'est pas ensemble à cent pour cent, on va crever !

« Fait chier, on doit apprendre à communiquer et à se faire confiance, sinon on n'y arrivera pas. »

« Oui, désolée. »

« Et arrête de tout cramer ! »

« Si tu veux... bon dehors, selon Mickaël, il y a deux anges, un démon et deux mercenaires. Comment veux-tu procéder ? »

« Ce n'est pas mes proies habituelles, alors qu'est-ce que tu proposes ? »

« Je vois deux possibilités : soit nous partons sans qu'ils nous voient et nous nous occuperons d'eux plus tard ou nous réglons le problème tout de suite. »

« On s'en occupe ! Pas question que ces enculés nous tombent dessus quand on rentrera déjà bien fatigués après la chasse. »

« Je sors par la porte de devant, toi, tu descends encore un étage et tu passes par le parking pour les prendre à revers, ça te va ? »

« Ouais, attends cinq minutes et sors… mais fais gaffe à toi ! »

Je dépose rapidement un baiser sur ses lèvres et cours en direction de la sortie. Je me dépêche, car, la connaissant, elle ne va pas attendre longtemps. Par chance, le parking sous terrain est désert, je peux me déplacer en me servant de ma rapidité surnaturelle sans craindre qu'un humain me voit et prenne peur. Je ralentis en m'engouffrant dans la rampe d'accès du parking. Heureusement, la grille, qui doit servir de portail, est grande ouverte. Profitant de l'ombre qui recouvre ce coin de la cour, je me faufile à l'extérieur, sans faire de bruit, puis me glisse dans le renfoncement de l'entrée du local à poubelle. En attendant qu'elle sorte, je me plaque contre le métal lisse de la porte.

Soudain, un mouvement à ma gauche me fait sursauter. J'ai juste le temps de museler mon pouvoir pour empêcher mes mains de former des boules d'énergies, ce qui m'aurait fait repérer.

Merde, je n'avais pas vu que j'ai les deux anges presque à côté de moi !

Je me rencogne davantage contre la porte sans bouger, ouf, c'est bon, ils ne m'ont pas vu.

Je sens le démon, il est juste à côté de l'entrée, dès qu'elle va sortir il va, lui, tomber dessus.

Est-ce que l'on peut communiquer à distance ?

"Mon ange le démon est ju…"

"Je sais. Es-tu prêt ?"

"Euh, ouais. J'ai trouvé les anges, mais…"

"Je sors."

Sans même y réfléchir, mon armure me recouvre pendant que mon ange ouvre la porte. Un éclair rouge illumine la cour, les deux anges se relèvent d'un bond tout en envoyant des boules d'énergie bleues sur Ange, la première la rate alors que la deuxième touche le démon. La rage me submerge, si j'envoie un feu nourri sur les anges, ils seront tellement occupés par moi qu'ils ne pourront plus s'en prendre à elle. J'essaie de retrouver assez de calme pour pouvoir viser, j'en tire deux, la première frôle celui de gauche, mais la deuxième atteint l'autre à l'abdomen en lui laissant un trou béant, il s'écroule. L'ange restant détale comme un lapin pour se planquer derrière un gros véhicule. Si la situation n'était pas si merdique, j'éclaterais de rire en le voyant courir en chancelant, donnant l'impression qu'il est ivre. Ses grandes ailes blanches ne sont pas faites pour la course, elles le déséquilibrent. Malgré la distance qu'il a mise entre nous, je peux sentir sa peur, il est mort de trouille. Je me décale doucement pour avoir un bon angle d'attaque. Un regard vers l'entrée me confirme que le démon n'est plus un danger pour nous.

Mais elle fout quoi ?

Ce n'est pas vrai, elle n'est quand même pas en train de l'interroger ! Elle veut vraiment des réponses à toutes ses questions. Je fais un pas de plus et je trouve l'ange à genou, il prie. Ce qui le nimbe de lumière céleste.

— Tu n'es pas un guerrier, toi ?

— Non.

— Alors qu'est-ce que tu es venu foutre ici ?

— Je devais juste vous surveiller, moi ! pleurniche-t-il

— Sur ordre de qui ?

— Raphaël.

— Putain, ce n'est pas vrai ! Et lui, il veut aussi nous tuer ?

— Il…

Sa réponse est interrompue par des coups de feu qui résonnent dans le silence de cette soirée chaude et moite, les projectiles rebondissent sur ma cuirasse et percutent l'ange qui s'écroule, le corps criblé de balles.

« Daemon, tu n'es pas blessé ? »

« Non et toi ? »

« Non plus, mais le démon est mort… »

« Les anges aussi. »

« As-tu vu d'où venaient les tirs ? »

« Ouais, plus ou moins. »

« Alors nous y allons. »

« Avec plaisir, mon ange. »

J'aime bien mes nouveaux dons, la cour n'est pas éclairée, mais j'y vois comme en plein jour. Je m'approche doucement du talus d'où les tirs sont partis. J'entends six respirations hachées, et un murmure paniqué.

— Vous… vous avez vu comme les balles ont rebondi sur eux ? Ils sont quoi ? Elle avait pourtant dit qu'ils seraient faciles à tuer de loin.

— Ferme-la, merde ! Avec ce qu'elle va payer on n'en a rien à secouer de qui ils sont ! Je veux mon fric, c'est tout.

— Je tirerais bien la chaudasse au passage, moi ! Lili… Même son prénom est sexy.

« Ils sont six engagés par Lilith[13]. »

« Tu en sens d'autres ? »

« Non, on fait quoi d'eux ? »

Elle ne répond pas, puis soupire.

« S'ils étaient des animaux, nous les renverrions à leur maîtresse… »

« Elle va les tuer en les faisant souffrir un max. »

« Dans d'autres circonstances, cela m'irait très bien. »

« Non mon ange, on peut… "

« Je le sais très bien… Bon, nous en prenons trois chacun et nous les rendons amnésiques. »

On les rend quoi ?

---

[13] Succube. Première femme d'Adam. Princesse des démons

Non, j'ai dû mal comprendre, personne n'a ce pouvoir ! Une petite voix me dit qu'elle, si. Putain, voilà à quoi sert la modif au départ, elle nous empêche de nous servir pleinement de nos pouvoirs. On a tous été corrompus pour qu'ils n'aient rien à craindre de nous.

Sauf elle !

Elle est le seul être encore divin. Fait chier ! Ils n'ont plus le choix, ils doivent nous tuer. Et, je suis obligé de l'admettre, même si ça me fout la gerbe, c'est moi, le plus faible des deux. Me buter, la tuera. Je vais devoir m'aménager une place dans son ombre.

« On ne doit plus s'éloigner l'un de l'autre. »

« Ce n'est pas le moment pour... »

« C'est décidé, point à la ligne, si tu veux en parler, tu devras attendre la fin de cette mission. »

« Si tu crois... »

« Stop ! Je te promets que je t'expliquerais, mais pas maintenant ! »

« Tu as intérêt. »

« Pour l'amnésie, désolé, mais je ne peux pas t'aider. »

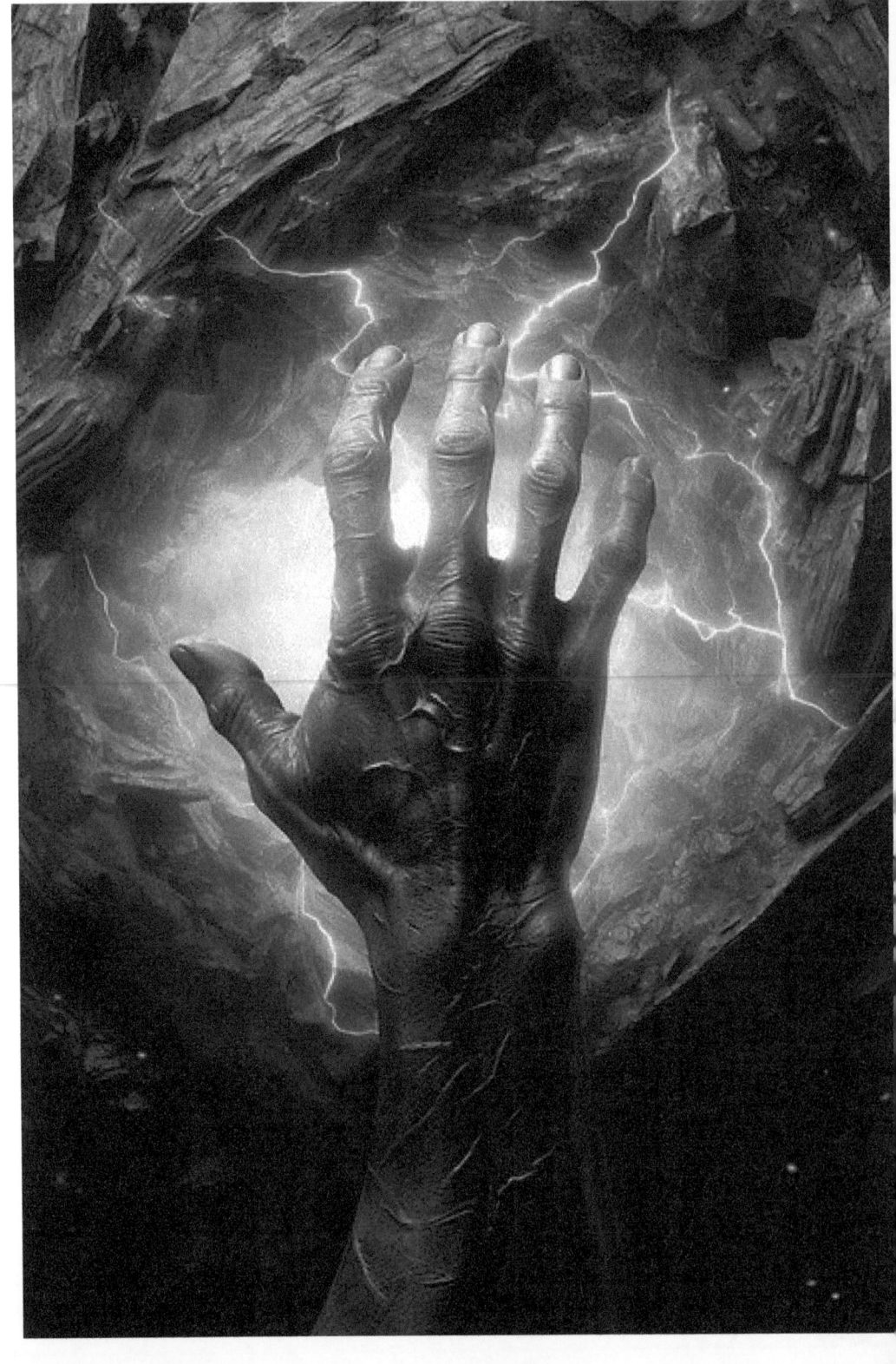

Chapitre 11

Ange

D'où je suis, je ne le vois pas, je ne peux que le ressentir, ce qui est déstabilisant. Et l'idée de les rendre amnésiques à l'air d'avoir déclenché quelque chose de puissant en lui, une sorte de détermination. C'est comme s'il venait de comprendre la situation, il était temps parce que, pour parler comme lui, nous sommes dans la merde jusqu'au cou !

« *Tu ne peux pas influencer leurs esprits ?* »

« *Non.* »

« *Mais quel étrange démon tu étais…* »

« *Un chasseur évadé du paradis, je n'ai jamais été réellement intégré.* »

« *Oui, je comprends. Tu ne veux pas essayer ?* »

« *Pourquoi faire ?* »

« *Nous avons fusionné, si je peux encore le faire, je pense que toi aussi.* »

« *Là, ça m'intéresse, mais plus tard, on n'a pas de temps à perdre pour le moment.* »

Je me concentre et visualise très clairement leurs cerveaux. J'envoie un peu de mon pouvoir pour les faire rentrer dans une phase d'endormissement. Doucement, ils commencent tous à ralentir, leurs cœurs battent plus lentement. Encore un petit effort, et ils suivront le même rythme cardiaque. Allez ! Je n'ai pas toute la nuit… Maintenant ! Je leur envoie une décharge électrique dans l'hippocampe, je ne dois surtout pas me rater, si je touche le lobe temporal, ils seront définitivement des légumes.

« *C'est fait, nous pouvons y aller.* »

Je me dirige vers l'entrée du bâtiment pour récupérer nos paquetages.

« *Je t'attends devant l'entrée.* »

Toujours pas de réponse.

« *Daemon.* »

Là, ce n'est pas normal, il faut que je le retrouve. Je le sens, mais sans réussir à le localiser clairement.

Comment est-ce possible ?

Je dois me calmer, faire taire mon inquiétude grandissante afin de pouvoir vider ma tête et laisser mon instinct me guider vers lui. Oui, c'est ce que je dois faire,

Mais pourquoi je n'y arrive pas ?

Je pose nos sacs, encore ! Et m'accroupis en respirant exagérément fort, je dois réussir à me focaliser sur elle. Inspirer à fond, expirer doucement. Inspirer… expirer… *Daemon*… inspirer… *Daemon*… expirer… *Daemo*…

« *Ils vont me buter, pour la tuer, ils vont la tuer, ils vo…* »

« *Daemon, où es-tu ? Je t'entends à peine…* »

« À travers moi, c'est elle qu'ils veulent tuer. »

« Daemon, s'il te plaît, réagis ! J'ai besoin que tu me guides jusqu'à toi ! »

« Piqûre, feu, lutte contre sommeil. »

Non, mais j'hallucine là ! Ils l'ont drogué. Comment vais-je faire ? Il n'est pas en état pour…

FLÛTE !! CROTTE !! J'en ai marre !

Mon cœur est si serré que c'est un miracle que le sang circule encore. J'ai mal, il va mourir et je ne sais pas comment le retrouver.

Merde de merde, ça me fait chier !!

Ho ! C'est vrai que jurer soulage.

« Accroche-toi, reste éveillé. »

« Peux pas. »

Je sens quelque chose m'attirer, je cours à ma moto, la démarre et suis mon instinct.

« Continue de me parler, j'arrive. »

« Je ressens des trucs pour toi. »

« Parle-moi de ces trucs. »

« J'ai des… »

« Daemon, reste avec moi. »

« J'essaie. »

« Tu crois avoir des sentiments pour moi ? »

« Du désir et autre chose. »

J'arrête le moteur. Il est là, je le sens enfin !

« *Parle-moi de l'autre chose.* »

À deux cents mètres sur la route se dresse une vieille bâtisse, un ancien garage avec des pompes à essence toutes rouillées devant.

« *J'sais pas, si c'est d'l'amour ou le lien…* »

« *Je suis là, tu me sens ?* »

« *Oui… j'm sens mieux.* »

« *Es-tu retenu par des démons ou des humains ?* »

« *Je ne sais pas… ils sont aussi moches les uns que les autres.* »

« *Combien sont-ils ?* »

« *Trop pour compter.* »

« *Peux-tu te servir de ton don pour te protéger.* »

« *Oui, je crois.* »

« *Bien à mon signal, fais-toi un dôme d'énergie.* »

« *Mon ange, fais attention à toi.* »

« *Je suis bientôt là…* »

Une idée folle a germé dans mon esprit alors que je cours vers cet étrange endroit. J'ai trouvé ce que je cherchais, pourvu que les citernes de carburant soient encore entières… J'ai des difficultés à ouvrir la trappe, elle est grippée. Oui ! Gagnée ! Je la laisse ouverte avant de m'approcher de la porte d'entrée. Un géant armé y est très occupé… à faire des réussites au lieu d'assurer la garde. Je me plaque le plus possible contre le mur, régule ma respiration et lance une boule d'énergie dans la trappe que j'ai ouverte. Le son de l'explosion est effroyable, mes oreilles en bourdonnent. Une voiture garée sur le parking s'envole très haut dans les airs avant de s'écraser sur un abri en tôle. La Terre tremble de plus en plus fort sous mes pieds, et soudain, là où il y avait la trappe, jaillit une colonne de feu. La porte est projetée contre le mur avec fracas par une dizaine de démons s'élançant vers l'extérieur, accompagnés de plusieurs humains munis d'extincteurs ou de seaux remplis d'eau. Je profite qu'ils sont occupés pour me glisser à l'intérieur…

Daemon

L'explosion a fait s'écrouler une partie du plafond, heureusement que j'étais dans ma bulle sinon je serais écrasé dessous. Je ne sais pas comment elle s'y est prise, mais il semblerait qu'elle ait réussi à vider la baraque. Par contre, je sens qu'elle est là, et j'aime beaucoup ce que j'éprouve. Plus elle approche, plus les effets de la drogue s'estompent, j'arrive enfin à avoir des pensées cohérentes.

Elle arrive…

Je suis ligoté dans la baignoire d'une petite salle de bain, accolée à une grande chambre où crèchent au moins huit gardes armés, qui sont restés malgré l'explosion. Il doit y avoir un humain parmi eux, mais je n'en suis pas certain.

Elle est juste à côté…

Les décharges d'énergies fusent dès que je la sens derrière la porte. Mes gardes sont en panique complète. Leur patron a dû oublier de les avertir que m'enlever allait déclencher la fureur d'une archange surpuissante.

Certainement la plus puissante même.

D'un coup, tout s'accélère et se fond. J'entends des cris de douleurs, des insultes, des bruits de pas précipités, des râles d'agonie, l'odeur de chair brûlée, les murs tremblent sous les impacts, des suppliques, des relents écœurants de sang. Tout se mélange en un tourbillon de sensations que le sol, qui n'a pas arrêté de trembler depuis la première explosion, amplifie. La porte est percutée avec violence, c'est probablement un corps puisqu'une mare de sang se répand dans la pièce en passant sous le battant. Puis soudainement, plus de bruit, juste cette étrange vibration due à un vrombissement que je ne pouvais pas entendre à cause du combat. J'ai comme l'idée qu'il faut qu'on se tire vite avant que ce truc explose. La porte s'ouvre doucement et je me noie dans son regard. Mon ange m'a retrouvé ! On est saufs, et de nouveau ensemble.

Le soulagement est de courte durée. Rapidement, son regard perd l'étincelle de joie que nos retrouvailles avaient fait naître pour devenir dur à la limite d'être hanté. Notre lien me crie qu'elle n'aime pas ce qu'elle a fait pour me libérer. Sa colère augmente jusqu'à créer une sorte de mur entre nous.

Okay, je vais recevoir…

Elle approche d'un pas vif, sans contourner la flaque de sang au sol. Au contraire, elle patauge dedans.

Il y a quelque chose qui cloche, là.

En la regardant mieux, je comprends. Putain ! Elle est couverte de sang, ses habits noirs dissimulent en grande partie son état, cependant je peux voir que son cuir dégouline de restes « humains ». Lorsque ses yeux incandescents se posent sur mes liens, ils se mettent à irradier avant de perdre leurs belles couleurs émeraude pour devenir quasiment noirs. Mon ange est d'une beauté irréelle, même en rage, mais, pour la première fois, je la trouve effrayante. Pire que ça, d'ailleurs. On voit ce style de guerrières dans la mythologie, des êtres si puissants que leurs pouvoirs les habitaient complètement. À cet instant, elle est comme elles, une déesse vengeresse. Elle ne parle pas et, face à son regard, j'hésite à essayer moi-même. Mais avec tout ce sang, mon inquiétude prend le dessus.

« ***Tu es blessée ?*** »

Ses mâchoires se serrent. Elle ne me regarde pas, ne me répond pas, mais pose son index sur la corde qui enserre mes poignets. Elle s'enflamme immédiatement en me libérant.

D'accord, je crois que j'ai compris le message

Elle se retourne et sort de la pièce. Je défais rapidement mes chevilles et la rejoins. Le spectacle me laisse sans voix ! Atomisé, c'est le seul mot qui me vient à l'esprit. Il n'y a pas un seul corps entier. La moquette est recouverte de débris sanguinolents, de bouts de chairs, de viscères et autres morceaux non identifiables. Je lève les yeux au ciel pour assimiler ce qu'elle a fait pour moi…

Grossière erreur !

Le plafond est dans le même état, non, en fait c'est pire, parce qu'en plus ça pendouille… Même les charniers laissés par les Orcus[14] sont moins dégueulasses que ça. Je ne sais pas comment calmer sa haine, mais on doit partir avant que les autres ne reviennent. Il est temps que je réagisse et m'implique.

Je l'attrape par le bras avant de la diriger dans le couloir en direction de la sortie. Il y a beaucoup de bruit dehors, mais a priori aucun survivant dedans. Pour éviter une mauvaise surprise, je scanne quand même le bâtiment. La voie est libre, ils sont tous à l'extérieur. Je vais pour reprendre son bras, mais elle me foudroie du regard en me le retirant d'un coup sec. D'accord, elle est bien toujours là.

« *Tu es garée où ?* »

— Plus loin sur la route, me chuchote-t-elle.

« *Tu n'as pas répondu, tu es blessée ?* »

— Ça va aller.

« *Tu commences à me faire sérieusement chier avec tes réponses à la con ! Où es-tu blessée ?* »

— On fait tout péter et on se casse d'ici ! Après on en parlera si ça te fait plaisir, me crache-t-elle au visage.

Où est passé mon ange ? Elle parle différemment, elle, si douce normalement, est très agressive. Je crois que les humains diraient

---

[14] Monstre ressemblant aux gargouilles qui se nourrit de chair humaine. Le mot français est « ogre »,

qu'elle est en état de choc. Et merde… C'est ma faute, tout ça, je n'étais pas assez aux aguets, pas concentré, pas prêt. Quand j'ai senti la piqûre, c'était déjà trop tard, ça fait des mois que j'échappe assez facilement à tout ce petit monde et, là, je me laisse déstabiliser !

On est à la sortie, je jette un œil par la porte pour m'assurer qu'on peut s'enfuir sans risque, ce qui est largement le cas. Ils sont tous occupés à tenter de maîtriser un incendie qui, même avec l'aide des pompiers, n'a aucune chance de l'être.

« C'est bon, on peut y aller. »

« Non, je dois finir ce que j'ai commencé. »

« Plus clairement ? »

« Il ne doit rester aucune trace de notre passage ici. »

« Tu as prévu de faire ça comment ? »

« Pour l'instant, il n'y a qu'une citerne qui brûle, celle d'à côté a encore de l'essence et en explosant elle fera disparaître ce que j'ai fait… »

« On va devoir courir très vite. »

« Non, viens. »

Nous rejoignons la route rapidement, sa moto est cachée près d'un buisson, pas de casque en vue.

— C'est quoi le plan, exactement ? demandé-je, autant pour le comprendre que pour la faire parler.

— Tu vas continuer sur la route, moi, je vais prendre la moto et y retourner. Une fois là-bas, j'enverrai plusieurs boules d'énergie sur la trappe, la première la fera exploser les suivantes enflammeront le carburant. Il ne restera plus rien d'identifiable.

— Non, je vais le faire. Tu as l'air fatiguée.

Pas fatiguée, épuisée. Je tends la main pour la serrer contre moi, mais elle esquive. Elle est venue me sauver, mais elle est de nouveau à des millions de kilomètres de moi.

— C'est bon ! Je vais bien. Tu ne sais pas où est la trappe et tu ne connais pas mon bébé.

— Eh bien, laisse-nous faire connaissance.

Elle appelle de l'énergie à elle, immédiatement sa fatigue s'envole et ses yeux reprennent leur couleur surnaturelle que j'aime tant.

— Non ! Toi, tu suis la route, je te rattrape dans quelques minutes.

— Tu y vas comme ça ?

— Pourquoi pas ? répond-elle abruptement.

Après un soupir à fendre l'âme, elle plonge ses yeux dans les miens.

Putain !! Enfin...

Je n'y vois pas ce que j'aimerais, mais elle me regarde, c'est déjà ça. Juste le temps d'un battement de cils, elle a revêtu son armure, casque y compris. Elle démarre son engin, puis pose sa main sur la carrosserie du bolide qui se recouvre, elle aussi, d'une carapace verte à la forme chimérique d'un dragon. Elle se marre en prenant la route.

Chapitre 12

__Ange__

Je dois me ressaisir, il est libre. C'est la première fois que je ressens de la peur, celle de le perdre, et ma réaction m'a vraiment effrayé. J'ai massacré neuf démons et plusieurs semi-démons[15], sans états d'âme. La seule chose qui comptait, c'était Daemon. Le retrouver et le libérer. J'y suis parvenue, mais je n'oublierais jamais ce que j'ai vu en sortant de cette salle de bain. Je ne me savais pas capable de faire ça…

Non, je ne dois jamais oublier cette horreur !

Et maintenant, je dois détruire complètement ce nid de démons, faire disparaître définitivement les preuves de mon carnage. Les autorités humaines ne pourraient pas comprendre comment tous ces « gens » ont été tués, et ils ne doivent surtout pas analyser les restes. Les corps des démons ne posent aucun problème, car ils redeviennent humains à l'instant où l'essence démoniaque abandonne leurs enveloppes charnelles. Mais il en va autrement pour les semi-démons. Ce sont de vrais humains, eux, cependant ils sont contaminés par le sang des enfers. Une autopsie révélerait probablement une maladie inconnue ou

---

[15] Humain, accompagnant volontairement des démons et se nourrissant de leur sang pour avoir un minimum de pouvoir.

une drogue mortelle, quoi qu'il en soit elle pourrait semer la panique en plus de dévoiler notre existence.

J'ouvre les gaz à fond, je suis prête pour le rodéo que j'ai imaginé. Je passe devant l'ancien garage où ils sont toujours en train d'essayer d'éteindre le feu, alors, qu'ils n'ont aucun matériel pour ça.

Ils feraient mieux de partir.

Le plan est simple, je dois juste arriver à pleine vitesse, pour qu'ils n'aient pas le temps de réagir. Un kilomètre d'élan devrait suffire, il est temps de faire demi-tour.

Je suis dans le bon sens, ma monture est blindée et ça lui donne un sacré style. Je suis moi-même partiellement protégée, par sécurité, je rajoute un masque sur le bas de mon visage.

C'est le moment d'y aller !

J'accélère à fond, faisant crisser les pneus sur le bitume avant de démarrer comme un avion. Je vois déjà la bicoque en flamme, sans ralentir je m'engage sur le parking, quelques têtes se relèvent pour me regarder, ma main droite lâche la poignée, envoie trois projectiles verts, puis j'accélère de nouveau pour rejoindre la route. Je jette un regard rapide dans le rétroviseur pour vérifier que j'ai fait mouche, par chance, c'est le cas. La trappe est arrachée du sol, aussitôt suivie par l'explosion de la seconde citerne. La déflagration est tellement grosse que des débris de la maison tombent un peu partout autour de moi sur la route, je suis obligée de slalomer pour éviter cette pluie de gravats.

Heureusement que j'avais customisé mon bébé, une tuile vient de se fracasser sur elle.

J'aperçois Daemon sur le bord de la route, il marche tellement vite que l'on pourrait penser qu'il court.

Vu sa grandeur, c'est normal.

En entendant un véhicule approcher, il se retourne, deux boules d'énergie apparaissent dans ses mains. Il s'est fait prendre une fois, mais je doute qu'ils y arrivent une seconde. Je m'arrête à sa hauteur, il s'installe très rapidement avant que je redémarre en trombe.

« *On a été séparés de combien de mètres ?* »

« *Huit kilomètres.* »

« *Tu crois que c'est la drogue qui a rendu ça possible ?* » »

« *Non, je viens de m'éloigner d'un kilomètre et demi sans difficulté.* »

« *Okay, donc c'est encore un effet de ton non-conditionnement.* »

« *Et c'est bien ou mal à tes yeux ?* »

« *C'est très bien, on risque moins de péter un plomb, mais il faut garder ça pour nous.* »

« *Une sorte de joker.* »

« *Ouais on va où, là ?* »

« *Retour chez moi, nos sacs y sont restés !* »

« *Okay, j'suis désolé, tu sais…* »

« *Nous en reparlerons plus tard.* »

« Le combat va probablement être rude, je préférerais qu'on ne se fasse pas la gueule. »

« Merci, mais pour moi le combat a déjà commencé. »

Je me gare devant la porte, pour cinq minutes et en pleine nuit nous ne devrions pas trop attirer les curieux.

« Je monte prendre une douche rapide, je pue la mort. »

« Oui, prends ton temps. »

« Sauf que nous n'en avons pas, alors je me dépêche. »

Je file à l'appartement pour enfin enlever mes habits dégueulasses. Je ne sais pas s'ils sentent réellement la mort, mais c'est l'impression que j'ai, et on ne part pas à la chasse avec des vêtements recouverts de sang.

Il n'y a pas à dire une bonne douche, fait toujours du bien, je me sèche, me rhabille et descends le rejoindre. Vingt-trois heures quinze, dire que la nuit n'a même pas encore commencé alors que nous avons déjà laissé deux scènes de crime derrière nous. Nos sacs sont toujours dans le hall et je ne vois Daemon nulle part. Ma moto est toujours devant la porte, mais lui, non.

Non pas encore !!

« Daemon, où es-tu ? »

Rien, pas de réponse

« Daemon, réponds merde ! »

« Tu jures maintenant ? »

« Cela te ferait mal de me répondre ! »

« Non, mais je suis occupé à faire disparaître le bordel qu'on a laissé tout à l'heure avant qu'un humain ne trouve les corps ! »

Là, il n'a pas tort, il ne faudrait pas que la police vienne trop près d'ici. J'ai acheté cet appartement d'une façon pas très légale. D'accord, pas légale du tout, puisqu'officiellement je n'existe pas. Un faussaire, que j'ai sauvé de voyous selon lui, m'a procuré des papiers d'identité pour me remercier, et lors d'une mission j'ai dû faire un peu de ménage au sein d'un gang. Il se pourrait qu'une mallette d'argent ait malencontreusement disparu ce jour-là…

Enfin bref, je ne veux pas avoir à répondre à des questions.

Daemon arrive enfin, son visage est fermé et je ne décèle aucune expression ni chaleur. Une sorte de brute épaisse sans cœur de deux mètres quinze, avec un regard létal, et un corps magnifique, mais sculpté pour donner la mort. Il est aussi effrayant qu'excitant. En le regardant, je réalise que ce soir nous allons devoir nous mêler aux humains, pour rejoindre l'entrée du souterrain. Nous devrons remonter la zone piétonne sur presque huit cents mètres. Je n'ai jamais eu d'appréhension à être avec eux, mais j'ai l'impression que c'est différent pour Daemon. Il a l'air de ne pas connaître les us et coutumes des humains et, si j'ai raison, ce qui nous attend va être cocasse. Il me voit et son visage reprend vie, il est vraiment d'une beauté diabolique. Comment en vouloir à Ève d'avoir croqué la pomme si un tel être la lui offrait ?

Ce soir, il faut que nous jouions là-dessus. On va marcher dans cette rue, bondée d'étudiants sortis fêter la fin de semaine, comme si nous étions un couple d'amoureux. Ils ne doivent se souvenir que de cela, pas des énormes sacs que nous transportons ni de nos yeux et encore moins de nos airs dangereux. Juste d'un couple de bikers tatoués, de grande taille, qui se câlinaient et s'embrassaient en allant on ne sait où.

« À quoi tu penses, mon ange ? »

« À notre immersion parmi les humains… »

Il pose rapidement ses lèvres sur les miennes en passant à côté de moi pour récupérer nos bagages restés dans l'entrée.

« Comment ça ? »

« Un bout du trajet devra se faire à pied, dans une rue où il y a toujours beaucoup de monde la nuit du vendredi. »

Il ressort, me tend mon casque et met le sien avant de s'asseoir sur la moto.

« Bordel ! Non, mais ce n'est pas vrai, fait chier, on ne passera jamais inaperçus ! »

« Ce n'est pas le but justement, nous allons nous fondre dans la masse ! »

Je mets le contact et quitte le parking. Nous avons de la route pour rejoindre le centre-ville.

« Quoi… mais tu nous as vus, personne ne croira que nous sommes normaux. »

« Nous allons donner l'image d'un couple d'amoureux et nous noyer dans la foule... »

Daemon

Jouer les amoureux. Fais chier, on fait ça comment ? Bordel, on dirait que cette soirée n'avait pas encore été assez humiliante pour moi. J'ai été drogué, kidnappé, ficelé comme un putain de rôti et enfermé dans une salle de bain. Je vais éviter de revenir sur le fait d'avoir été sauvé comme une demoiselle en détresse ! Le summum, je crois que ça a été quand elle m'a montré qu'elle aurait pu se libérer avec un seul doigt...

Eh bien ouais, moi, je ne crame pas tout ce que je touche ! Je n'arrive pas à faire sortir des flammes de mes doigts, moi, merde !

On atteindra bientôt notre but, les premiers quartiers de la ville sont en vue. Si d'habitude je pars en chasse l'esprit serein, le corps vibrant d'exaltation anticipée, ce soir, ce n'est vraiment pas le cas ! Mon cerveau est en ébullition, ça s'appelle la panique, il me semble. Putain, je ne suis pas dans la merde, là. Je n'ai jamais travaillé en équipe, d'un, parce que je préfère être seul et de deux, parce que se battre à plusieurs dans des tunnels étroits est très dangereux. Une boule d'énergie qui ricoche contre la paroi et le combat se transforme en grillade-party. Quant à Ange et ses pieux, aussi acérés que des aiguilles, qu'elle contrôle par télékinésie, je préfère éviter d'imaginer ce que ça peut donner si elle perd leur contrôle dans un couloir étroit. Mais ce qui me gêne le plus, c'est que je sois avec elle. Tellement de trucs se bousculent en moi quand je suis près d'elle, mon envie de la protéger dépasse l'entendement.

Il vaudrait mieux qu'elle ne l'apprenne jamais sinon elle m'éviscérera.

Ensuite, je la désire plus que tout ce que j'ai pu vouloir un jour sur cette planète. C'est presque effrayant de ressentir ce besoin qui me brûle les veines en continu. Et pour finir, sa puissance est telle qu'elle m'inquiète. Il lui a fallu que deux secondes pour détruire mon canapé et après elle a perdu connaissance, en pleine chasse ce n'est pas le moment idéal pour qu'elle le refasse.

Elle ralentit pour pénétrer dans un parking souterrain. Une barrière nous empêche de passer, elle sort une petite carte qu'elle insère dans la machine, la barrière s'ouvre et on se gare. Si j'avais encore un doute sur son habileté à passer pour une humaine, là j'en ai plus. Elle a un appart, de l'argent et elle connaît leurs mœurs, j'ai intérêt à m'y mettre et vite.

Elle range nos casques, enlève sa veste et ouvre son sac pour la fourrer dedans. Elle a juste un tee-shirt sans manche qui laisse voir les symboles qui recouvrent le haut de ses bras.

« *Enlève la tienne aussi.* »

« *Non, mais ça ne va pas, bordel ! Remets la tienne plutôt, les humains vont voir tes marques !* »

« *Pendant qu'ils regarderont nos bras, ils ne verront pas nos yeux et nos sacs… Les tatouages sont à la mode de toute façon !* »

« *Tatouage… tu parles des dessins sur leur peau ?* »

« *Oui, ils ne sont pas si différents des nôtres.* »

Je ne suis pas du tout convaincu que ce soit une bonne idée, mais je retire mon blouson et le mets dans mon sac. Son regard est scrutateur, elle n'est pas satisfaite de mes manches longues ni de mon tee-shirt tunisien à col montant lacé. Elle s'approche en détaillant chaque fringue qui me recouvre.

« *Tu as d'autres habits dans ton sac ?* »

« *Ouais.* »

« *D'un autre style que ceux-là…* »

« *Non, c'est ma tenue pour chasser, tu lui reproches quoi ?* »

« *Tu as tout d'un commando en mission, nous devons améliorer celle-ci…* »

« *Quoi ?* »

Elle sort son couteau, pose sa main libre sur mon torse et avec l'autre coupe le lacet qui fermait mon col. Elle contemple son œuvre, pas encore satisfaite. Elle chope mon tee-shirt qu'elle me retire d'un coup sec avant de découper les coutures des manches et de me le rendre.

« *Je peux rester torse nu si tu préfères…* »

« *Non, je ne veux pas que tu déclenches une émeute.* »

« *Je ne suis pas sûr de savoir comment je dois le prendre…* »

« *Rhabille-toi !* »

Elle se dirige vers la sortie dans un grand éclat de rire. Bon, c'est clair, elle se moque de moi ! J'enfile mon haut passablement destroy maintenant, je passe mon sac baluchon en travers de mon dos et je la rejoins en quelques enjambées rapides.

« *Ralentis, nous sommes en balade.* »

« *Comme si on avait le temps pour une putain de promenade.* »

« *Dans les prochaines minutes, nous l'avons...* »

Elle avait raison, la rue est pleine de monde. Je me sens immédiatement mal à l'aise parmi cette foule chamarrée. Plusieurs personnes nous détaillent en passant près de nous. Un petit groupe de cinq mâles nous dévisage depuis la terrasse d'un bar, de l'autre côté de la rue et il est clair que je ne vais pas supporter longtemps le regard qu'ils osent poser sur le corps d'Ange. Elle passe rapidement sa main gauche dans la poche arrière de mon pantalon et plaque son flanc contre le mien.

« *Mets ton bras sur mes épaules.* »

« *Pour quoi faire ?* »

« *Fais-le, merde !* »

« *Arrête de jurer...* »

Elle pouffe de rire, j'aime quand elle réagit comme une humaine. Je m'exécute de très mauvaise grâce. Ce que je veux, c'est traverser la rue pour faire baisser les yeux de ces mortels à grand coup de pied. Mais je vois immédiatement leurs petits sourires et leurs convoitises disparaître de leurs sales gueules, je comprends que ce geste est un code pour eux, ils savent qu'elle n'est pas libre. Je resserre mon étreinte et plonge mon nez dans ses cheveux soyeux. Je la détaille un instant, elle est habillée comme lors de notre rencontre sauf son haut, celui-là n'a pas de manches. Je récupère son sac, qu'elle porte sur son épaule droite, et lui passe comme le mien en travers du dos.

« Si on doit se battre, il ne te gênera pas comme ça. »
« Ah oui, merci… »

Serrés l'un contre l'autre, on remonte la zone piétonne. Je ne sais pas trop quoi penser de ce que je vois. Des femelles ont oublié de s'habiller pour sortir, certaines me regardent comme si j'étais un morceau de viande appétissant. Des mâles, en meute, cherchant à définir qui est l'alpha, en essayant de se faire voir et entendre. Des alphas qui essaient de capter le regard de mon ange… Je me sens dépassé, j'accélère le pas, il faut qu'on s'écarte de tous ces regards qui me mettent les nerfs à vif.

« Tranquille… nous nous promenons. »
« Non, mais on est où, là ? »
« Ce sont des étudiants sortis pour s'amuser. »
« Un self-service pour forces démoniaques, oui. Putain ! Où sont passés les interdits ? Ils sont tous complètement inhibés ! »
« Ils sont jeunes, c'est tout. »
« Ce n'est pas une excuse, ils n'ont aucune protection contre ce qui rôde. »

« Ils ne savent pas que quelque chose rôde, nous sommes des mythes pour eux... »

« Alors ce n'est pas étonnant qu'il y ait autant de démons dans ce monde. »

« Oui, c'est peut-être une raison... L'entrée du souterrain est à droite. »

« Je la vois, allons-y. »

« Attends, on doit faire des prisonniers. »

« Tu délires là ! »

« Non, c'est important. Mickaël a soulevé une question dont ils doivent avoir la réponse. »

« Fait chier, rentrer et, buter tout le monde, c'était plus facile, merde ! »

« C'est d'accord ? »

« Si c'est vraiment ce que tu veux, ouais... »

Chapitre 13

<u>Ange</u>

Nous passons la porte qui mène au tunnel, je remets rapidement ma veste avant de laisser mon pouvoir remonter à la surface. Mes yeux s'éclairent et, avec eux, une sorte de longue caverne qui s'étend devant nous.

Mon Dieu, dans cet espace clos, l'odeur qui accompagne les démons est étouffante.

Un coup d'œil derrière moi me confirme que Daemon s'est lui aussi rhabillé et l'intensité de ses yeux atteste qu'il est prêt à se battre. Je commence à descendre l'escalier, mais après quelques marches, je sens le comité de bienvenue qui nous attend en bas. Sans même y penser, je déploie mon armure sur tout mon corps. Je n'ai pas besoin de me retourner pour savoir que mon démon personnel a fait de même.

« *Cinq démons de niveau trois.* »

« *Bien, tu les sens aussi. Qu'est-ce que le niveau trois ?* »

« *J'étais un premier niveau, les trois sont des subalternes quelconques.* »

Leur présence, ici, semble valider notre théorie à propos d'une légion, pourtant une question dérangeante tourne dans ma tête, combien sont-ils dans ces tunnels ? Il nous reste que peu de distance à parcourir avant de les rejoindre et de pouvoir répondre à cette question.

Je matérialise des piques d'énergie avant de les faire flotter dans les airs à hauteur de mes épaules. Pendant que deux boules vertes se logent dans mes mains, je ressens aussi celle de ma moitié diabolique derrière moi. Nous sommes chargés à bloc, je descends les dernières marches et me retrouve nez à nez avec cinq géants.

Je n'ai pas le temps de poser mon deuxième pied à terre qu'un jet d'énergie rouge me fonce dessus. Je me jette au sol, effectue une roulade et en me relevant, j'envoie la première pique dans l'œil du mastodonte qui prenait déjà son élan pour m'intercepter façon rugbyman. Coupé dans sa lancée, il s'écroule dans un cri sauvage. Une boule verte me survole pour percuter le garde le plus éloigné, son visage explose littéralement. Je dirige deux piques sur les ennemis les plus proches de moi. L'un d'eux a le cœur traversé de part en part par mon projectile, mais le second lance son énergie dessus et arrive à la détourner suffisamment pour qu'elle s'enfonce dans le mur à côté de lui. Trop occupée par sa riposte, je n'ai pas vu la deuxième boule qui me frappe la cage thoracique. Je perds ma concentration quelques secondes. Résultat : mes piques se désagrègent.

Je suis en mauvaise posture là !

Un coup d'œil rapide à Daemon m'informe qu'il a blessé le dernier. Il me semble que le démon est mal en point, mais je n'ai pas le temps de vérifier que je suis attrapée par les cheveux et soulevée de terre d'un coup sec.

J'ai l'impression que mon cuir chevelu va se déchirer pour laisser mon crâne à vif.

La douleur est si vive qu'elle m'a coupé le souffle. Je ravale tant bien que mal le cri que je refuse de laisser sortir. À la place, je profite de l'élan qu'il me donne par ce mouvement pour lui balancer mes deux pieds dans la figure. Le double craquement que j'entends me ravit. Je lui ai fracturé la mâchoire et le nez, d'où dégouline du sang. Malheureusement, il ne m'a pas lâchée, il titube comme s'il était en état d'ébriété, ses yeux sont vitreux, il va s'écrouler d'une seconde à l'autre. Pas de chance pour moi, il tient toujours la base de ma tresse avec fermeté. Il recule de quelques pas pour appuyer son épaule au mur, il espère encore ne pas s'évanouir. Maintenant qu'il est stable contre le mur, je prends appui sur lui afin de passer les jambes autour de son cou de taureau. Lorsque j'ai réussi à bien caler mon pied derrière mon genou, je serre, jusqu'à entendre un son lugubre. Ses cervicales ont cédé, entraînant sa mort immédiate. Sa dépouille gigantesque s'effondre, et, moi avec. Je n'aurais pas le temps de me redresser pour amortir le choc. Je me plaque au cadavre en lui saisissant fermement les épaules pour ne pas tomber avant lui, il va me servir de bouclier… Dans cette position, son sang me coule dans les cheveux avant de dégouliner sur mon visage.

C'est dégoûtant !

Par bonheur, cette feinte a fonctionné, il est allongé par terre et, moi, je suis assise sur lui. Maintenant que mon sang ne martèle plus dans mes oreilles, j'entends d'horribles bruits s'échapper du fond de la pièce. Un mélange de cris de douleur, de râle animal et de gémissement d'agonie. Je me relève avant de me diriger vers Daemon et son supplicié tout en essuyant le sang qui a souillé mon visage. Je vois les muscles du dos de mon acolyte se détendre au fur et à mesure que j'approche de lui, je dois avouer qu'une sorte de nœud se dénoue aussi dans mon ventre. Certes, nous pouvons nous éloigner de plusieurs kilomètres l'un de l'autre, mais nous sommes plus calmes, voire plus stables, lorsque nous sommes proches. Il me tourne le dos, je ne peux pas voir l'abdomen du démon passé à la question. Mais ce que j'aperçois de lui me suffit largement, aucun os ne doit être encore intact. Tout son corps est plié d'une façon étrange.

« Ça va, mon ange, pas de blessures ? »

« Non, c'est bon, et toi ? »

« Pas de problème. »

— Bon, on reprend, combien êtes-vous ? tonne la voix de Daemon.

— Je... sais... pas...

Je me décale légèrement pour voir ce qu'il est en train de lui faire.

Ho, ce n'est pas vrai !!

Une dent vient de jaillir comme par magie de la bouche grande ouverte et sanglante du démon.

« Je croyais que tu ne maîtrisais pas la télékinésie... »

« Ouais, ben ça c'était vrai avant. »

« Je peux essayer. »

« Vas-y, mais ne le crame pas trop vite. »

Il se retourne, son regard semble soudain horrifié.

« Putain, mais tu saignes ! »

« Non, ce n'est pas mon sang. »

« Tu es sûre parce que tu en as plein les cheveux et le visage... »

Tout en me disant cela, il se sert du bas de son tee-shirt pour essuyer le sang à la recherche d'une plaie.

« Mais arrête, je t'ai dit que je ne suis pas blessée ! »

« Putain, mais laisse-moi vérifier ! »

« Non, rends-toi utile, reconnais et protèges les lieux. »

« Certainement pas avant d'être sûr que tu n'as rien. »

« Lâche-moi, si j'étais blessée, tu le sentirais idiot ! »

« Et comment je suis censé reconnaître tes blessures ? »

« Crois-moi, tu le ressentirais... »

« Crois-moi, je m'en veux assez pour ça, je vais protéger le périmètre. »

Il dépose un baiser rapide sur mes lèvres, qu'il vient de nettoyer avec son tee-shirt, et il s'éloigne pour sécuriser la pièce. Je sens le tumulte de ses sentiments, il s'en veut vraiment. Je ne sais pas quoi dire ou quoi faire pour l'apaiser. Je ne sais pas moi-même comment je réagirais dans son cas.

Arrête de le lui rappeler déjà ! Oui, probablement que cela aiderait.

Espérons que nous aurons du temps après être sortis d'ici pour nous aider mutuellement à oublier. Je me tourne vers notre prisonnier et fais apparaître une pique d'énergie. Ses yeux fixent le pieu vert avec appréhension.

Bien, il a peur.

— Sais-tu combien vous êtes dans ces tunnels ?

— …

— Il me semble que tu as déjà beaucoup souffert, veux-tu vraiment que je continue.

— Non.

— Là, nous avançons, alors soit tu réponds à mes questions et je te promets de mettre fin à tes souffrances rapidement soit mon joujou et moi allons devoir en rajouter. Tu comprends ?

Il opine doucement de la tête

— À combien êtes-vous venus ?

— Une… légion.

— Est-ce qu'il y avait déjà d'autres démons lorsque tu es arrivé ?

— Oui

— Combien ?

— Une autre… légion.

— Avez-vous eu des pertes ?

— Non, grogne-t-il en regardant ses camarades gisant au sol.

— Les autres, sont-ils tous au même endroit ou répartis en plusieurs groupes ?

— Plusieurs, mais… j'sais… pas com… bien… pi… tié, ach.. evez… moi…

Ma pique se plante profondément dans son cœur. C'est fini, il ne souffre plus.

Bon retour chez toi et merci pour ces infos.

Nous en avons éliminé cinq sur cinquante ! Les prochaines heures vont être difficiles. Je me concentre et scanne les environs, je n'arrive pas à détecter les démons, je ressens leurs présences, mais je ne peux pas dire où ils sont exactement. Nous allons devoir avancer en aveugle pour les débusquer, et ensuite les anéantir. Nous devons aussi trouver des réponses, découvrir quels sont leurs ordres. Parce que deux légions de démons ne s'installent pas en ville sans raison.

Daemon

On ne doit surtout pas rester ici trop longtemps. Cet endroit n'est pas sécurisable, comment pourrais-je surveiller quatre points d'accès ? Il faut rapidement qu'on avance, mais j'ai beau sentir l'ennemi tout autour de nous, je suis incapable de définir où exactement, malgré mes tentatives. Ils sont trop nombreux, trop éparpillés et pour rien arranger, les murs de ces tunnels sont beaucoup trop épais. On va devoir suivre nos instincts…

Je bous intérieurement, je crois que je ne voulais pas voir la vérité en face.

Comme un con, j'espérais encore qu'on se soit plantés.

J'aimerais savoir quel est le taré qui a lâché deux légions sous cette ville. C'est contre l'équilibre et ça risque d'attirer l'attention de bien trop de monde sur tout un univers qui doit rester secret ! Alors, dans quel but les avoir envoyés ? En plus de tout ça, on va être obligé de pratiquer des interrogatoires donc de faire gaffe de ne pas tuer tout le monde pour avoir des prisonniers. Ce qui va nous faire perdre beaucoup de temps et nous créer des problèmes supplémentaires.

Et je déteste les problèmes !

Du coin de l'œil, je vois mon ange scruter toutes les ouvertures, sûrement pour identifier la première que nous devons utiliser. Pourtant on dirait qu'elle cherche quelque chose de précis dans la roche qui borde les portes. Une image traverse rapidement mon cerveau, le même gribouillis que sur la porte en bas de chez elle. Mickaël ! Mais est-il réellement de notre côté ? Si elle lui fait confiance, moi, j'ai du mal. Il est un des plus puissants archanges, enfin, était parce que mon ange est probablement au-dessus de lui. Pourtant, il ne ferait pas partie du complot ? J'ai des difficultés à le croire. Si j'étais la tête pensante d'une si grande machination, j'aurais enrôlé les puissants et détruit ceux qui ne me suivraient pas. Or il a l'air d'être libre de ses mouvements, de continuer sa petite vie sans rendre de compte à personne.

Je n'y crois pas !

Au sourire qu'elle affiche, elle a trouvé l'indice qu'elle cherchait.

« ***Il faut passer par ici…*** »

« ***Tu es sûre qu'on peut avoir confiance ?*** »

« *Bien sûr.* »

« *Si tu le dis.* »

« *Arrête, il est avec nous, attend il dit autre chose, il confirme les deux légions, mais il y a un peu plus loin une pièce remplie d'Orcus[16].* »

« *Bordel de merde…* »

« *Oui, il dit aussi qu'ils sont en quatre groupes en plus du comité d'accueil…* »

« *Putain, ça fait encore cinq combats…* »

« *Oui et il est venu, il y a trois heures les choses ont pu changer.* »

« *Il n'a pas pensé à te donner un plan par hasard ?* »

« *Ne sois pas cynique.* »

« *Tu as besoin de manger, te reposer ou on y va ?* »

« *C'est bon, j'ai des barres chocolatées, tu en veux une ?* »

« *Une quoi ?* »

« *Tiens manges-en une pendant que nous avançons.* »

Elle me donne un machin en plastique qui tient dans ma main.

Ça se bouffe, ce truc ?

Je la regarde défaire l'emballage du sien et l'imite, pas très enthousiaste, je dois reconnaître. Quand elle croque dedans tout son visage s'éclaire, elle pousse même un gémissement de plaisir qui se répercute directe dans mon boxer. Et merde, c'est quoi ce truc ?

---

[16] Monstre ressemblant aux gargouilles qui se nourrit de chair humaine. Le mot français est « ogre »,

L'aspect me rebute un peu, on dirait une merde de chien dure. Je mords dedans et là, surprise… Hum, le tour est croquant, alors que l'intérieur est mou, fondant et il y a une sorte de sirop épais qui fait des fils, mais qui a un goût divin. Moi aussi, j'ai envie de gémir tellement c'est bon et réconfortant. J'espère qu'elle en a pris d'autres.

On progresse d'un bon pas, mais le passage se rétrécit de plus en plus. Maintenant, il est bas et très étroit, je dois avancer en rentrant les épaules ainsi qu'en me pliant pour éviter que ma tête touche la roche. Ce n'est pas confortable et, si on nous attaque, se défendre va être délicat.

Putain, j'espère que c'est juste ce tronçon, sinon on est mal.

Je passe devant et progresse lentement, aux aguets. Ange me suit de loin, c'est plus prudent qu'on ne soit pas trop près. Elle surveille nos arrières, mais je sens son trouble, quelque chose ne va pas. Et j'avais raison puisqu'elle s'est arrêtée, elle tourne lentement sur ses pieds. Lorsqu'elle est de nouveau face à moi, je vois son visage fermé, ses yeux mi-clos, ses mâchoires bloquées et ses lèvres pincées. Je suis certain que les emmerdes sont toutes proches.

« Nous ne sommes pas seuls ici. »

« Euh… ouais… il y a plein d'ennemis. »

Dis-moi quelque chose que j'ignore

« Non… c'est divin… c'est très puissant… et c'est vraiment dangereux pour nous… »

« Divin… un archange est ici ! »

« *Peut-être.* »

« *Gabriel.* »

« *Non plus puissant.* »

« *Mickaël ?* »

« *Ça t'arrangerait, mais non, c'est encore plus divin.* »

« *Plus… alors Raphaël.* »

« *Ce n'est pas lui, je ne le reconnais pas, c'est plus haut dans la hiérarchie.* »

« *Il y a quoi au-dessus des archanges ?* »

« *Douze saints.* »

« *Mais…* »

« *Ne bouge pas.* »

Je n'ai pas le temps de réagir qu'une énorme bulle d'énergie vert très clair nous entoure. Ce n'est pas la même énergie que celle qui nous sert à nous battre. Celle-là et douce, subtile. Je n'ai pas vraiment envie de partir de ce cocon.

« *C'était quoi, le problème ?* »

« *Il était en train de scanner le souterrain.* »

« *Et comment tu as fait cette bulle bizarre ?* »

« *Je lui ai donné les mêmes propriétés qu'un nœud d'énergie comme celui dans ton entrepôt.* »

Je sens mon cœur se pincer, mon appartement…

Pff, c'est tout ce que je possédais et je dois encore aller chercher ma caisse.

Si on s'en sort, je vais devenir quoi ? Ou plus exactement, ils vont faire quoi de nous ? Je sais que ce n'est pas le moment de penser à tout ça, mais on va devoir négocier nos libertés. Alors on a intérêt à avoir quelque chose à échanger contre ! Et il y a de fortes chances que ce soit dans ces tunnels que notre avenir va se jouer.

Super ! Comme si ce n'était déjà pas assez la merde.

Elle est toujours plantée en face de moi les yeux fermés, le nez en l'air à renifler, je ne sais pas trop quoi, mais quelque chose que, moi, je ne distingue pas. Soudain, elle ouvre les yeux, j'y vois une crainte, peut-être même un soupçon de peur.

« *Qu'est-ce qui se passe ?* »

« *Je ne sais pas exactement, mais il est parti...* »

« *Occupons-nous de nettoyer les sous-sols et on s'occupera des traîtres plus tard.* »

« *Oui.* »

On reprend notre chemin, je suis de plus en plus voûté à cause de ce putain de plafond. Si ça continue, c'est à quatre pattes que je vais devoir avancer. On progresse lentement, à l'affût du moindre bruit, du moindre courant d'air et mon GPS à démons renifle l'air comme la chasseuse qu'elle est ou, du moins, qu'elle était. Le tunnel fait un virage, ça m'empêche de voir ce qui se trouve après.

Pas bon, pas bon du tout.

Je focalise tout mon pouvoir sur le morceau de passage que je ne peux pas voir. Je me sens bizarre... Un peu comme si je flottais dans les airs, c'est complètement impossible puisque je ne peux même pas me tenir droit. Il y a quelque chose de chaud qui pulse au niveau de mon nombril. Je regarde pour essayer d'identifier ce que c'est et, là, je suis abasourdi ! Mon corps est toujours coincé dans cet étroit passage avec mon ange. Mais moi, enfin mon esprit, flotte librement devant eux.

Putain de bordel de merde, je suis en train de faire un voyage astral !! J'ai de nouveaux pouvoirs !

Les couleurs sont différentes, les sons aussi, nos respirations chantent à mes oreilles, je vois nos auras célestes d'une teinte extraordinaire, elles miroitent tout en scintillant. C'est fascinant… Je vois aussi une sorte de fil, fait de paillette dorée et argentée, qui me relie à mon corps. C'est de là que vient la chaleur. Je me demande comment expliquer cette étrange situation à mon ange. Je m'approche d'elle, immédiatement, elle plante son regard dans le mien.

« Ça va nous faciliter les choses que tu puisses te décharner comme cela… »

« Tu me vois ? »

« Oui et je t'entends très bien aussi. »

« J'avance pour voir ce qui se passe plus loin. »

« Oui, mais reviens vite, je ne peux pas protéger ton corps dans si peu d'espace. »

« Oui, je regarde juste ce qu'il y a derrière le virage. »

Je flotte tranquillement le long de ce couloir de roche, passe le virage, et me retrouve dans un autre univers. Je connais cet endroit. Je ne l'ai jamais oublié, il hante encore mes cauchemars.

Ange

Lorsque je l'ai senti quitter son enveloppe charnelle, je dois reconnaître que j'ai eu peur. J'ai cru que j'allais devoir nettoyer ce repaire de démons toute seule et, si je veux être honnête, j'ai surtout craint qu'il ne soit rappelé par les I.S. et que je le perde définitivement. Je ne sais pas comment nommer ce qu'il y a entre nous, mais je ne suis pas complète sans lui. Et que l'on ne me parle pas du lien des archanges ! Nous avons déjà prouvé qu'il n'a qu'une prise partielle sur nous. Non, ce que je ressens est plus profond, plus perturbant aussi. Rien que là, que j'attends que son esprit rejoigne son corps, je ressens des sentiments étranges. Des tas de questions dont je ne m'encombre pas la tête normalement m'assaillent en quantité délirante ! Va-t-il revenir ? Est-il en danger ? Pourra-t-il retourner dans son corps ? Et d'autres, encore plus débiles et hors de propos, pour l'instant... En clair, je doute ! Je culpabilise de ne pas être à cent pour cent dans cette mission, mais je n'y peux rien. Depuis l'instant où je l'ai vu en rentrant dans son salon, je suis liée à lui. Paniquer ne servirait à rien, je pense, je dois surtout l'accepter et apprendre à gérer ce sentiment dévorant. D'ailleurs pourquoi n'est-il pas encore revenu ?

Merci, mon Dieu, il est là ! Mais je sens qu'il y a un problème…

« Qu'est-ce qui se passe ? »

« … »

« Daemon. »

« … »

« Qu'est-ce que tu as vu ? »

« … »

« Daemon putain ! Réponds-moi ! »

« Pas tout de suite. »

« Mais… »

« S'il te plaît… »

Je me tais, même si j'aimerais bien savoir ce qui nous attend derrière ce virage. Je le vois soudain glisser le long de la paroi rocheuse et s'accroupir pour finir par s'asseoir au sol et lever le visage vers moi. Son regard est tourmenté, il ouvre la bouche pour me parler, mais rien ne sort. Je commence à appeler un maximum d'énergie à moi, à nous, pour être plus précise. Car il n'est pas en état de réagir pour l'instant, mais, quel que soit ce qu'il se passe de l'autre côté, nous allons l'affronter ensemble et en venir à bout. Lorsque je suis chargée à fond, je matérialise mon armure et, dans la foulée, j'essaie de faire de même pour lui. Au début, de la matière verte se répand au sol comme une flaque autour de ses pieds.

Zut ! Cela ne va pas marcher.

Je donne une dernière impulsion en espérant y parvenir. La flaque tremblote, mais ne prend pas vie.

Eh bien, c'est raté, ça ne marche pas, tant pis !

Je tends le bras et attrape la main que Daemon n'arrête pas de passer dans ses cheveux depuis qu'il a réintégré son corps. Il n'a même pas l'air de s'en rendre compte. À l'instant où je le touche, différentes choses se produisent. En premier, ses yeux reprennent vie et il me fait un sourire, ce n'est pas le plus renversant qu'il m'ait fait, mais plutôt un, qui me dit qu'il est de retour avec moi. Le plus étonnant est la réaction de la flaque, elle se met à ramper sur son corps pour devenir une armure très différente de celle qu'il crée habituellement. Celle-là est plus légère, moins moyenâgeuse, elle ressemble à la mienne, en plus masculine, bien sûr.

Daemon se relève sans me quitter des yeux. Il approche d'un pas hésitant et m'embrasse doucement.

« *Euh… ce n'est pas vraiment le moment là…* »

« *Je sais, mais personne ne prend soin de moi d'habitude.* »

« *Je suis là maintenant.* »

Il m'embrasse encore plus en douceur. Puis, il prend une grande inspiration avant de replonger ses yeux dans les miens.

« *Je suis déjà venu ici, mais je croyais être en enfer et d'ailleurs c'est à ça qu'a ressemblé mon séjour ici…* »

« *Comment ça ? Où sommes-nous ?* »

« *On arrive dans la base militaire de Lilith.*[17] »

« *Quoi ?* »

« *C'est ici qu'ils m'ont torturé pendant des mois quand j'ai refusé de tuer des humains.* »

« *Pardon… ils t'ont torturé ? Et qui t'a demandé de tuer des humains ?* »

« *Oui et c'était un ordre direct de Lilith… Mais c'est comme ça que je me suis libéré, je te raconterai ce dont je me souviens plus tard, là on n'a pas le temps.* »

Je m'oblige à mettre ma rage de côté. Nous avons une mission, elle est prioritaire sur tout le reste, mais si je croise l'autre… Grr.

Calme-toi…

« *Donc nous sommes dans la fameuse forteresse de Lilith…* »

« *Ouais et ton ami Mickaël nous a menés en bateau.* »

« *Mais non, il nous a aidés.* »

« *Ah oui, c'est la tanière de l'autre salope depuis des siècles et lui ne s'en est pas rendu compte quand il est venu ? Laisse-moi rire…* »

Je suis obligée de reconnaître qu'il a raison, nous nous sommes fait berner et j'enrage d'avoir été si naïve. Il nous a peut-être menés à notre destruction, et avec mon aide en plus. Merde ! Mais même là, j'ai du mal à croire qu'il l'a fait dans le but de nous faire tuer.

---

[17] Succube. Première femme d'Adam. Princesse des démons

« Et s'il nous croyait capables de la détruire et que c'est pour cela qu'il nous a envoyés ici ? »

« C'est possible, mais on doit partir du fait qu'il n'est pas avec nous sinon on va finir par se faire buter. »

« Oui, tu as raison, alors qu'est-ce qu'il y a derrière et comment procédons-nous pour tous les renvoyer d'où ils viennent ? »

« Il y a de nouveau un corridor avec quatre portes et je sais où mènent deux d'entre elles, par contre pour les autres je ne sais pas... »

« Bien, commençons par celles que tu connais. »

« La porte à droite, en sortant du tunnel, c'est les cachots et au fond de cette pièce se trouve la salle de torture, la troisième mène à un autre corridor avec seulement deux portes... celles-là ce sont les appartements privés de Lilith. »

Je visualise les portes et j'essaie de scanner ces quatre pièces. Je sens tout mon corps trembler sous l'effort. Il y a des protections contre tout ce qui est divin. La situation ne s'arrange pas vraiment pour nous.

« Première porte à droite, je sens une dizaine d'Orcus[18] et la première à gauche, cinq démons en plus des protections contre nous. »

« Alors, il n'y a qu'une solution... »

« Laquelle ? »

---

[18] Monstre ressemblant aux gargouilles qui se nourrit de chair humaine. Le mot français est « ogre ».

« Elle m'a sommée de revenir, alors je vais y aller seul et la tuer. »

« Non, mais ça ne va pas, c'est toi qui vas te faire tuer ! »

« Tu vas rentrer à l'appartement et je te rejoindrais plus tard. »

« Dans tes rêves où tu vas, je vais. »

« Certainement pas, putain ! Tu n'as aucune idée de ce que tu risques et de ce dont ils sont capables. »

« Ils ont demandé que tu m'amènes, non ? »

« Oui, mais il n'en est pas question ! »

« Si c'est notre seule chance de passer… »

« Non ! »

« Mais ce n'est pas vrai, d'être aussi borné ! »

Je fais les cent pas dans le peu d'espace dont je dispose. Je suis tellement agacée par son comportement à la limite du machisme que je préfère tourner en rond plutôt que de me mettre à hurler ou à le frapper. Si je me fie à son air renfrogné, il ne doit pas être loin d'avoir atteint la limite de se noyer dans la rage que mon refus de lui obéir lui inspire. Il faut que l'un de nous débloque la situation pour que nous puissions finir cette mission sans trop de dégâts.

« D'accord mon ange, tu as gagné, j'ai un plan, mais je ne parie pas sur ses chances de réussir… »

« Vas-y, explique-moi. »

Chapitre 14

Daemon

Je n'arrive pas à m'empêcher de la regarder. Elle me touche comme rien ni personne d'autre. Je déteste me disputer avec elle, mais mes instincts primaires me poussent à vouloir la protéger. Bien sûr que je sais qu'elle n'en a pas besoin, elle pourrait me faire cramer juste en clignant de l'œil, mais c'est plus fort que moi. Elle est tout ce dont j'aurais pu rêver, si j'avais cru possible d'avoir la chance, un jour de partager mon existence avec une femme. Si seulement je savais comment le lui dire…

Les dix minutes qu'elle m'a demandées arrivent à terme et je constate qu'elle n'a pas chômé. Elle a façonné plusieurs pieux qu'elle fait tourner autour d'elle, à la façon d'un pendule cinétique orbital. C'est aussi effrayant que fascinant… mais peut-être moins que toute la puissance qu'elle a emmagasinée en préparation de l'attaque qu'on a planifiée et qui m'hérisse les poils. Enfin, que j'ai planifié, devrais-je dire, parce qu'elle n'a pas pipé un mot pendant que je lui exposais mon plan, rien du tout. Puis elle a soupiré et m'a dit qu'on devait agir tout de suite.

Pas d'objection, pas de question.

Quand je lui ai demandé pourquoi, soudain, elle obéissait sans rechigner, elle a fixé ses sublimes yeux aux miens et a répondu : « j'ai confiance en toi ». Ça m'a tellement scotché que je me suis mis à douter de la justesse de ce super plan. Et depuis, je n'arrête pas de l'améliorer dans ma tête. Je suis responsable d'elle, et ça aussi, c'est tout nouveau pour moi.

Son casque vient de recouvrir sa tête, je pense que c'est le signal pour me dire qu'elle est prête.

« Nous devrions laisser nos sacs ici. »

« Ouais, on les récupérera après. »

Elle a raison, nous serons plus libres de nos mouvements sans nos bagages. Elle sort une petite besace de son baluchon avant de le remplir de vivres et de le passer sous sa carapace. Ce qui me fait réaliser que je suis vraiment bien dans celle qu'elle m'a créée, et je baigne dans son odeur, c'est bandant. On est au maximum de nos pouvoirs, la différence entre nous, c'est qu'elle, elle peut choisir de le montrer ou pas. Et là, c'est évident, elle ne cache pas sa puissance. Elle a revêtu son armure, mais je la devine plus que je ne la vois, car elle est recouverte de petits arcs électriques et de flammèches vertes.

Ma luciole magique en mode guerrière !

Le plan est simple, mais complètement suicidaire.

Les Archanges peuvent-ils mourir ?

Si oui, putain, je veillerais à ce que ce soit moi, et non pas elle, qui y reste. Elle est puissante et courageuse, il est évident que la mission est pour elle et je suis quasiment sûr qu'elle pourra survivre à ma mort. Et je dois aussi confesser que je ne me vois pas rester sans elle dans ce monde. Je reconnais que c'est égoïste, pourtant c'est une certitude. Dorénavant tout mon univers, c'est elle...

« Daemon, nous pouvons y aller ! »

« Okay, c'est parti ! »

Quand elle passe à côté de moi, je l'attrape et l'embrasse à pleine bouche. Ça fait un peu désespéré, mais on ne sait pas ce qui nous attend. Elle y répond avec la même fougue, la même passion teintée de crainte. Je meurs d'envie de lui dire ce que je ressens, que je suis certain d'être amoureux, ce qui semble débile, néanmoins c'est vraiment ce que mon âme me crie. Mon essence surnaturelle semble en paix, un peu comme si elle avait attendu et reconnu Ange. Je ricane intérieurement devant la niaiserie de mes pensées. Elle me repousse et s'engage d'un pas déterminé dans la direction du corridor. Je la suis, de plus en plus grisé par l'euphorie d'une bonne bataille. Je me ressaisis, car je dois rester concentré, c'est moi qui vais franchir la sécurité en premier. J'ai misé sur l'espoir qu'ils ne m'ont pas encore classé indésirable afin que je puisse revenir supplier l'autre succube de me pardonner...

Il gèlera en enfer avant que ça arrive !

On y est ! Un pas de plus, et j'aurais quitté le tunnel, je serais dans la forteresse de Lilith.

C'est dingue, j'ai passé une partie de la journée à me demander quoi faire de son putain d'ultimatum pour finir par me pointer à quasiment l'heure où elle voulait me voir... Si la situation n'était pas aussi foireuse, j'en rirais.

Je forme deux mégaboules d'énergie dans mes mains avant d'avancer.

« *Attends.* »

Je m'arrête net, me retourne et la regarde pour comprendre ce qui se passe. Elle pose son index sur une des sphères électriques que j'ai confectionnées, immédiatement son volume augmente en craquelant sa surface habituellement lisse. Les crevasses s'écartent afin de laisser passer de longues pointes blanches.

« *Qu'est-ce que tu fais ?* »

« *Si j'ai raison, une bombe.* »

Sous mes yeux médusés, elle change ma seconde boule d'énergie en bombe. Putain, si ça fonctionne, les dégâts seront considérables. Peut-être que, grâce à ça, on va réussir notre coup. Elle dépose un rapide baiser sur mes lèvres avant de se reculer pour attendre le signal. Je rentre sans difficulté dans l'antre du diable, la garce cornue plutôt. J'avance jusqu'au mur entre les portes deux et trois avant de m'y plaquer. Je m'octroie un instant pour calmer les battements dopés à l'adrénaline de mon cœur. Je fais le vide dans ma tête ainsi que dans mon cœur pour que rien ne brise ma concentration. Sans que je m'y attende, le Calme m'envahit. Ils m'en ont privé quand je suis devenu un démon, puisque seuls les êtres célestes en sont pourvus. Le Calme, c'est presque un état spirituel où seule notre essence existe, on ne respire pas, on ne souffre pas, on voit et entend mieux, notre enveloppe charnelle devient un outil au service de notre esprit inhumain. Il nous confère un avantage indéniable pendant une bataille. C'est en le retrouvant que je réalise qu'être privé de cette paix intérieure m'avait manqué plus que je le pensais. Ange vient de trouver son Calme aussi, je me concentre sur elle pour voir si ça affecte notre lien et, soudain, je me vois.

« Putain Merde, je vois par tes yeux ! »

Bon au moins ; c'est une surprise pour les deux !

« Tu as atteint ton Calme… »

« Oui mon ange, après en avoir été dépouillé tant d'années, je l'ai retrouvé. »

« Vas-y, attaque. »

Je n'ai pas besoin de plus d'encouragement pour jeter mes bombes sur les deux portes qui entourent le tunnel. La première explose dans un bruit de fin du monde, en projetant les décombres, à l'intérieur. Un Orcus titube parmi les débris dans ma direction, il a un long morceau de bois provenant de la porte plantée dans l'abdomen. Du sang dégouline du côté gauche de son crâne ainsi que de son ventre. Ange s'avance, attrape l'écharde, la retire d'un coup sec avant de la planter dans sa gorge pour empêcher le monstre de crier. La cascade de sang s'intensifie, et il tombe à genou. Elle ne perd pas de temps, avec ses mains recouvertes d'arcs électriques, elle lui arrache la tête. Elle me jette un dernier regard avant de rentrer dans la pièce. Je suis devant l'autre salle, prêt à y pénétrer.

« Je crois que je t'aime… »

Mon geste reste suspendu… Est-il possible qu'elle aussi ait cette impression ? Malgré le Calme, une joie, un bonheur sans limites m'envahit. C'est plus du sang qui coule dans mes veines, mais de la lave qui purifie définitivement mon âme de toutes mes années au service du mal.

« Je crois que je t'aime aussi, mon ange. »

Je rentre dans une pièce, enfin c'est plutôt une sorte de caverne meublée. Un démon est écrasé sous un bloc de pierre que la bombe a arraché à la paroi, un autre se vide de son sang dans le coin opposé. Par contre, les trois autres sont recouverts de poussière et légèrement blessés, mais encore en état de se battre. Un jet d'énergie quitte mes mains avant que j'aie réellement le temps de viser qui que ce soit. Il percute deux des démons qui s'écrasent contre le mur du fond. Bien ! Le dernier me mitraille avec sa merde rouge, mais mon armure empêche les projectiles de m'atteindre. Pendant qu'il continue de m'arroser, je sprinte vers lui. Son regard cherche une échappatoire, mais il n'y en a pas et c'est trop tard, je suis déjà face à lui. Il me jette une boule rouge en pleine figure, ça me sonne légèrement. Je n'ai pas le temps de m'éclaircir les idées que ses mains, d'une température insupportable, se referment déjà sur mon cou, me brûlant comme de l'acide. Avec ma force télékinétique, je lui balance les restes d'une chaise à la tête. Quasiment assommé, il se vautre sur le sol à côté de moi. Je tends le bras, pose ma main sur son torse et lui envoie une décharge d'énergie qui lui explose le cœur ainsi que la cage thoracique.

Merde, j'arrive plus à déglutir. Ma gorge doit être très endommagée, fait chier ! J'ai l'impression qu'il y a un trou béant à la place de ma pomme d'Adam. Heureusement que le Calme m'habite sinon j'aurais certainement un mal de chien. J'hésite encore à vérifier mon état et la viabilité de mon corps, quand un léger mouvement au fond de la pièce m'attire l'œil. Putain, ils ont déjà repris conscience et se dirigent discrètement vers moi. Sans bouger pour leur faire croire que je suis sonné, je façonne deux flèches d'énergie. J'attends qu'ils soient assez près avant de me redresser.

Trois... Deux... Un !

J'effectue un saut carpé pour me relever, dans le même mouvement j'envoie mes flèches sur mes deux assaillants. La première traverse le cœur d'un blond de grande taille, mais qui semble avoir oublié de manger depuis des mois tant il est maigre. Quant à la deuxième, elle s'enfonce dans le foie d'une sorte d'ado, brun, au visage trop parfait et aux yeux candides.

Putain, pourvu que je ne me sois pas planté !

En m'approchant de lui, je vois des larmes de sang couler de ses yeux. Le soulagement débloque mes poumons expulsant tout l'air resté coincé à l'intérieur en un long soupir, c'est bien un démon ! Son regard me supplie de l'aider, mais je connais les méthodes démoniaques pour faire baisser la garde d'un ennemi. Quand il comprend que je ne marche pas dans sa combine, il laisse tomber le masque de perfection pour me montrer l'immondice qui se cache dessous. Je pose la paume de ma main sur son front avant de plonger mon regard dans le sien. Puis, je force sur mon don afin de pénétrer son cerveau pour y piller des infos. Au premier abord, il n'y a rien d'intéressant, mais je trierais plus tard. En quittant les limbes de son cortex pariétal, j'y envoie une décharge massive d'énergie. Il succombe en quelques secondes. Un coup d'œil aux deux blessés me confirme qu'ils ont péri aussi. Le silence qui s'installe dans la cavité, dorénavant mortuaire, est la bienvenue. Mais de très courte durée, des grognements emplissent soudain les lieux. Je cours rejoindre mon ange dans le nid des Orcus.

Ange

Il a fait exploser les portes des deux côtés du tunnel. J'ai choisi la première parce que faire cramer des monstres dévoreurs de chair ne me dérange absolument pas, mais les démons aux physiques d'humains me gênent encore un peu. Je suis devant les vestiges de la porte lorsque l'un d'entre eux essaie d'en sortir. Il semble hagard, c'est sûrement dû au choc de l'explosion ou de ses blessures. Celle de son ventre est très vilaine, pourtant, dès qu'il me voit, il ouvre la bouche pour appeler de l'aide, j'imagine. J'arrache le morceau de bois de sa blessure, et la plonge dans sa gorge avant qu'un son n'ait eu le temps d'en sortir. Le cauchemar luciférien tombe à genou devant moi, sa gorge laisse passer des bruits de bain à remous sauf que, là, c'est parce qu'il se noie dans son sang. Je projette toute mon énergie dans mes mains, elles en deviennent douloureuses, et je lui arrache la tête ! Un dernier regard à Daemon, qui est déjà devant l'autre porte, et je franchis le seuil.

Le spectacle sous mes yeux serait terrifiant si je n'étais pas plongée dans le Calme. Pourtant cet état de quasi-transe ne peut rien pour l'odeur pestilentielle qui se dégage de cette caverne. Je ne sais pas depuis combien de temps ils sont enfermés ici, avec une litière de paille en guise de toilette, mais je sais qu'ils sont affamés. Et plongeant mon regard dans celui de la bête qui avance vers moi à pas lent, j'y vois de la folie pure.

Mon Dieu, ils les ont rendus enragés !

S'ils sont lâchés dans la rue, ils feront un carnage. Et ce n'est rien à côté de la peur que les humains ressentiront en voyant des créatures, certes mythiques, mais pas censée exister envahir leurs rues.

Est-ce que c'est leur plan ? Dominer la planète par la crainte... Si oui, Daemon a raison, nous ne nous en sortirons pas. Nous avons pu rentrer parce que c'est un piège qui nous sera fatal.

J'accepte que ce soit ma fin, encore plus si c'est en essayant de libérer les humains de la tyrannie infernale. Mais j'ai tellement de choses à lui dire, il a donné vie à quelque chose dans mon cœur. Un bourgeon de bonheur qui n'a cessé de grandir depuis notre rencontre. Quoiqu'il arrive, je dois lui dire au moins une fois.

« *Je crois que je t'aime...* »

J'aurais aimé faire mieux, mais je n'ai pas le temps. La bête continue à avancer vers moi en se léchant les babines d'anticipation au repas qu'il imagine que je vais lui offrir.

« Je crois que je t'aime aussi, mon ange… »

Je ne comprends pas ce que je ressens, mais ses mots font naître un grand sourire sur mes lèvres, pas si mal pour commencer un combat après tout.

Je me reconcentre sur l'instant présent, l'abomination qui me vient dessus a été blessée dans l'explosion. Son bras gauche a pratiquement été arraché, à chaque battement de cœur une giclée de sang arrose les environs. Compter sur cette blessure pour l'affaiblir serait stupide, il n'est pas humain. Comme tout prédateur, il essaiera de me bouffer tant que son cœur battra. Je dois rapidement abréger ses souffrances. Mes piques d'énergie flottent au ras de la roche saillante du plafond. Je prends le contrôle de l'une d'entre elles et la dirige, à toute vitesse, à se nicher dans son cœur. Il pousse un râle si bas qu'il fait vibrer la caverne. Ses yeux se recouvrent d'un voile laiteux en même temps que sa vie de misère s'achève dans un sifflement strident.

Un regard vers le reste du troupeau me couvre d'effroi ! Leurs yeux sont fixés sur le corps encore chaud qui gît à mes pieds, ils ont la gueule ouverte, les babines retroussées sur de monstrueuses dents acérées. Ils produisent des sons écœurants, c'est un peu comme s'ils inspiraient un trop-plein de salive tout en agitant leur langue sous l'excitation due à l'odeur du sang. Ils s'approchent lentement, quelques-uns ne regardent plus la dépouille, mais dans ma direction. J'emmagasine de l'énergie tout en reculant pour me plaquer au mur. Lorsque mon dos touche la roche humide, le premier Orcus est à peine à un pas de moi. Je commence à créer une boule d'énergie pour m'en débarrasser quand surgit de nulle part une boule rouge qui le frappe à la poitrine. Un coup d'œil m'apprend que deux gardes démoniaques viennent de faire irruption dans l'écurie. Je ravale rapidement mon pouvoir pour éviter qu'ils sentent trop rapidement ce que je suis. J'espère glaner des informations intéressantes, voire vitales pour la suite.

— Putain, mais c'est quoi, ce bordel ! peste l'un d'eux.

Je ne les regarde pas en face, je ne veux pas qu'ils remarquent mes yeux. Celui qui vient de parler doit être aussi grand que ma moitié démoniaque, mais la ressemblance s'arrête là. Il a les cheveux filasse, un corps peu développé, accompagné d'un visage où sa perversité se reflète.

— Hey, la pouf, comment t'es arrivée jusqu'ici ?
— J'ai toujours dit que c'était pas une bonne idée de laisser le chasseur revenir. Affaiblir nos sécurités pour lui faciliter l'accès, c'est une connerie ! La preuve…

Bien sûr, la preuve, c'est moi. Celui qui vient de me donner de si intéressants renseignements est un démon, qui au contraire de ses congénères, ne porte pas de masque pour feindre l'humanité. C'est répugnant ! Mais il est sûrement haut placé dans la hiérarchie pour pouvoir se le permettre.

Il me faut ce qu'il a dans la tête...

— Alors tu vas répondre ? s'agace-t-il, devant mon silence.

— Je suis passée par le trou de la serrure.

Je me marre toute seule. Je veux qu'ils viennent plus près, beaucoup plus près de moi.

— Non, mais elle se fout de notre gueule en plus !!

Ils approchent à grands pas rageurs. C'est gagné ! Je vois du coin de l'œil que les Orcus ont, eux aussi, continué à avancer. Certains sont occupés à dévorer les deux cadavres, mais d'autres me regardent avec une gourmandise écœurante. Si je veux la tête du démon pour la sonder, il va falloir que je coordonne deux actions simultanément. La première devra être puissante, pour me débarrasser des sept Orcus restants ainsi que du garde démoniaque alors que la deuxième exigera d'être subtile pour immobiliser mon futur indic sans trop l'abîmer.

C'est le moment d'agir ! De ma main droite, j'envoie une vague d'énergie sur les monstres affamés pour les repousser contre la paroi opposée. Pendant qu'avec la gauche, je jette une boule d'énergie sur le garde. Il recule de plusieurs pas en secouant la tête pour tenter de retrouver ses esprits,

Mais je n'y crois pas ! Cela ne l'a même pas blessé.

Sans perdre de temps, je libère mon emprise sur les piques, qui flottent toujours au-dessus de nos têtes, et les dirige sur ma proie. Heureusement que j'en avais préparé beaucoup. Les deux premières se plantent dans ses épaules, les traversent de part en part avant de se sceller profondément dans la roche. Il émet un son strident, comme le cri d'un rapace en dix mille fois plus fort. C'est bon, il est immobilisé, mais j'aimerais qu'il se taise.

Le deuxième démon court vers lui dans le vain espoir de le libérer, d'ailleurs il a beau s'échiner, rien n'y fait. Les deux piques suivantes se nichent dans ses genoux, avec un bruit d'os qui se brisent, et finissent leur course dans le mur. Je jette un coup d'œil aux monstres pour m'assurer qu'ils n'ont pas bougé, avant de me glisser derrière une colonne. Grâce à la pénombre ambiante ainsi qu'à ma cachette, je suis pratiquement invisible aux yeux du garde, qui bataille toujours pour détacher son collègue. Il me reste cinq piques, je dois pouvoir tuer le garde et bloquer les mains de l'autre avec. Mais en premier lieu, je dois m'occuper des cauchemars sur pattes. J'évite de les regarder, ils me rendent malade. Comme le prouvent le sang et les bouts de chair qu'ils ont un peu partout autour de la gueule, ils ont dévoré les deux cadavres.

Beurk !

Les cramer ne va pas être difficile : la peur les a fait s'agglutiner dans l'angle de la pièce. J'appelle mon pouvoir, je sens l'énergie courir sur tout mon corps pour rejoindre mes mains afin d'y allumer deux flammes vertes. Un sentiment de pitié m'accable soudain. Ces pauvres bêtes n'ont rien fait de mal, à part être des animaux féroces ! Mais pouvons-nous en vouloir à la panthère de chasser pour se nourrir ? Celles-là, malheureusement, chassent l'être humain… Un dernier regard vers ces créatures issues d'un monde où elles ne font de mal à personne et je jette mes flammes chargées de pouvoir. L'explosion est si forte qu'elle me fait vaciller quelques secondes. Les Orcus sont morts, le feu céleste les consume.

Seigneur, s'il vous plaît, offrez-leur la paix.

J'érige, rapidement, un mur d'énergie entre le brasier et moi. Son but est d'éviter que le feu ne se propage, mais aussi pour empêcher l'odeur d'envahir la cavité.

Mon nouveau meilleur ami est toujours attaché au mur, néanmoins, son pote, lui, a disparu de mon champ de vision. Je retourne à l'abri contre la colonne afin de scanner les lieux dans l'espoir de retrouver le fuyard. Il n'est pas allé très loin, il se cache derrière la deuxième colonne.

Qu'est-ce qu'elles soutiennent d'ailleurs ?

Je me décale légèrement pour voir ce qu'il y a au-dessus de moi. En fin de compte, le plafond de la cage sert de plancher à une mezzanine qu'ils ont transformée en grenier. Bien, cela va être encore plus facile. Avec un peu d'énergie, je matérialise un joli bâillon vert qui s'enroule autour du cou de mon futur indic. Malgré les mouvements qu'il fait pour s'en libérer, la substance verte lui recouvre la bouche.

J'aurais dû le faire plus tôt !

Je vois le feu malfaisant brûler dans ses iris ainsi que de l'énergie rouge prendre vie dans ses mains. Je l'oblige mentalement à plaquer ses paumes contre la roche tout en propulsant deux piques pour les maintenir en place. Il offre un spectacle effrayant ainsi épinglé, couvert du sang qui s'échappe de ses plaies, les yeux en fusion et sa bouche recouverte de l'énergie divine ! Si un humain voyait cela, nous passerions tous pour des monstruosités et la chasse aux sorcières pour un conte de fées, à côté des horreurs qu'ils nous feraient subir.

Je scanne de nouveau l'écurie. C'est parfait, l'autre garde n'a pas bougé de sa cachette. Je cours loin de la mezzanine en envoyant de l'énergie sur les piliers. Elle s'écroule immédiatement dans un nuage de poussière et de paille. Quelques débris ont réussi à m'atteindre, je sens qu'un peu de sang coule sur mon visage. Le brasier funéraire a disparu sous les décombres, mais pas la moitié supérieure du garde. Il respire difficilement, sa cage thoracique doit être écrasée. Il semble avoir de nombreuses blessures, dont une qui lui a arraché un bout de chair sur l'épaule gauche. La plaie est bizarre, je m'approche pour mieux la voir.

Ho, bien sûr !

Elle est sur la marque de son maître, cependant elle est tellement endommagée que je ne reconnais pas le symbole. Mais ma plus grosse surprise a lieu lorsqu'il ouvre les yeux et que je me retrouve face à des yeux jaunes.

Mon Dieu, ce n'est pas vrai !

Je recule rapidement pour surtout ne pas le toucher. Je ne veux sous aucun prétexte être lié à lui ! Daemon était un chasseur, celui-là est un démon, un vrai. Je ne sais pas quoi faire. Mon instinct me hurle de le cramer, mais j'ai peur que le contact de mon énergie suffise à enclencher le processus de transformation. Je retire mon don, mon pouvoir et toute énergie de ma main droite. Quand je suis certaine que plus une goutte de mon sang ne possède de particule divine, je lui assène une magistrale droite à la tempe. Son râle de douleur ricoche sur les parois avant qu'il ne perde connaissance.

Chapitre 15

Daemon

Je sors en courant de la caverne pour me retrouver nez à nez avec deux démons qui montent la garde devant la porte où se trouve mon ange. Putain ! Pas de temps à perdre avec eux, j'ai besoin de savoir qui a poussé ce cri.

Mon ange est en danger !

Au lieu de m'arrêter, j'accélère ma course pour prendre de l'élan. Arrivé à la bonne distance, je me propulse sur le garde le plus proche, les pieds en avant. L'impact se fait au niveau de ses côtes, je les sens se fracturer sous le choc, un roulé-boulé au sol et je suis de nouveau debout. J'évite de justesse un projectile avant de me jeter sur le deuxième assaillant, que mon coude frappe de plein fouet. Son plexus solaire s'enfonce et il tombe à genoux en peinant à reprendre sa respiration.

Hey, ouais, mon pote, c'est à ça que sert le Calme.

Il est beaucoup plus petit que moi et bien moins fort, aussi, je l'attrape par la gorge, le retourne tout en le soulevant et le fais violemment retomber sur mon genou, l'impact lui arrache un cri strident de douleur. Grâce à mon armure, je ne risque pas de me blesser, lui par contre vient de perdre l'usage de sa colonne vertébrale. Je le jette sur l'autre garde, qui lutte toujours désespérément pour un peu d'oxygène, et je repars en courant vers l'autre caverne. Un dernier regard vers les deux mourants me donne un sentiment de pitié.

Putain ! C'est vrai que j'ai rejoint les gentils, je dois me réhabituer à ressentir certains sentiments.

Avant de franchir l'entrée de l'écurie, je balance une boule d'énergie sur les gardes agonisants. Je perçois l'instant où leurs âmes maléfiques franchissent les frontières de l'enfer.

Un haut-le-cœur me tord le ventre en entrant dans la vaste grotte, il règne ici une puanteur irrespirable. Un mélange de déjection, de chair calcinée, de peur, de sang et de paille humide. Mes yeux passent en vision nocturne. Grâce à ça, je vois comme en plein jour sauf que, là, j'aurais préféré m'en abstenir... Au fond de la cavité, de la fumée s'échappe des restes d'une structure en bois, maintenant complètement détruite, elle alimente le feu d'où provient l'odeur de barbecue oublié.

Dieu seul sait ce qu'elle a encore fait cramer !

Soudain, mon regard se pose sur le mur à ma droite, je me pétrifie. Ma surprise est telle que je me déconcentre une seconde, je sens Le Calme vaciller. Rapidement, je me ressaisis. Un démon est cloué à la paroi, j'ai pas besoin de m'approcher pour l'identifier pourtant mes jambes, à moins que ça soit ma rage, me guident vers lui. Malgré le bâillon qui lui cache une bonne partie du visage, j'ai reconnu Samaël[19].

---

[19] Prince des démons et époux de Lilith, ce fut lui monté sur un serpent qui séduisit Ève.

Putain ! Elle a vraiment attrapé le prince des enfers pour l'interroger ?

Ho, bien sûr, lui, il a des réponses, mais ça va être très dangereux de le garder en vie. Il est le bras droit de Lilith[20] et son amant depuis la nuit des temps...

« *Tu le connais ?* »

« *Ouais... Tu n'es pas blessée, mon ange ?* »

« *Non, qui est-ce ?* »

« *Samaël.* »

« *Oh ! C'est une belle prise !* »

« *Mouais, mais dangereuse aussi.* »

« *Malheureusement, notre plus grand danger ne vient pas de lui.* »

Qu'est-ce qu'elle a encore fait ?

Elle est trop téméraire, ça finira mal. Ouais, je sais que je suis gonflé de dire ça alors qu'elle est venue sauver mon cul un peu plus tôt dans la soirée. D'un mouvement de tête, elle me montre les vestiges d'une mezzanine, je pense. Je la regarde de nouveau, mon incompréhension doit se lire sur mon visage, car elle soupire bruyamment tout en me regardant d'un air exaspéré quelques millisecondes avant que son expression ne change. Maintenant, elle semble effrayée, voire paniquée.

« *Mon Dieu ! Mais qu'est-ce qui t'est arrivé ?* »

---

[20] Succube. Première femme d'Adam. Princesse des démons

« Comme prévu, je me suis occupé des démons. »

J'ai beau me regarder, je ne vois pas pourquoi elle flippe à ce point. C'est vrai que mon armure est dégueu, mais la sienne n'est pas mieux. Enfin, la sienne n'est pas recouverte de sang séché alors que la mienne…

Ho, putain de merde !!

« Ma… ta… gorge… »

« Désolé mon ange, j'y pensais plus. »

« Tu ne pouvais pas te soigner ? »

« Je ne sais pas trop comment m'y prendre et je n'ai pas vraiment eu le temps pour le faire. »

« Approche que je m'en occupe. »

On s'éloigne de l'insecte épinglé au mur, elle caresse ma mâchoire avec un regard triste.

« Je ne souffre pas, mon ange. »

Je sens son énergie courir sur ma gorge, ma pomme d'Adam picote puis ma peau en totalité se couvre de frissons. Tout mon corps palpite au rythme de ses soins, même la bête dans mon boxer a repris vie.

Enfin ça, ce n'était pas nécessaire.

On est si près l'un de l'autre qu'en bougeant un peu mon visage, je pourrais l'embrasser, mais ce n'est pas le bon moment pour ça. Elle a quelques griffures sur le visage, de mon index, je fais courir mon pouvoir sur celle qu'elle a sur le front. Elle est longue, mais paraît peu profonde. Un filament d'énergie serpente le long de la plaie, et la referme instantanément.

Oh, c'est super, je peux réellement soigner…

Je continue sur celles qui ont coupé sa pommette gauche puis celle sur son menton. Lorsque j'ai terminé de la soigner, je sens ses lèvres sur ma gorge. Il semblerait qu'elle aussi ait fini et que je ne sois pas le seul que ça a émoustillé. Je referme ma main sur sa nuque et goûte sa magnifique bouche. Très rapidement, bien trop tôt à mon goût, elle me repousse.

« *Tu peux aller le voir maintenant.* »

« *Aller voir quoi ?* »

« *Celui qui se trouve sous les poutres.* »

« *Tu veux que j'identifie un cadavre ?* »

« *Non, il n'est pas mort, mais je veux que tu le voies avant de prendre la décision de ce que nous allons faire de lui et surtout ne le touches pas.* »

« *Putain ! Mais si tu ne veux pas que je le touche, je le vois très bien d'ici.* »

« *Putain ! Tu fais chier Daemon !* »

« *Mais comment tu parles maintenant…* »

« *Oh ça va ! C'est de ta faute alors, la ferme !* »

« *Ma faute… Je ne t'ai certainement pas demandé de jurer, merde !* »

« Je te demande juste d'aller à côté de cette saleté de démon et de regarder son visage sans le toucher, ce n'est quand même pas si compliqué ! »

« Non, ce n'est pas compliqué, mais j'ai surtout l'impression que tu veux commencer son interrogatoire à lui sans moi... »

Elle fronce les sourcils et me fixe quelques secondes avant de reporter son attention sur le supplicié qu'elle a serti au mur. Il nous fixe de ses yeux où brûle le feu des enfers. Je suis certain qu'il imagine déjà ce qu'il va nous faire quand il sera libre.

— N'anticipe pas trop ta vengeance, on ne te libérera pas. Enfin si, mais tu seras mort.

Je m'approche de lui pour être certain qu'il me reconnaît.

— Ça te faisait rire de m'arracher la peau morceau par morceau. Aujourd'hui, c'est moi qui jubile de ce qu'elle va te faire. Mais avant toute chose, avez-vous été présenté ?

Samaël scrute mon regard avant de le glisser sur Ange. Sa façon de la regarder dégouline de perversité, il cherche à m'énerver. Voyant que je ne réagis pas, il secoue la tête.

— Ange, je te présente Samaël. Votre majesté des enfers...

Je vois son arrogance et sa fierté briller dans ses iris rouge sang et je continue sur ma lancée :

— Je te présente ma moitié angélique, Ange Mickaëls !

Je peux pratiquement voir une chape de plomb lui tomber sur la gueule, il ne reste rien de sa suffisance habituelle. Il n'est qu'un démon épinglé à un mur qu'une puissante chasseuse, récemment changée en archange, va torturer pour apprendre tous ses vilains secrets. Je ne voudrais pas être à sa place...

— Chacun son tour, mon pote ! ricané-je.

Je pose ma main sur son abdomen avant de lui envoyer une petite décharge d'énergie, aussitôt un râle de douleur sort du bâillon. Je plonge mes yeux dans les siens et lui renvoie des images de ce que j'ai subi, ici même, il y a quelque temps. Il blêmit, et le feu de son regard s'éteint. Je n'oublierais jamais l'horreur qu'il m'a fait endurer, mais il va pouvoir y goûter aussi, avant de mourir.

Je me détourne de lui et m'approche d'Ange. Depuis que j'ai parlé de ce qu'ils m'ont fait, elle est inerte, comme si elle était partie très loin dans sa tête. Je pose ma main sur sa joue. Pas de réaction. Je pose mon front contre le sien. Toujours rien. Je ne suis pas très rassuré, la dernière fois qu'elle a perdu le contrôle, elle a cramé mon appart.

« Je vais bien mon ange. »

« ... »

« Mon ange, regarde-moi. »

« ... »

« Bordel Ange ! Ressaisis-toi. »

« ... » »

Elle bouge légèrement et plonge ses yeux dans les miens. Ce que j'y vois me donne envie de vomir. Elle me montre des tonnes d'images de moi, ligoté, en sang, le corps à vif, ma peau éparpillée au sol autour de moi. Je ne comprends plus rien, comment a-t-elle pu voir ça ?

« D'où viennent ces images ? »

« Je ne sais pas, elles ont surgi dans ma tête quand tu as parlé de ce qu'ils t'ont fait… »

« As-tu subi la même chose ? »

« Non, je ne crois pas, mais je crois que je les ai vus te torturer… »

On est aussi perdus l'un que l'autre. Il est clair qu'elle a été la spectatrice de cette horreur. Mais qu'est-ce qu'une ange faisait ici ? Samaël le sait obligatoirement, suffit de le lui demander. Je me retourne vers lui, mais il évite mon regard, il sait qu'on va lui extirper jusqu'à la dernière info et qu'on le fera à la petite cuillère, s'il le faut.

Un mouvement à quelques pas de nous me fait revenir au présent. Je m'approche du garde à moitié écrasé sous les poutres en me demandant ce qu'elle veut que je regarde.

« Ne le touche surtout pas. »

Je ne vois pas où est le problème, ce n'est qu'un démon. Elle l'a déjà bien amoché, il suffit de le finir maintenant. Lorsqu'il tourne son visage de mon côté…

Putain de bordel à queue !

Je suis stupéfait. Mais je ne sais pas ce qui me choque le plus ! Si c'est d'avoir Eurynome [21] devant moi ou la couleur de ses yeux ?

« Qu'est-ce qu'il lui est arrivé ? »

---

[21] Démon supérieur, prince de la mort.

« En s'écroulant, la mezzanine lui a arraché un bout d'épaule et la marque avec... »

« Ce n'est pas vrai... »

« Tu le connais ? »

« Ouais... c'est Eurynome. »

« Le grec ? »

« Oui, mais il est surtout le prince de la mort. »

« Et là, il a retrouvé son libre arbitre. »

« Oui, le bras droit de Belzébuth [22] peut de nouveau penser par lui-même... »

« C'est super et donc que faisons-nous de lui ? »

— Je te reconnais chasseur. Tu t'es affranchi des enfers alors pourquoi y revenir ?

— Pour arrêter le massacre des humains.

— Je ne comprends pas de quoi tu parles, grogne l'ex-démon.

— D'Orcus en liberté sur Terre, de légions se nourrissant librement d'humains et du consortium qui a pris le putain de pouvoir.

— Rien de tout cela ne peut être vrai. Belzébuth ne les laisserait jamais faire.

— À moins qu'il en soit le chef !

---

[22] Le premier en pouvoir et en crime après Satan ; chef suprême de l'empire infernal

— Jamais ! Il n'est pas partageur. Il est le maître maintenant et à jamais, il ne va pas laisser qui que ce soit lui retirer une once de pouvoir !

— Pourtant, c'est déjà le cas. Quelqu'un a pris le pouvoir et l'équilibre a été corrompu.

— Libère-moi, chasseur, et j'irais expliquer la situation à mon maître.

— D'un ! Si tu regardes mes yeux, tu verras que je ne suis plus un chasseur. De deux ! Tu n'as plus de maître, et pour finir, pourquoi je te ferais confiance ?

— Il est vrai que ta maîtresse t'a fait beaucoup de mal. Mais tu lui appartenais, nous ne pouvions pas agir. Ensuite, il est indéniable que le chasseur a disparu, d'ailleurs, je serais très intéressé de savoir comment cela s'est produit. Et pour finir, il est évident qu'avec ce que tu viens de m'apprendre, je vais retourner auprès de mon ancien maître et lui offrir mes services pour découvrir qui sont les traîtres à châtier. L'équilibre est notre seule priorité depuis qu'Adam et Ève ont été chassés du jardin d'Eden.

— Et comment comptes-tu expliquer à « *ton maître* » que tu es toi aussi un affranchi ?

— Il n'est pas comme tu as l'air de l'imaginer. Il est juste et, si je peux encore lui être utile, il m'acceptera ainsi.

Pendant tout l'échange, Ange n'a rien dit. Elle est restée légèrement en retrait. Je n'aime pas les sensations qu'elle dégage. Elle est troublée, je la comprends très bien puisque, moi aussi, je peine à réaliser la situation. Que lui ont-ils fait pour qu'elle se retrouve ici ? Putain, elle qui voulait des réponses risque de morfler sévère quand elle va les entendre.

— Vous savez pourquoi j'étais ici pendant que l'autre là-bas torturait Daemon ? demande-t-elle.

— Je ne puis vous répondre parce que je n'ai pas toutes les réponses, et surtout, parce que je ne connais pas votre nom.

— C'est étrange que je doive le donner à tout le monde alors que je suis censée être si connue. Je suis Ange Mickaëls.

— Enchanté ! Effectivement, vous êtes une légende, la meilleure chasseuse que les célestes n'aient jamais eue, mais vous ne laissez personne vivre suffisamment longtemps pour que votre beauté soit connue.

— Pourquoi ai-je été enfermée ici ?

— Je l'ignore, malheureusement. Ce que nous savons de vous, ma chère, se résume à peu de choses. Vous avez été purifiée, il y a, un peu, plus, de deux siècles et demi. Vous avez été une chasseuse dès le début. C'est inné chez vous, comme pour Daemon, ils n'ont pas eu à vous former. Vous avez toujours réussi vos missions avec brio. Mais il y a une quinzaine de mois, vous avez disparu pendant plusieurs mois et c'est à cette période que mon maître a essayé de convaincre Lilith [23] de libérer le chasseur.

---

[23] Succube. Première femme d'Adam. Princesse des démons

— Deux siècles et demi ? Vous êtes certain ?

— Ah oui, tout à fait !

— Comment j'ai été libéré ? lui demandé-je.

— C'est à elle que tu devrais demander les détails.

— Qu'est-ce qu'elle a à voir avec ma libération ?

— La seule chose que je sais, c'est que tu n'as pas été libéré, tu t'es évadé !

Je suis groggy là. Putain, ça serait déjà elle qui m'aurait sauvé à ce moment-là ? Ça expliquerait pourquoi on a été aussi attirés l'un par l'autre quand elle a débarqué chez moi. Mais pourquoi je ne me souviens pas d'elle ? Elle n'est pourtant pas le genre de personne qu'on oublie, loin de là, même.

Chapitre 16

<u>Ange</u>

Deux siècles et demi ! Deux cent cinquante ans ! Combien de fois m'ont-ils effacé la mémoire afin que je ne puisse pas me rendre compte que des siècles étaient passés ? J'enrage, les I.S. m'ont dit que j'avais donné mon accord pour les servir jusqu'à ce que ma famille meurt ! Comment ont-ils pu faire cela ? Ils m'ont même volé mes droits au repos éternel auprès des miens. Mais au fond, avais-je effectivement une famille ? Tout n'est que mensonge, ils avaient besoin d'un maître-chasseur pour remplacer Daemon, alors ils m'ont recrutée. La vraie question est de savoir s'ils nous demandent réellement notre avis, ou s'ils peuvent identifier nos pouvoirs avant notre mort et qu'ils nous purifient sans notre accord.

Je jure de faire la lumière sur tout cela !

Je suis de plus en plus certaine qu'il faut anéantir le consortium en totalité, en prévision de faire revenir les vrais chefs des deux factions. De toute façon, je doute que cela puisse être pire qu'actuellement.

Je reporte mon attention sur la conversation des deux affranchis. La scène est cocasse, Eurynome[24], toujours écrasé par les poutres, est en

---

[24] Démon supérieur, prince de la mort.

train d'expliquer que ce serait moi qui aurais libéré Daemon de son supplice. Je ne sais pas si c'est la vérité ou encore un mensonge pour cacher Dieu sait quel méfait. Je passe en revue les images qui se bousculent dans ma tête depuis que j'ai entendu l'horreur que ma moitié a subie ici même. À force de chercher, je trouve les images de notre évasion.

Oui, il n'y a plus de doute possible, c'est moi qui l'ai libéré.

Un film défile devant mes yeux sans que je n'arrive à le stopper. C'est une abomination.

La première sensation dont je me souvienne de mon séjour ici, c'est mon corps qui fourmille, un peu comme s'il était la seule partie de moi réelle. Lorsque j'ai repris conscience, la seconde fois, mes membres étaient douloureux et j'avais oublié comment j'étais arrivée là. La troisième fois, j'avais été réveillée par un mal de tête qui me donnait envie de vomir, aggravé par des hurlements discontinus. Je perdis conscience encore de nombreuses fois, avant de réussir à ouvrir les yeux, mais je n'étais pas plus avancée sur le lieu où je me trouvais ni sur la personne qui s'arrachait les cordes vocales à quelques pas de moi. Le mur que j'apercevais semblait être de la roche brute, ainsi que le plafond.

Probablement une caverne...

Tout était flou autour de moi. Au fil des heures, peut-être même des jours, j'entendais de mieux en mieux ce qu'il se passait un peu plus loin dans la pièce. Deux personnes prenaient beaucoup de plaisir à torturer un homme. Je n'arrivais pas à savoir s'ils étaient humains, démoniaques ou célestes, mon pouvoir ne m'obéissait pas. Une femme venait de temps en temps se délecter de la vision de cet homme à l'agonie. Elle, par contre, était un démon et je pouvais sentir son immense pouvoir envahir la grotte à chacune de ses visites. Bien que je fusse réveillée depuis un certain temps, personne ne s'était approché de moi. À l'insu de tous, je reprenais des forces grâce aux liens qui me reliaient à mes semblables. Ma vision commençait à s'améliorer ainsi que mon audition et mon odorat, malheureusement, car l'odeur dans la cavité était effroyable. J'essayais de respirer par la bouche le plus souvent possible, mais ma bouche était sèche, j'aurais fait n'importe quoi pour un verre d'eau.

Selon mon horloge interne, le soleil s'était levé et couché dix fois depuis que ma conscience était sortie de sa léthargie avant que je fusse capable de bouger légèrement. Fait étonnant, le supplicié était toujours en vie malgré l'acharnement de ses bourreaux à lui asséner le coup fatal. Au fil des jours, la curiosité s'était emparée de moi, je voulais découvrir qui était cet homme capable de supporter autant de douleur. J'avais remarqué que le rideau qui m'isolait du reste de la pièce était légèrement ouvert. Avec mille précautions, j'avais réussi à glisser sur la table d'opération, où ils m'avaient ligoté, pour tenter de le voir par cet interstice. En me contorsionnant, j'avais vu un homme de très grande taille attaché à une table identique à la mienne. Mais la sienne était dégoulinante de sang et un tas de peau sanguinolente pourrissait au sol, ce qui expliquait la puanteur. Deux hommes étaient penchés sur lui, ils se décalèrent légèrement et je vis que ce n'était pas des humains, mais des démons. Le premier était muni d'un couteau de cuisine court et effilé avec lequel il incisait la peau de sa victime pendant que le deuxième, une sorte de chien sur deux jambes, attrapait les morceaux de peaux tailladés avec ses dents de lapins acérés avant de les aspirer comme des spaghettis.

Répugnant !!

L'homme ne hurlait plus, mais geignait en continu. Sa peau était rose à certains endroits, preuve qu'elle était très récente.

Depuis combien de temps était-il ici à subir cette torture ? Et surtout, combien de temps pourrait-il encore tenir ? Parfois, après une séance de torture, sa puissance envahissait notre prison. Il la laissait probablement sortir pour stabiliser son corps lorsqu'il se croyait seul, je supposais qu'il était trop affaibli pour sentir ma présence. Quant à moi, je ne faisais aucun bruit pour faire croire que j'étais toujours assommée par le produit que mes geôliers m'injectaient en continu par intraveineuse. De cette manière, j'entendais des bribes de discussion pendant qu'eux pensaient que je m'affaiblissais.

Régulièrement, quelqu'un ou quelque chose essayait de pénétrer mon esprit. Au début, c'était subtil, je n'étais même pas certaine que ce fut réel, mais, petit à petit, cela se transforma en de vraies attaques psychiques. Lutter contre ces intrusions m'épuisait tellement que je finissais toujours par perdre connaissance.

Après quelque temps, je découvris qu'une partie du pouvoir du supplicié ressemblait au mien. En cachette, je commençais à profiter de ses lâchages d'énergie pour recharger la mienne. Très rapidement, je fus assez forte pour tester la solidité de mes liens, malheureusement, ils étaient trop serrés pour que je pusse les détendre. Jouant le tout pour le tout, je m'étais mise à essayer de faire jaillir du feu de mes doigts. Les premières tentatives se soldèrent par trois étincelles puis de plus en plus, mais pas de feu. Pendant ce temps-là, mon voisin continuait à subir les pires tortures. J'aurais voulu l'aider, mais, attachée sur ma table, je ne pouvais pas faire grand-chose. Notre seul espoir, à tous deux, était que je parvienne à me libérer.

Étrangement, toutes les solutions apparurent en même temps. Un jour, un démon puissant entra dans notre geôle et alla parler avec l'homme agonisant à côté :

— Daemon, Daemon, avait-il ricané avant de poursuivre, t'as rien à foutre ici, t'es un chasseur, pourquoi ne fais-tu pas ce qu'on te demande ?

— Va te faire mettre !

— *Si tu veux, mais pas maintenant. J'ai des ordres, tu coopères, ou alors, je te découpe en petits morceaux.*

— *Fais-toi plaisir, espèce d'enculé...*

Ce type était l'homme le plus courageux de la création ou le plus fou...

— *T'en fais pas mon frère, je vais adorer ça,* avait-il ricané d'une voix effrayante.

« *Daemon* », puisque c'était son nom, s'était mis tout de suite à hurler. Je m'étais décalée en silence pour jeter un œil par l'interstice du rideau. J'avais tout de suite regretté ma curiosité, deux doigts flottaient dans une mare de sang au sol. Un haut-le-cœur m'avait pris par surprise pendant qu'une colère froide s'était répandue en moi.

Je devais sortir le chasseur d'ici !

— *Ah, tu as déjà commencé,* grogna un autre démon en entrant.

— *J'en rêvais depuis trop longtemps.*

Ils ne dirent plus rien pendant un long moment. La souffrance de Daemon était devenue une entité à part entière, elle emplissait la grotte au point de m'empêcher de respirer normalement. Puis Daemon se tut, il devait être sur le point de s'évanouir. Discrètement, je lui avais envoyé un peu de mon pouvoir pour le maintenir en vie, faute de mieux pour l'instant.

— Et l'autre derrière, quand va-t-on pouvoir s'amuser avec ? demanda le premier venu.

— Aucune idée. Malgré tous nos essais, personne n'arrive à rentrer dans sa tête.

— Quels sont les ordres dans ce cas ?

— Le consortium a dit qu'on doit lui implanter le charme et si ça rate lui éclater le cerveau pour qu'aucun archange ne puisse découvrir ce qu'on a essayé de faire.

— Ouais, surtout pas son maître. Et lui, on en fait quoi s'il refuse toujours d'obéir ? avait-il demandé alors que l'autre éclatait d'un rire strident.

— On le donne à Mickaël en lui disant que c'est lui qui a buté sa chasseuse.

L'autre poussa un cri entre jappement et feulement tout en arrachant un énorme morceau de l'épaule de Daemon qui perdit connaissance.

— Merde ! J'y suis allé trop fort...

— Pas grave, dans une heure ça aura repoussé et on pourra recommencer. Allez, viens ! J'ai gardé deux humains pour le repas, on reprendra après.

Ils sortirent. Un scanner de Daemon m'avait confirmé qu'il était toujours vivant, je lui avais envoyé autant d'énergie que je pouvais, mais je n'étais pas très vigoureuse, moi, non plus, un repas m'aurait été nécessaire.

Beurk ! Surtout ne pas penser à la nourriture ici et encore moins avaler quoi que ce soit…

Daemon sembla se réveiller, j'avais fait disparaître mon pouvoir avant qu'il ne me sente. Il n'était pas encore totalement conscient qu'il lâcha son pouvoir…

Un hoquet de surprise m'échappa lorsque son énergie me percuta. Elle était différente, j'eus l'impression qu'elle avait été vidée de toutes ses particules démoniaques. Mon niveau d'énergie grimpa en flèche grâce à ce nouveau pouvoir.

— Qui est là ?

J'avais hésité, mais j'allais avoir besoin de sa collaboration pour le sortir d'ici.

— Ange.

— Une céleste ?

— Oui.

— Que fais-tu ici ?

— Je ne sais pas. Peux-tu te libérer ?

— *Non, avait-il grogné en essayant.*

Mon pouvoir étant à son paroxysme, je réessayai d'enflammer mes doigts. Ma main devint brûlante et des flammes bleues dévorèrent immédiatement le rideau de séparation.

Mon Dieu ! Je n'avais pas prévu de brûler dans cette cavité.

J'orientai ma main vers les liens qui s'embrasèrent instantanément puis cédèrent en me brûlant l'avant-bras. Je plongeai dans le Calme pour bloquer la douleur pendant que j'arrachai l'aiguille plantée dans mon bras et me précipitai vers Daemon. À quelques pas de la table sur laquelle il était attaché, je me stoppai. Je ne savais pas comment franchir le tas d'immondices qui l'entourait. Le sang avait arrêté de couler de ses doigts amputés, qui d'ailleurs avaient déjà commencé à repousser. Par contre, son biceps était très amoché, je déchirai le bas du tee-shirt que je portai et m'approchai en faisant abstraction de ce que je piétinai.

Doucement, j'avais passé la bande improvisée autour de la plaie, aussitôt des yeux à la couleur indéfinissable se braquèrent sur moi.

— *Sauve-toi, céleste, avait-il grogné.*

— *Pas sans toi, chasseur.*

— *Je ne suis pas sûr de pouvoir encore marcher. Il y a trop longtemps que je suis là.*

— Je t'aiderai. Ne bouge pas, je vais brûler tes liens.

Ces yeux étaient braqués sur moi et leurs couleurs me déstabilisèrent. Ils semblaient être noyés par un liquide fait d'or fondu ambré, qui dévorait le rouge de ses iris. Je dus me concentrer sur les lanières qui le retenaient prisonnier et les fis brûler une à une. Lorsque ce fut fait, il essaya de se redresser, mais sa tête retomba lourdement sur le métal froid de la table d'auscultation.

— Tire-toi, je n'y arriverai pas, avait-il grondé.

— Arrête de geindre et laisse-moi soigner ton bras.

Le tissu était déjà saturé de sang. Je l'avais retiré et j'avais attrapé une des sangles que je venais de lui enlever...

— Laisse tomber ! Tu sais faire du feu, alors cautérise la plaie, ça sera plus efficace.

Je ne réfléchis pas, je fis apparaître une flamme dans le creux de ma main et je l'appliquai sur son épaule arrachée.

— Putain de bordel de merde de saloperie à queue, ce n'est pas agréable ! grommela-t-il.

Mon Dieu ! D'où sort-il tous ces gros mots ?

Il était trop faible pour pouvoir s'enfuir, je mis à profit que ma main était sur son épaule pour lui envoyer une grosse décharge de pouvoir. Sous son regard de stupeur, je vis ses iris devenir complètement jaunes.

J'eus un mauvais pressentiment là... Qu'est-ce que je venais de faire ?

Tant pis, je n'avais pas le temps d'y penser à ce moment-là. Daemon se redressa doucement et s'assit en faisant bouger tous ses muscles. Je détournai les yeux rapidement de son corps surdéveloppé.

Mes joues me brûlaient...

Énervée par ma propre réaction, je m'étais décalée et lui avais balancé agressivement :

— Nous perdons du temps là ! Lève-toi, nous y allons.

Il descendit de la table, j'eus juste le temps de passer un bras autour de son torse pour l'empêcher de s'écrouler dans les déchets qui recouvraient la terre battue.

— Je ne tiens pas debout, souffla-t-il.

— Ce n'est pas grave, je vais te soutenir, lui avais-je dit, radoucie. Depuis combien de temps es-tu ici ?

— Plusieurs semaines, peut-être même des mois, répondit-il, en avançant doucement.

Pas étonnant qu'il fut en si piteux état. Nous dépassâmes l'incendie qui ravageait un côté de la grotte et approchâmes de la porte.

— Trois gardes arrivent, souffla-t-il.

Je l'avais poussé contre la roche avant de préparer plusieurs boules d'énergie. Par télékinésie, je les fis flotter au-dessus de moi puis j'ouvris la porte. Immédiatement, je bombardai les démons avec mes projectiles. Je vérifiai qu'ils étaient morts et je retournai aider Daemon à marcher.

— *Tu es qui au juste ? avait-il chuchoté.*

— *Je te l'ai dit, je m'appelle Ange.*

Il se stoppa d'un coup sec.

— *T'es Ange Mickaëls !!*

— *Oui, allez, avance…*

Nous avions repris notre route en tuant tout ce que nous croisions. Par chance, Daemon connaissait le chemin, seule, j'aurais erré pendant des jours dans ce dédale de souterrains. Le chasseur était à deux doigts de s'évanouir lorsque nous avions enfin retrouvé l'air libre.

— *Où est ta planque ? avais-je demandé.*

— *On en sort…*

Sa vie n'allait pas être simple maintenant qu'il avait défié son maître…

— *D'accord. Je vais t'emmener dans un lieu sûr où j'ai campé, il y a quelques mois. Tu pourras y rester en attendant d'être guéri.*

— Merci, gémit-il.

Et il n'en était pas reparti, puisque c'était là que je l'avais retrouvé.

Mon Dieu, nous avons fait un carnage pour sortir d'ici ! Comment ai-je pu occulter cela ? Comment ai-je réussi à l'oublier, lui ? Que Daemon ne se rappelle pas, c'est normal, il était dans un tel état quand nous nous sommes évadés que c'est un miracle qu'il ait guéri. Mais moi, que m'ont-ils fait ? Et pourquoi ne me souvenais-je pas d'être sorti de ces souterrains ?

Il a dit quinze mois, cela voudrait dire que c'est en sortant d'ici que j'ai voulu parler à Mickaël. Pour lui raconter ce qui s'était passé ? Pour autre chose ? Encore des mystères à élucider…

Bon, cela a assez duré !

J'attrape la poutre qui écrase le thorax de l'ex-démon et la projette dans les vestiges du brasier. Ils me regardent tous les deux comme si j'étais devenue folle.

« Tu le libères ? »

« Oui, il va nous servir de messager. »

« Et s'il était avec eux ? »

« Regarde ses yeux… tout cela est terminé. »

« Je ne suis pas aussi optimiste. »

« Il n'est plus prisonnier de la charpente, donc il aurait déjà pu nous attaquer. »

« Ouais, là tu as raison. »

Nous tournons le regard vers l'ex-démon pour le trouver assis par terre à regarder son sang couler de sa blessure à l'épaule.

— Je n'ai plus la possibilité de me soigner. Pourriez-vous m'aider ?

— Malheureusement, non, dis-je, à regret.

— Je vais donc mourir ici, en me vidant de mon sang.

Ce n'est pas possible ! Nous ne pouvons pas le toucher avec nos pouvoirs...

Je me sens démuni face à cette situation ! J'aimerais l'aider, il a un rôle à jouer dans la suite des évènements, de cela, je suis certaine ! Mais je ne peux vraiment pas prendre le risque de le lier à moi, à nous.

Soudain, Daemon lâche un soupir de résignation et se dirige vers le fond de la pièce, ramasse une chute de bois enflammé et s'approche du blessé. Le jaune de ses yeux éclaire la grotte, il a déjà compris son attention et n'a pas l'air emballé. Tant pis pour lui, car j'ai beau chercher, je n'ai rien de mieux à lui proposer. Je sors mon couteau et le plonge dans le feu. Quand la lame change de couleur, je prends la torche des mains de Daemon et lui donne l'arme. Eurynome [25] prend

---

[25] Démon supérieur, prince de la mort.

une grande inspiration avant de lui donner son accord d'un signe de tête. Sans hésitation, Daemon pose la lame chauffée à blanc, sur la plaie. Un râle de douleur échappe au blessé ainsi qu'une odeur peu ragoûtante.

Beurk !

Le flux de sang se tarit enfin. L'ex-démon me fixe d'un regard accusateur. Bon, c'est vrai que c'est de ma faute s'il est mutilé. Hey, nous sommes des ennemis après tout ! Lorsqu'il reprend la parole, je bouillonne d'indignation.

— Ta moitié angélique semble aussi douce et gentille que ton ex-maîtresse ! grince-t-il, les yeux pétillant de défi.

— Comment oses-tu les comparer !! Putain ! Elles n'ont rien en commun, s'énerve mon démon personnel.

— Tu viens de cautériser ma blessure avec son couteau sans qu'elle ne réagisse. Je me demande si tu te rends compte qu'elle ne t'aidera pas le moment venu ?

Diviser pour mieux régner… Typique des démons, mais là, cela ne marchera pas. Daemon aurait pu le croire si je n'étais pas allé le chercher après son kidnapping. Comme quoi un démon reste un démon, toujours prêt à influencer les égarés et les faibles d'esprit, mais Daemon n'est ni l'un ni l'autre. Mon géant se retient de le toucher, je le vois à ses muscles contractés ainsi qu'à ses réponses de plus en plus laconiques.

Il ne va pas résister encore longtemps à son envie de le frapper. L'autre a beau faire exprès de le pousser dans ses retranchements en m'insultant, il n'a pas idée de ce qu'il va déclencher. Je dois trouver une solution à cette situation parce qu'il est clair que, malgré le changement de son statut, c'est toujours un démon avec tous ses travers ! J'ai bien une idée, mais je suis obligée de reconnaître que, n'en connaissant pas les conséquences, je ne peux pas me permettre d'essayer.

« Il connaît la marche à suivre et cherche à t'énerver pour que tu le frappes. »

« Putain, j'avais compris… »

« Du calme, mon cœur. »

« On fait quoi de lui, maintenant ? »

« Nous devons trouver un arrangement pour qu'il nous aide. »

« Pourquoi tu veux qu'il nous aide ? »

« Nous allons devoir évincer le consortium d'une façon ou d'une autre et pour cela nous aurons besoin de soutien. »

« Rien que ça. Et quel rapport avec lui ? »

« Il va nous apporter l'écoute de Belzébuth. »

« Je ne lui fais pas confiance. »

« Moi non plus, mais je pense que nous n'avons pas le choix. »

« Et si on le changeait juste un peu ? »

« Si tu vois comment faire… »

« Juste une goutte de notre pouvoir… »

« Une goutte, oui, cela semble faisable, mais nous la dosons comment ? »

« Arrête, merde ! Je sais que tu contrôles complètement ton don, je suis sûr que tu peux le faire. »

« Et si j'échoue et que ses yeux virent au vert, il sera lié à nous. »

« Ça n'arrivera jamais mon ange, toi et moi, c'est unique. »

« Oui, c'est vrai. »

« Une goutte, juste une, okay. »

« Oui. »

Il me fait un clin d'œil et retourne à sa discussion avec notre futur transfuge.

Une goutte de pouvoir, celle qui va réellement le rendre libre. Il ne pourra plus être modifié et, si j'ai raison, il pourra communiquer avec nous par télépathie. Ce qui m'inquiète un peu, c'est ses yeux. S'ils virent au vert, il sera banni des enfers pour toujours. Terminé l'avantage d'avoir un allié...

Je concentre une microgoutte de pouvoir dans mon index et reviens à la conversation en cours

— Putain de merde ! Arrête tes insinuations douteuses avant que j'oublie que tu peux nous être utile !

— Du calme ! Je ne fais que te titiller, chasseur. Cela crève les yeux que tu t'es amouraché de ta moitié.

— Maintenant que tu es soigné, tu devrais rejoindre ton ancien maître pour l'avertir de l'arnaque.

— Oui, tu as raison, j'y vais de ce pas.

Je m'avance pour l'aider à se relever. Il regarde ma main tendue pendant quelques secondes, puis finit par la saisir fermement. Dès que nos peaux se touchent, je libère l'infime parcelle de pouvoir que j'avais préparé. Sa réaction est immédiate, il pousse un cri de douleur suivi d'un soupir de satisfaction, moi, je n'ai ressenti qu'une petite piqûre dans ma paume. Nous le fixons en attendant que les changements s'opèrent. Nous voyons la couleur de ses yeux changer légèrement, passant du jaune à l'ambre, les minutes s'égrènent sans aucune autre modification.

— Que m'as-tu fait ? grogne-t-il.

— Tu es complètement libre dorénavant. Personne ne pourra te changer ou t'influencer, mais tu as aussi récupéré ton humanité.

— C'est une bonne chose, je suppose.

« Eurynome ? »

« Je t'entends. »

« Daemon, essaie… »

« Tu sais ce que tu dois dire à Belzébuth ? »

« Oui et je vous tiens au courant. »

CRAC !!

Il a disparu…

Chapitre 17

Daemon

Pratique comme méthode de déplacement !

J'espère que ce con avait raison à propos de Belzébuth, sinon il n'aura même pas le temps d'apparaître qu'il sera en cendres. On verra bien s'il nous contacte. Je crois qu'on vient d'élargir nos chances de réussite. Mais on ne doit pas se relâcher, c'est loin d'être fini et ceux que l'on va devoir affronter ne sont pas connus pour être des enfants de chœur. Ils ont probablement dû manigancer des siècles pour atteindre cette position, ils ne vont pas la lâcher facilement. Je suis prêt à parier qu'ils vont se battre bec et ongles pour la garder. On est de taille à les affronter, on est bien plus puissants qu'ils ne peuvent l'imaginer.

Mon ange va les rétamer !

Je me marre déjà, putain, ils vont voir de quoi est capable « l'aberration » qu'ils ont maltraitée. Par contre, je suis sûr qu'il s'est passé un truc quand elle a touché notre nouveau pote, tout à l'heure. J'ai ressenti sa surprise autant que l'étrange énergie qui l'a effleurée, bien qu'elle l'ait très vite absorbée. Dieu seul sait ce que ça va encore développer comme capacité chez elle. Putain, ça serait génial qu'elle aussi puisse disparaître dans un craquement !!

Ha ha ha !

Bordel ! Elle est passée où ? Je ne peux pas m'empêcher de la chercher des yeux, elle m'est devenue essentielle, je suis incomplet sans elle. Je la trouve enfin, accroupie devant sa besace à la recherche de quelque chose pour nous alimenter pendant que, moi, je reste là les bras ballants à la couver du regard. J'espère juste un sourire me montrant qu'elle va bien et que « NOUS » c'est réel, pas seulement un mot. Nos existences sont liées depuis plusieurs mois, même si je ne me souviens pas d'elle. Dire qu'elle m'a déjà sauvé avant que l'on se rencontre vraiment…

Oh putain ! Maintenant, je sais pourquoi je n'ai pas réussi à quitter l'entrepôt ! C'est elle que j'ai attendue là-bas… En partant, elle m'a dit de ne pas bouger, qu'elle allait revenir. Mon subconscient s'en est souvenu et a espéré son retour.

C'est complètement dingue, cette histoire.

J'ai la désagréable impression qu'on nous manipule depuis un certain temps déjà. Que tout était orchestré pour nous réunir. Mais à quelle fin ? Qu'on s'entretue comme l'a dit l'ange ou, au contraire, que l'on mute en archange ? Les deux sont possibles, pourtant, je doute qu'ils aient envisagé qu'elle puisse vouloir me soigner et du coup déclencher la transformation. Et ils ignoraient sûrement qu'elle m'avait déjà infecté lors de notre évasion. Alors ils escomptaient qu'on s'exterminerait, probablement pour qu'on ne puisse pas interférer dans leurs machinations.

Mais, pourquoi, maintenant ?

Ça fait des mois qu'on accumule des preuves de leurs supercheries. Ou alors il va se passer quelque chose, très prochainement, qu'on est en mesure d'empêcher ou d'arrêter. Ça ne peut être que ça !

Une bouche humide se pose sur la cicatrice de ma blessure au cou, ça me ramène dans la grotte sombre et puante. J'embrasse le dessus de sa tête qu'elle bascule pour m'offrir ses lèvres. Je ne me fais pas prier et dépose un baiser dessus, mais elle ne l'entend pas de cette oreille. Elle se plaque à mon corps, passe sa main dans mes cheveux légèrement trop longs et me lèche les lèvres que j'entrouvre dans un râle de plaisir. Elle approfondit aussitôt le baiser. C'est tellement bon de la sentir contre moi.

« Est-ce que ce que tu as répondu tout à l'heure était vrai ? »
« Oui. »

Pouvoir se parler tout en s'embrassant passionnément, c'est vraiment le pied !

« Redis-le. »
« Toi, d'abord, mon ange. »
« Je t'aime. »

Tout mon être s'est figé, tendu à l'extrême. « Le calme » ne fonctionne pas quand il s'agit de NOUS. Il dépasse les règles et les lois, il est plus fort que tout ce que l'on peut croire ou espérer ! Je suis sûr que, NOUS, peut venir à bout de n'importe quoi parce qu'il est un mélange du bien et du mal, du bleu et du jaune, de la peur et de la confiance, de la haine et de l'amour, de nos forces et de nos faiblesses.

Il est l'aboutissement d'elle et de moi. Oui, je l'aime, d'un amour inconditionnel et libérateur. Plus tôt, elle m'a donné un petit nom qui sonne si juste dans chaque fragment de ce corps qui ne m'appartient pas, mais que je sens frémir contre le sien.

« Comment m'as-tu appelé ? »

« Mon cœur… je t'aime, mon cœur. »

« Moi aussi, je t'aime, mon ange. »

Une sorte de grognement s'échappe de ma gorge lorsqu'elle se décolle de moi. Elle me sourit puis commence à reculer quand je la retiens et la reprends dans mes bras encore quelques secondes. Elle dépose un rapide baiser sur mes lèvres en me donnant ce qu'elle tient dans la main. Heureusement qu'elle prend soin de nous, j'ai été trop longtemps privé du Calme pour me souvenir de ses règles. On ne ressent plus la faim ni la soif et encore moins les blessures. Du coup, le corps souffre, mais on ne s'en rend pas compte. Je m'assois au sol et commence mon repas, enfin si ce truc insipide peut être nommé ainsi. Alors que je ne m'y attendais pas du tout, elle s'installe entre mes jambes son dos contre mon torse.

« Tu vas faire quoi de l'insecte piqué au mur ? »

« Je veux des réponses, s'il coopère, il ne souffrira pas trop. »

« Sinon ? »

— S'il refuse, je lui arracherais les ailes, dit-elle à voix haute pour avertir son prisonnier.

Il va vraiment passer un sale quart d'heure, car il ne coopérera jamais. Un sourire mauvais naît sur mes lèvres, je veux qu'il souffre comme il m'a fait souffrir, qu'il hur... Un éclair rouge vient d'arracher Ange de mes genoux et la projeter au fond de la pièce.

— Ange !! ? crié-je, avec ma voix, en même temps qu'avec mon esprit.

Je balance une boule d'énergie au-dessus de la porte pour effondrer la paroi et gagner un peu de temps. Je ne peux pas expliquer ce que je ressens, je souffre à en crever, pourtant je n'ai pas mal. Mon cœur bat bizarrement, je crois qu'il est en train de mourir.

NON ! NON ! NON ! Ce n'est pas possible...

« Accroche-toi, mon ange ! »

« Donne-moi cinq minutes et laisse-moi me nourrir de ton énergie. »

« Prends tout ce que tu veux. »

Une explosion vermillon ouvre une brèche dans l'éboulis qui obstruait l'entrée. Je me suis planqué dans une zone sombre, de là, je les vois s'organiser pour nous assaillir. Ils sont venus en nombre, probablement pour sauver notre prisonnier. Deux gardes enjambent les décombres, je me prépare à envoyer mes projectiles lorsqu'un jet de lumière verte leur explose la tête.

Bon... Ange est rétabli !

« Comment tu as fait ça ? »

« Je l'ignore, mais c'est efficace » !

« Bien, mais évite de t'en servir, c'est un truc qui pourrait faire basculer la situation en notre faveur, si ça tournait mal ! »

« Oui, l'effet de surprise leur serait fatal… »

La mort des deux gardes a déclenché de l'agitation dans le hall. On dirait que plus personne ne veut rentrer dans la grotte. Les démons ne sont pas courageux par nature, ils n'en ont pas besoin puisqu'ils font toujours leurs coups sournoisement. Dans mes recherches, j'ai découvert qu'avant l'équilibre, les légions démoniaques étaient puissantes, surentraînées et destructrices. Seuls certains archanges pouvaient en venir à bout, les armées divines ont bien souvent été à deux doigts d'être décimées. Mais depuis des siècles, ce sont des armées de pacotille juste capables de participer à des conflits humains pour asseoir certains tyrans nourris du sang de leurs peuples, sur des trônes en papier mâché ! Ange a raison, l'équilibre doit être réinstauré ! Les démons doivent de nouveau être cloîtrés en enfer, sans retour possible.

Putain, il n'y a pas à dire, ça va pas être facile à réaliser.

Mon ange est toujours au sol, j'aimerais m'approcher et m'occuper d'elle, mais c'est impossible, elle est juste en face de la trouée.

« Comment tu v… »

« Une minute. »

« Mais com… »

« Encore une minute. »

Pas la peine d'insister !

Un mouvement à l'entrée me fait reporter mon attention vers leurs préparatifs. À vue de nez, je dirais qu'une légion entière se prépare à donner l'assaut. Et merde !! Mes yeux se posent automatiquement sur le corps recroquevillé dans la poussière à quelques mètres de moi. Il faut que je l'aide à se mettre à couvert. Mon regard passe du hall à elle, à une vitesse folle, je ne sais pas comment m'y prendre pour ne pas les alerter.

Elle n'a toujours pas bougé, fait chier !

Je jette un dernier coup d'œil vers nos ennemis et me retourne dans sa direction pour lui apporter mon aide sauf que la place est vide ! Notre lien guide mon regard, elle est adossée dans l'ombre en face de moi. Il se passe quelque chose en elle, non en nous. Soudain, une flamme brûle mon sang, le brasier calcine l'intérieur de mon corps.

« *Mais c'est quoi encore ce bordel !* »

« *Ne lutte pas.* »

« *Qu'est… ce …* »

« *La transformation continue mon cœur, ne résiste pas, accepte-la.* »

Je ne peux pratiquement plus respirer, mes poumons sont carbonisés bientôt réduits en cendres. Je ne sais pas à quel moment je suis tombé, mais je suis en train de haleter à quatre pattes par terre comme un putain de clébard ! La fin est proche, je le sens dans ce qui me reste de conscience. Je me noie dans les iris de mon ange. On était si proches du but… Je profite de mes dernières parcelles d'oxygène pour lui lancer :

« Je… t'ai… me… »

Ange

Daemon s'écroule dans un sifflement néfaste. C'est fini, son corps a cédé. J'ai senti chacun de ses viscères s'effriter, chaque goutte de son sang se figer pour l'éternité. J'ai ressenti ses peurs et espoirs l'abandonner au moment où son âme s'est envolée. Mais je sais maintenant que son amour pour moi est total, il n'en a, à aucun moment, douté bien au contraire. Je n'arrive pas à stopper mes larmes, elles sont vaines, mais dévalent quand même mes joues à vive allure. Le Calme empêche mon cœur de battre, mais, en cet instant, je sais qu'il est mort avec celui à qui je l'ai donné. Sa mort est devenue le point zéro. Elle marque le début d'une nouvelle ère. Les livres d'histoire n'en parleront jamais, mais les résultats, eux, y seront relatés. La paix reviendra sur Terre…

Mais au prix de quel sacrifice ?

Samaël [26] fixe le corps délaissé par son hôte avec un rictus qui me tord le ventre. Cette vermine se réjouit de la situation ! Je fais un pas hors de ma cachette pour lui écraser sa sale gueule, mais en voyant son

---

[26] Prince des démons et époux de Lilith, ce fut lui monté sur un serpent qui séduisit Ève.

air supérieur s'écrouler c'est sur mes lèvres que naît un sourire mauvais. La peur dans ses yeux est totale ! Le changement qui vient de s'opérer en moi le terrifie. Peu de personnes savent ce qu'il signifie, mais lui, si. Je veux voir la panique sur la tronche de tous les démons qui foulent du pied cette planète, ainsi que ceux restés en enfer ! Je veux leur instaurer un règne de terreur ! J'entends déjà les portes de l'enfer grincer et claquer dans un fracas qui fera vibrer celles du paradis pour rappeler à tous qu'ils n'ont plus le pouvoir !

La légion s'est enfin organisée et pénètre dans la grotte. Je m'avance, me place au centre de la pièce, à un pas du corps de ma moitié. Les démons se placent en arc de cercle face à moi. Leur chef, un géant issu de la portée d'un Orcus[27] et d'une pustule, je pense, entre en dernier. Quand le feu de ses iris se braque sur moi, il pile net dans une posture ridicule. Son pied gauche est suspendu au-dessus d'un bloc de pierre, il semble peiner à comprendre ce qu'il voit. Je ne bouge pas, je le laisse maître de sa décision et de son avenir. D'un léger mouvement de l'index, je fais disparaître le bâillon de mon prisonnier qui laisse échapper un son d'aise, mais ne se fait pas plus remarquer. Un mouvement sur ma droite électrise mon corps, ma peau se réchauffe enfin et mon cerveau sort de sa léthargie.

Le chef repose son pied tout doucement, comme s'il était face à une bête sauvage. Je ne bronche pas et reste stoïque. Il avance de deux pas

---

[27] Monstre ressemblant aux gargouilles qui se nourrit de chair humaine. Le mot français est « ogre ».

dans ma direction, regarde autour de lui, passe lentement en revue ses hommes puis essaie, en vain, de capter le regard de Samaël. N'y parvenant pas, il se retourne vers moi et tombe à genou... Dans un bruit assourdissant, cinquante genoux s'écrasent au sol.

La reddition est totale !

Étrange... Je n'y crois pas.

Je m'avance vers le chef et lui demande

— Où sont les autres démons ? Ainsi que Lilith[28] et sa garde ?

Il émet un drôle de son de gorge et se tait. Je secoue la tête tout en lui disant :

— Ta reddition est bidon, je le sais ! Tu essaies de gagner du temps, mais ça ne va pas marcher et vous allez tous mourir !

— Ne faites pas ça ! Elle est intouchable. Savez-vous au moins ce que représente le motif sur son armure ? leur demande Samaël.

— Tu es vaincu ! Tu n'as plus d'ordre à nous donner ! lui rétorque la monstruosité devant moi.

— Si vous l'attaquez, l'équilibre s'écroulera à nos dépens, bande d'abrutis ! hurle Samaël, complètement paniqué.

En guise de réponse, un éclair rouge atteint le magnifique dessin qui dorénavant orne mon plastron pour l'éternité. Deux pointes d'énergie s'échappent immédiatement de mes mains pour se loger dans le cœur de mon assaillant ainsi que dans celui de son chef. La riposte a été si

---

[28] Succube. Première femme d'Adam. Princesse des démons

rapide que les deux corps s'écroulent avant que les autres n'aient eu le temps de comprendre. Ils se sont relevés et malgré les cris de Samaël, pour reprendre le contrôle, m'encerclent. Je recule pour revenir me poster à côté de l'enveloppe charnelle encore au sol.

— Dernière chance de vous rendre ! tonné-je. Après j'extermine tout le monde.

— Tu es seule face à une légion, et tu crois faire le poids ? ricane une sorte de gnome au sourire pervers.

— Je suis encore votre chef ! intime Samaël. Reculez et agenouillez-vous tout de suite, merde !

— Dans tes rêves, crétin orgueilleux ! répond le gnome sans me quitter des yeux. Elle est à moi !

Je libère Samaël qui plante aussitôt un genou à terre et baisse la tête, comme pour me prêter allégeance. Onze démons reculent et prennent la même posture. Les treize autres avancent encore vers moi de quelques pas. Les mains du chef autoproclamé se gorgent de pouvoir en prévision de son attaque. Je vais leur faire une démonstration pour qu'ils comprennent enfin que je ne suis plus à leur portée. Seul un démon de très haut rang peut encore m'atteindre, eux ne sont que de la chair à canon, du menu fretin. Je sais d'instinct que je ne devrais pas perdre mon temps à les combattre, mais je refuse de devenir cela ! Pour moi aucune vie n'est vaine, même l'être le plus insignifiant mérite de vivre. Je regrette que leurs morts doivent me servir de message pour Lilith et les sbires du consortium, malheureusement, c'est la seule alternative pour les atteindre. Je déplore que par leur entêtement ces abrutis m'obligent à les détruire et, plus que tout, je m'en veux d'avoir été contaminé par l'énergie d'Eurynome…

— Puisque c'est ce que vous voulez ! leur dis-je.

Mon pouvoir verdit mes mains, court sur mon corps, électrise mes cheveux et irradie de mes yeux. La cavité est entièrement illuminée en émeraude. En périphérie de ma vision à droite, je vois un mouvement, je prends le risque de quitter des yeux mes ennemis pour voir ce qu'il se passe. Je ne laisserais rien ni personne toucher à la dépouille de Daemon !! Je me retourne pour vérifier qu'aucun Orcus[29] n'essaie de le dévorer et ne découvre… rien ! Le corps a disparu !! Je cligne des yeux pour me ressaisir et vois que le corps est là.

Voilà que j'ai des hallucinations maintenant…

J'ai une telle sensation de vide quand je le regarde que je sens de la fureur se mettre à gronder dans mon corps. L'énergie offerte par Eurynome forme une boule de rage qui gravit mon œsophage avant d'éclater dans mon cerveau en un millier de brasiers de haine. Tout mon corps rayonne d'une énergie que j'aurais préféré ne jamais posséder. Des flammes vertes lèchent mon armure, rampent à mes pieds, pour finir par former un cercle de feu autour de moi.

— Oh, merde ! C'est quoi, cette connerie ? demande le gnome tout en reculant.

---

[29] Monstre ressemblant aux gargouilles qui se nourrit de chair humaine. Le mot français est « ogre »,

Bonne question !

— Je vous avais dit de ne pas l'attaquer ! lui grogne Samaël.

J'essaie de dompter mes sentiments pour éteindre l'incendie, mais ça ne marche pas, bien au contraire, mes pieds quittent le sol, je flotte à cinq centimètres au-dessus de lui. Je sens la rage drainer chaque cellule de mon corps de toute bonté. Déjà, la pointe des flammes devient rouge.

Je suis en train de sombrer du côté de l'ombre…

Je ne vais pas pouvoir retenir ce torrent de haine plus longtemps…

— Samaël ! Prends les repentis et sortez !

Il m'obéit, le gnome lui aussi commence à se diriger vers la sortie, mais juste en fermant mon poing j'immobilise mes adversaires. Mon pouvoir, alimenté par ma peine, grandit encore, je ne le maîtrise plus, c'est lui qui me domine…

« *Seigneur, aidez-moi, je ne veux pas faire cela…* »

« *Alors, calme-toi, mon ange.* »

« *Daemon, où es-tu ?* »

« *Avec toi, pour l'éternité.* »

« *Alors, reviens.* »

« *…* »

« *Daemon !! Daemon !!* »

Plus rien, il est reparti. Je me sens vaincue, soudain, pourtant le combat n'est pas encore fini. Mon abattement temporaire a calmé ma colère, je suis de nouveau au sol et le bûcher est éteint. J'ouvre ma main et ils détalent tous comme des lapins immondes en direction du trou béant qui fait office d'entrée. Aussitôt, Samaël et les repentis se placent en face de moi pour leur barrer la route. Le gnome et ses copains sont prisonniers de la grotte, prisonnier avec moi ! Un éclair rouge traverse la pièce pour finir sa course à un mètre derrière moi. Un ricanement m'échappe, mais le gnome n'est pas content, se retourne, lance un éclair qui foudroie littéralement le géant à tronche de pizza écrasée qui m'a assailli.

— C'est sympa de les tuer à ma place ! Mais ça ne te sauvera pas.

— Va te faire foutre !! éructe-t-il.

Mon projectile l'atteint de plein fouet, mais la rencontre de nos énergies génère une explosion qui rend le champ de bataille floue pendant quelques secondes. Il est étendu au sol, son bras gauche a plusieurs mètres de lui. Ses cris se répercutent à l'infini sur les parois de la cavité rendant mes oreilles douloureuses. N'y tenant plus, je lui envoie une de mes piques en plein cœur. Deux démons se soumettent immédiatement. À genou, les mains plaquées au sol et le sommet du crâne posés entre elles, ils se constituent prisonniers.

— Mort ou vif ? me demande mon nouvel aide de camp.

— Vivant, pour l'instant.

Dans la guerre qui fait rage, je crois entendre Samaël bougonner un « *trop gentille* » avant de lier leurs poignets ensemble. Je n'ai pas le temps de m'attarder, je suis bombardée de projectiles potentiellement mortels, mais que j'évite facilement. Je rends coup pour coup, de plus en plus de déchets corporels recouvrent le sol. Dans d'autres circonstances, je trouverais cela horrible, mais là… cela m'indiffère complètement.

Il n'y a plus que trois démons en face de moi, je vais lancer ma dernière offensive lorsque deux « Cracs » résonnent dans la grotte, deux géants démoniaques apparaissent avec ce qui reste de la légion. Seuls des démons de très haut niveau peuvent se déplacer ainsi.

Là, je suis dans la merde…

L'un deux se retourne, pose son regard rubis sur les prisonniers et les repentis qui se désintègrent immédiatement. Il ne reste plus rien d'eux.

« C'est les deux chefs de guerre de Lilith. »

« Daemon ? »

« Ne les attaque pas ! »

« Pourquoi ? »

Il est de nouveau reparti !! MERDE !

— Gardienne ! Si tu pars maintenant, nous ne te toucherons pas, m'annonce-t-il de sa voix de stentor.

— Je ne peux pas faire cela et tu le sais. Ce qu'il se passe ici est contre les règles de l'équilibre.

— Ha ha ha ! L'équilibre n'est plus, tu es chargée de défendre le rêve obsolète de nos anciens Dieux.

J'engrange de nouveau un maximum d'énergie. Je sens l'électricité me courir dessus, mes petits cheveux sur la nuque se dressent et les flammes redessinent le cercle protecteur autour de moi.

— Retourne d'où tu viens et je t'épargnerais, clamé-je, pour toute réponse.

— Puisque tu ne veux pas de ma proposition...

Il ponctue sa tirade d'une salve de boules d'énergie qui meurent contre les limites de mon cercle enflammé. Des grognements de rage échappent aux démons en comprenant qu'ils n'arriveront pas à m'atteindre de cette façon. Le chef me lance les trois rescapés de la légion dessus. Ils prennent leur élan et galopent vers moi les crocs en avant. J'attends qu'ils approchent pour les foudroyer. Mon énergie est prête.

5... 4... 3... 2

Ils tombent tous les trois au sol, le corps léché par d'immenses flammes vertes.

— On ne s'en prend pas à ma moitié !!

Daemon !! Merci, mon Dieu.

Chapitre 18

Daemon

Putain !! Chaque fois que je la perds des yeux plus de cinq minutes, elle fait un carnage…

La grotte ressemble à l'antre d'un clan d'Orcus[30]. Finalement, je crois que je préférais quand elle cramait tout, c'était moins dégueu. Je me sens bizarre, je ne sais pas trop où je suis allé, mais ça m'a changé. Il y a quelque chose qui brûle en moi, une force ou plutôt une « présence » qui me donne une puissance que je n'avais pas. Je ne ressens plus le déséquilibre d'énergie avec mon ange, on est égaux même si elle sait mieux se servir de ses dons que moi.

D'ailleurs, où est-elle encore passée ?

Je me retourne et la découvre à quelques pas de moi. Une onde de joie me transperce le corps, mais elle est de courte durée… Elle a une main sur la bouche, ses magnifiques yeux sont remplis de larmes et sa respiration est hachée, comme si elle retenait des sanglots. Je ne supporte pas son désarroi, il me blesse autant qu'elle. Je l'attrape par la nuque pour l'enlacer, mais nos armures se heurtent dans un bruit de casserole assourdissant.

---

[30] Monstre ressemblant aux gargouilles qui se nourrit de chair humaine. Le mot français est « ogre »,

Chier !

Dans ce simple mot, je mets suffisamment de pouvoir pour que les deux plastrons disparaissent afin que je puisse enfin la sentir contre moi.

« Comment as-tu fait cela ? »

« C'est ce que je voulais. »

« Oui, mais tu as commandé la mienne aussi… »

« On s'en fout ! »

Je pose mes lèvres doucement sur les siennes, elle s'y abandonne illico et un nouveau verrou explose quelque part dans ma tête. La douleur est telle que je tombe à genou, des milliers… millions voire milliards d'images m'assaillent en même temps.

Je me souviens de tout…

Des passages de ma longue vie me sont revenus en tête, mais j'y ferais le tri plus tard quand on sera sorti de ce clapier à merde. Je me sens nauséeux, mais la douleur refoule déjà, je me relève et croise le regard hanté de mon ange.

« Ça va ? »

« Pas maintenant… »

« Tes souvenirs te sont revenus aussi. »

« Nous en parlerons plus tard… »

Pour la survie de mes testicules, j'avoue que je ne suis pas pressé d'avoir cette conversation… Il est évident qu'elle m'en veut alors que je n'ai aucune idée de ce que j'ai fait. À moins que…

« Putain ! tu vas me répondre ! »

« Va te faire foutre, je n'ai rien à te dire pour le moment ! »

« Arrête de dire des obscénités… »

Le regard qu'elle me lance est assassin.

Son plastron a réapparu et, pour la première fois, je vois l'emblème qui l'orne. Dire que je suis sur le cul est encore loin de la réalité ! Notre transformation n'est pas complète, je le sais, il manque un élément pour que nous soyons terminés et j'ai l'impression que ça doit venir de « nous. » Mais un gouffre vient de s'ouvrir entre elle et moi, je la sens à peine. J'ai l'horrible impression qu'elle a anesthésié notre lien, qu'elle me rejette.

Rien à secouer ! « Nous », c'est pour l'éternité, qu'elle le veuille ou non, elle va devoir s'ouvrir à moi pour qu'on scelle ce putain de lien !!

Je l'attrape par l'épaule et la pousse vers le hall

— On en finit et on rentre chez toi ! Là, tu m'expliqueras peut-être pourquoi tu m'en veux.

— On en a fini et JE rentre chez moi ! Toi, tu peux bien aller au diable !!

— Je te rappelle que j'en viens, et je n'y retournerais jamais !

Ras-le-bol !! Merde, à la fin.

Tout en lui enserrant la gorge, je refais disparaître son plastron, la plaque contre la roche et l'embrasse avec fureur. Ça a été si rapide qu'elle n'a pas eu le temps de riposter. Moi qui depuis le début la touche avec douceur et tendresse, la malmène cette fois sans ménagement, ni égards. J'en suis le premier navré, mais je ne supporte pas ce qu'elle est en train de nous faire. Nos langues dansent enfin ensemble à un rythme doux, elle a déposé les armes et se blottit contre moi pour être réconfortée, m'apprend le lien qui a repris sa place. Je continue à la cajoler avec ma bouche sans oser la questionner de peur de raviver sa colère, mais ça m'intrigue, alors j'essaie d'explorer sa tête.

« Vas-y, je n'aurais jamais le courage de te raconter de toute façon... »

« Je t'aime mon ange, on doit communiquer, tu sais... »

« Visite ma tête. »

Sa réponse me dérange, car elle est froide et distante. Je pénètre ses pensées sans savoir ce que je vais trouver ni où chercher, mais elle y pense tellement fort que les images m'apparaissent tout de suite et je me sens mal, car je connais déjà ce qu'elle me montre :

Je me trouve dans une écurie sombre, basse de plafonds et dégageant une odeur d'humidité. Au fond de l'étable, des voix se font entendre, j'hésite à m'approcher. Cette scène, je la vois encore régulièrement dans mes cauchemars. Gabriel, mon maître de l'époque, m'avait envoyé en mission avec un certain nombre de directives. De prime abord, j'avais refusé de m'y plier ce qui m'avait valu des menaces d'un châtiment exemplaire si je n'obéissais pas. Pour être sûr que j'avais compris et que j'allais obtempérer, il avait fracturé mon bras droit à quinze endroits différents, tout en me tenant sous son regard afin de m'empêcher de perdre connaissance. Ce sadique voulait s'assurer que je ressentirai bien la douleur. Puis, il m'avait soigné avant de m'envoyer dans cette écurie. À contrecœur, j'avance en direction des sons, mon ventre se crispe, sachant d'avance ce que je vais y trouver.

Je l'ai souvent revu en fermant les yeux, il m'est même arrivé de fantasmer sur elle. Elle était si belle la petite guerrière que j'ai souvent imaginé une fin plus heureuse que ce qu'elle a vécu ce jour-là. Elle est de nouveau là, blessée à l'abdomen, enfermée dans son cercle protecteur. Les deux démons sont présents eux aussi. Ils tournent rageusement autour de ce maigre bouclier, pourtant, si efficace contre eux. Je ne veux pas le voir, cependant, un fil invisible m'attire vers ce qui se cache dans l'ombre. J'ai besoin de savoir si le spectateur involontaire qui va finir par avoir le pire des rôles est vraiment là. Il est au même endroit que dans mes souvenirs, enfin je devrais dire… je suis bien là ! Je peux voir sur mon visage le dégoût que m'inspire la scène qui se déroule un peu plus loin, néanmoins, je ne bouge pas. Elle tend la main à l'extérieur du cercle et aussitôt une fourche se plante dans le dos du démon le plus proche d'elle. Il s'écroule dans un râle *d'agonie, malheureusement, elle n'a pas le temps de rentrer sa main que l'autre assaillant la lui arrache d'un jet rouge. Son cri m'avait retourné les tripes, et, aujourd'hui, il me les arrache, mais ma mission était d'attendre qu'elle soit morte pour tuer les démons. Devant mes yeux ébahis, je l'avais vue se servir de pouvoir divin pour se guérir, pas aussi puissant que les miens, mais largement suffisant pour guérir des humains. À ce moment-là, je m'étais mis à douter du bien-fondé de ma mission. Pourquoi devais-je laisser des démons tuer une guérisseuse possédant de si grands pouvoirs alors que j'étais présent et pouvais la protéger ? J'avais fait l'erreur de contacter Gabriel pour avoir le droit de la sauver, en vain, car, à la place, il m'obligea à ouvrir le cercle pour « qu'on en finisse !! » Bien évidemment, j'avais refusé, alors il avait enserré mon cœur jusqu'à ce que je suffoque. La tête à l'envers, j'ai obéi et elle est morte dévorée sous mes yeux !*

Putain !! J'ai participé à l'assassinat de mon ange...
Une douleur transperce mon cœur à cette pensée. Je vais devoir vivre avec cette réalité.
En bref, voilà comment je suis devenu l'un de leurs vilains secrets !!
« *Aujourd'hui, j'ai honte d'avoir été si faible, pour ma défense c'était ma troisième mission et j'essayai désespérément de comprendre ma nouvelle nature, ainsi que ce qu'on attendait de moi. Je crois que c'est ce jour-là que j'ai changé d'attitude envers eux, je*

suis devenu plus rebelle aux ordres, moins malléable, ce qui n'a servi à rien puisqu'ils m'ont remplacé. »

Je sens la colère de mon ange refouler et ses yeux reprendre vie.

« *Tu crois qu'ils savaient déjà que tu étais une chasseuse ?* »

<u>*Ange*</u>

« *Je m'appelais Anceline et j'avais seize ans.* »

« *Je suis désolé, mon ange, vraiment.* »

« *En quoi consistait ta mission ?* »

« *Il m'avait dit qu'un démon avait réussi à obliger une guérisseuse à le protéger, je devais laisser les enfers régler ça, puis détruire les exécuteurs.* »

« *Donc il y a longtemps que Gabriel est au courant du carnage des élus.* »

« *Ouais, de toute évidence, il lui arrive même d'aider si ça prend trop de temps à son goût.* »

« *Je ne comprends pas pourquoi ils les détruisent, leurs pouvoirs ne représentent aucun danger pour eux, ils sont bien trop dérisoires.* »

« *Peut-être qu'au départ, ils ne l'étaient pas tant que ça, mais après deux cent cinquante ans d'éradication, les puissants ont sûrement disparu.* »

« *Cela se tient, oui.* »

Je recherche Samaël des yeux, je le trouve un peu plus loin recroquevillé dans une zone peu éclairée.

« Peux-tu me lâcher ? »

« Désolé, mais, s'il te plaît, ne fais plus jamais ça... »

Il me libère immédiatement, je fais réapparaître mon plastron tout en me dirigeant vers Samaël. Je suis certaine qu'il a les réponses que nous recherchons.

— Depuis quand les élus sont-ils exterminés ? lui demandé-je.

— De... depuis Salem, bégaie-t-il, piteusement.

— Ça fait trois siècles ? Mais putain, combien d'innocents vous avez massacrés ? s'insurge Daemon.

— ON, n'oubliez pas de vous compter dans le lot ! Donc, on en a massacré beaucoup ! Beaucoup trop, sûrement... Je ne sors pas d'ici, moi, je ne vais pas aux rendez-vous du consortium ni où que ce soit, d'ailleurs. Il y a longtemps que je suis prisonnier dans ces tunnels.

Nous préférons ignorer pour l'instant l'horrible rôle que nous avons effectivement joué dans le massacre d'humains innocents. Les responsables paieront plus tard... j'en fais le serment.

— C'est donc Lilith[31] qui a pris le pouvoir, dis-je, plus pour moi que pour mes compagnons. Pourquoi Belzébuth ne fait-il rien ?

— Depuis que Mickaël l'a renvoyé en enfer, il est bloqué en bas. Il ne perçoit que ce qu'elle veut qu'il sache.

---

[31] Succube. Première femme d'Adam. Princesse des démons.

— Plus tôt dans la journée, il y avait un haut messager divin dans les tunnels. Qui est-ce et pourquoi vient-il ?

— Oh, oui, c'est Saint-Pierre, il vient une fois par semaine vérifier que le portail est fermé, mais il y a plusieurs siècles qu'on a appris à le berner.

— Le portail ? demandons-nous en polyphonie

— Oui, une des grilles menant aux enfers se trouve ici.

— Putain !!! s'exclame ma moitié.

— D'accord, pour commencer mène-nous aux appartements de ta maîtresse, exigé-je froidement.

Je dois m'avouer que je ne suis pas pressée de rencontrer le succube cependant, nous devons mettre fin à ses agissements.

— Si vous me libérez après, fanfaronne Samaël.

— La seule libération que je peux t'offrir, c'est la mort ! lui dis-je en laissant mon pouvoir ramper sur ma peau.

— Ou te renvoyer en enfer, temporise Daemon

— C'est mieux que ce qu'elle a à proposer. Suivez-moi, grogne-t-il.

« Est-ce qu'il est possible de détruire une bouche des enfers ? » »

« Je ne sais pas mon ange, mais on va essayer, on verra bien. »

Nous suivons Samaël dans un nouveau tunnel. Il marche doucement comme s'il essayait de gagner du temps ou craignait de se retrouver face à l'autre garce.

« Tu n'as pas l'air inquiet de la revoir. »

« *Non, puisqu'elle n'est pas là.* »

« *Comment ça ?* »

« *La connaissant, elle a dû dégager au premier murmure de la présence de visiteurs…* »

« *Alors ce n'est pas la peine que l'on aille dans ses appartements.* »

« *Bien sûr que si, le reste de ses troupes nous y attend.* »

« *Oh, merde, nous allons encore devoir nous battre…* »

« *Arrête de jurer ! Eh oui, on va encore livrer bataille, par contre cette fois, on y va à fond !* »

« *Tu veux lui envoyer un message ?* »

« *Ouais.* »

Le démon vient de s'arrêter devant une porte en bois noble entièrement ouvragée. C'est une œuvre d'art, une fresque y est finement ciselée. En m'approchant suffisamment pour reconnaître ce qu'elle représente, j'en reste coi. Il y a un grand arbre dans lequel un serpent aux formes chimériques offre une pomme à une femme nue.

C'est la chute de sa rivale !!

Je ne peux m'empêcher de regarder mon plastron et je vois que mon géant fait de même. Sans pouvoir expliquer mon geste, je pose une main sur l'arbre de la porte et l'autre sur celui de mon armure.

« *L'Arbre de la connaissance du bien et du mal.* »

« *Putain, c'est dingue quand même.* »

C'est vrai que c'est de la folie ! Selon les I.S., il y a longtemps que le projet a été abandonné, enfin c'est ce qu'ils m'avaient appris. Mais comment encore les croire après tout ce que j'ai découvert ces derniers jours. Je me tourne vers Daemon, immédiatement nos regards s'accrochent. Beaucoup de sentiments contradictoires s'y bousculent, mais les plus importants sont le regret et la culpabilité.

Je ne lui en veux pas vraiment d'avoir détruit mon cercle protecteur pour laisser le démon me bouffer. Je sais de quoi Gabriel est capable ! Quand il a appris qu'en mission, parfois, je disparaissais de leurs radars, il m'a interrogé et, comme je résistais malgré l'emprise de ses yeux, il m'a torturé à plusieurs reprises. La dernière fois, c'était juste avant cette mission, il m'a réclamé des comptes sur mes agissements. Je lui ai répondu que le symbole sur mon épaule est celui de Mickaël, pas le sien. Je l'ai suffisamment énervé pour qu'il me paralyse avant de m'emmener dans son laboratoire pour une séance de questions/réponses qui n'a rien donné. Alors, il m'a coupé les mains.... Cruel ? Oui, il l'est, ainsi que dénué de toute compassion ou charité. Dieu était peut-être amour, mais ses créatures ne le sont pas…

Mon Dieu, ils vont devenir incontrôlables quand ils vont voir ce que nous sommes devenus !

C'est vrai qu'après tout ce qu'ils ont fait pour que cette armée ne soit jamais créée, cela doit être rageant de voir que deux archanges en deviennent les généraux. Si ce qu'ils m'ont dit est vrai, c'est bien pire pour eux que le plan initial. Il avait été prévu qu'ils recruteraient les anges les plus puissants pour les mettre à la sauvegarde de l'équilibre avec l'archange Raguël en guise de chef. Je suis sortie de ma torpeur par la voix nasillarde de notre captif.

— Vous vous rendez compte que vous êtes les gardiens de l'équilibre que l'on attend depuis cinq siècles ? chuchote Samaël[32].

— Quel devait être le rôle de cette armée exactement ? demande Daemon.

— Quand les anciens Dieux ont composé le consortium, ils avaient demandé qu'une armée de gardiens de l'équilibre soit créée. Elle devait être au-dessus de tout et tous afin de protéger l'équilibre. Mais aucun ange ou démon n'en a été digne. Étrangement, avec le départ des grands Dieux, les dons puissants ont disparu. Jusqu'à peu, c'était incompréhensible, maintenant je comprends pourquoi.

— C'est à ça que servent les verrous !! nous exclamons-nous ensemble sous l'œil perplexe du démon.

« Ils dévorent les élus afin qu'aucune âme puissante n'atteigne le paradis et ne puisse être changée en ange. »

« Et ainsi l'armée n'existera jamais, mais par acquit de conscience ils verrouillent les chasseurs, puisque nous sommes puissants de nature, sauf que Mickaël t'a envoyé en mission avant que le charme soit posé. Tu crois qu'il l'a fait exprès ? »

« Ce n'est pas impossible, le connaissant. »

— Quels verrous ?

---

[32] Prince des démons et époux de Lilith, ce fut lui monté sur un serpent qu'il séduisit Ève.

— Désolé, pas le temps de t'expliquer, il y a du mouvement à l'intérieur. Je te conseille d'aller te planquer, murmure le fier gardien à mes côtés.

Chapitre 19

<u>Ange</u>

Samaël s'est caché dans un renfoncement au fond du couloir, il devrait être en sécurité pendant que nous affronterons les derniers soldats du succube. Daemon pose la main sur la poignée, prêt à l'ouvrir, mais stoppe son geste au dernier moment.

« Qu'est-ce qui se passe ? »

Il soupire bruyamment, puis passe sa main plusieurs fois dans ses cheveux. Quel que soit ce qui se trouve de l'autre côté du battant, cela le perturbe.

Lilith [33] !

Est-ce qu'il m'a menti lorsqu'il a prétendu ne jamais avoir été son amant ? Un filet de bile envahit ma bouche…

Je suis conne de l'avoir crue, c'est un succube !!

Bien sûr qu'elle a été sa maîtresse, personne ne pourrait résister à l'appelle d'une sirène, même démoniaque ! Et maintenant, va-t-il changer d'avis et la rejoindre ? Son trouble est devenu palpable, il lâche la poignée avant de reculer de plusieurs pas, alors que sa main continue de fourrager dans ses cheveux.

Je ne l'ai jamais vu aussi indécis et cela me stresse.

---

[33] Succube. Première femme d'Adam. Princesse des démons

Je m'écarte de lui, ancre mes pieds au sol pour adopter une posture d'attaque. Je ne peux pas imaginer qu'il puisse se retourner contre moi, mais je dois parer à toute éventualité même la plus douloureuse qui soit. J'espère de tout mon cœur avoir tort, je refuse d'imaginer qu'il puisse me trahir de la sorte. Cependant, son agitation est encore montée d'un cran et son esprit est clos même pour moi.

Ce n'est vraiment pas bon.

J'emmagasine un maximum d'énergie en moi, puis lorsque je sens que je suis chargée à bloc, j'ouvre la porte.

*« **Ange, non !** »*

Trop tard !

Je me retrouve face à face avec un démon. C'est une sorte de chevalier moyenâgeux doté d'une lance et d'un visage d'ange, démenti par des yeux où brûlent les enfers.

— Ab ! claque la voix de Daemon derrière moi. Tu n'as pas intérêt à la toucher !!

— L'ultimatum est terminé depuis longtemps, mon pote. Je n'ai plus le choix, ricane « Ab ».

— Si vous prenez le portail pour retourner en enfer de votre plein gré, je ne vous cramerais pas, leur signalé-je.

— L'angelot croit vraiment qu'elle va nous commander ? Tu n'es pas chez toi là, Séraphine ! C'est moi qui donne les ordres et vous qui obéissez ! crache-t-il.

— Si tu veux que j'obtempère, Ab-bomination commence par te sortir la tronche du cul !! Il ne te reste que les cinq guignols qui t'entourent, tous les autres sont morts, persiflé-je.

Ses yeux se sont agrandis quand je me suis moquée de son nom puis il éclate de rire en émettant un bruit étrange. Cela ressemble presque au sifflement d'un serpent.

« Il appelle les troupes… »

« Grand bien lui fasse ! »

J'ai scanné les galeries, il n'y a plus rien. Il peut siffler le rassemblement autant qu'il veut, ce qui reste est mort et les autres ont fui ! D'ailleurs, son sourire vient de disparaître. J'attends tranquillement qu'il décide de la suite parce qu'à six contre nous deux… ils n'ont aucune chance. Il semble l'avoir compris aussi, sa lance disparaît et il s'avance vers Daemon la main tendue.

— D'accord, tu as gagné ! Plutôt joli, ton petit ange, rigole-t-il.

— Abstiens-toi de ce genre de commentaires, je ne suis pas d'humeur, grogne Daemon

— T'énerve pas, mon pote, je te chambre, c'est tout. Je vois que tu as encore changé de statut et que tu n'avais pas menti quand tu m'as dit être lié à une ange. Se tournant vers moi, il me tend la main. Je suis Abigor[34], mais appelle-moi Ab.

— Abigor ? Et tu n'as que cinq gardes ? Pathétique… me moqué-je.

---

[34] Grand-duc dans la monarchie infernale auquel soixante légions obéissent.

— M'en parle pas... soupire-t-il. Et toi, gardienne, quel est ton nom ?

— Tu ne connais toujours pas le nom de ma moitié ? ricane Daemon.

— Non, les paris sont toujours ouverts, sa garde personnelle opine pour attester, mais personne n'a réussi à avoir l'info !

— Même pas Lilith ? demandé-je, médusée.

— Non ! Je n'ai pas besoin de t'expliquer la crise qu'elle a piquée quand je suis revenu sans Abaddon[35] ni le nom de ton ange, poursuit Ab. en regardant son « pote ».

— Putain, ouais, j'imagine ! rit Daemon, soudain plus détendu.

« Comment est-ce possible que personne ne soit encore au courant ? »

« Soit Gabriel n'a pas partagé l'info, soit l'ange n'est pas rentré raconter ce qu'il avait découvert... »

« Donc, il n'y a que Mickaël, qui soit au courant, et il n'a rien dit ? »

« Ce qui veut dire qu'on est pourchassés juste parce qu'on a pactisé ? »

« Non, c'est probablement parce qu'ils ont peur qu'ensemble nous comprenions leurs plans. »

---

[35] L'ange destructeur, chef des démons de la septième hiérarchie. C'est l'ange exterminateur dans l'Apocalypse.

Dans notre équation, nous avons oublié que Belzébuth[36] doit lui aussi être au courant maintenant. Enfin, si Eurynome [37] n'a pas été anéanti bien sûr, mais je pense que je l'aurais senti si c'était le cas.

Ab attend toujours ma réponse. Je ne suis pas sûre de vouloir la lui donner, toutefois, d'un autre côté, c'est tellement amusant de voir leurs visages pâlir à l'annonce de mon nom. Je ne savais pas que j'étais crainte à ce point-là... Soudain, je réalise que mon nom associé à ma nouvelle fonction devrait les effrayer à mort !

— Alors qu'elle est le pari ? Et à combien est la cote ? m'informé-je.

— Maintenant qu'il est clair qu'il est bien lié à une ange, la proposition était Angela Raphe. Par contre, il n'y a plus de côte, les parieurs sont tous morts, m'explique un des gardes d'Ab. Alors qui es-tu ?

— Angela, répété-je, en ignorant sa question. Choix intéressant... mais la colonelle des anges gardiens n'est pas une combattante, elle n'aurait pas pu éliminer Abaddon, plaisanté-je.

— Nous avions supposé que c'était Daemon qui s'en était chargé, c'est pour cela que Lilith le voulait vivant et qu'elle l'avait fait enlever, grince un autre garde.

— C'est de mieux en mieux ! râle Daemon

---

[37] Démon supérieur, prince de la mort.

— Non, c'est moi qui aie cramé l'autre emmerdeur et je présume qu'elle n'a pas, non plus, dû apprécier que je libère ma moitié démoniaque !

— Le massacre des kidnappeurs ne peut pas être l'œuvre d'une seule personne ! s'insurge Ab.

— D'elle ? Si ! ironise mon démon personnel, qui a l'air de trouver cette conversation très amusante.

— Impossible !! s'énervent les démons.

— Si, si ! Puisque je l'ai fait. Je me présente, Ange Mickaëls.

Les six démons reculent d'un bond pendant que la lance réapparaît dans la main d'Ab., ainsi que son armure. Tous appellent l'énergie ambiante pour se préparer à une attaque de ma part, elle crépite tout autour de nous, mais le champ de force qu'ils tentent de créer ne se matérialise pas. J'avais anticipé leurs réactions, en absorbant toute l'énergie présente dans la pièce. Je commence vraiment à être exaspérée par l'incompétence des troupes démoniaques, autant qu'angéliques d'ailleurs.

« *Vas-y, mon ange, montre-leur quand tu deviens une luciole magique !* »

Je ne comprends pas tout de suite ce qu'il veut dire par là, lorsqu'il m'envoie une image mentale, tout devient clair.

« *Ils vont flipper...* »

« *Ouais !* »

Je me décale au centre de ce qui devait être le salon de Lilith et laisse mon pouvoir me submerger. C'est la première fois que je le libère volontairement depuis que je suis devenue une gardienne de l'équilibre, je ferme les yeux et lui donne vie. Je ressens sa chaleur s'élever du sol, puis des micro-décharges électriques remontent le long de mes jambes. Son sang glacé se déverse dans mes veines pendant que des millions de serpents brûlants rampent sur ma peau. Lorsque mon don s'empare de mon cœur, il se mélange à la glace qui court dans mon sang et cristallise mes viscères. Cette mixture, mi-glacée, mi-brûlante, irradie chaque cellule de mon corps. Une puissance au-delà de l'imaginable, probablement même au-dessus des célestes, s'y enracine. Je sens mes petits cheveux sur la nuque se dresser, signe que tout mon corps doit être recouvert de mini arcs électriques. La sensation est différente, mon don n'est absolument plus celui d'un ange. J'ouvre les paupières pour me repaître de la peur sur le visage des guerriers infernaux, mais je suis stupéfaite par ce que je découvre. !

<u>Daemon</u>

Putain ! Je voulais juste qu'elle les impressionne, pas qu'elle nous terrifie !

Mon ange flotte à un mètre au-dessus du sol, les habituels petits éclairs qui la recouvrent se sont transformés en flammes mouvantes rougeoyantes au reflet bleuté et pailleté de vert. Un cercle de feu est apparu au sol, il me fait penser à un anneau de protection. Je tends le bras et envoie une mini boule d'énergie qui meurt contre un mur invisible avant de l'atteindre. L'arbre sur sa poitrine a lui aussi pris vie, les racines sont alimentées d'un flux rouge sang alors que le tronc scintille du bleu angélique et que les feuilles étincellent du même vert que nos yeux. Il arbore désormais les couleurs de « l'arbre de vie », ce qui est étrange puisque l'équilibre est censé être relié à l'arbre de la connaissance du bien et du mal !

Encore une saloperie de mensonge !!

Devant ce spectacle surréaliste, les six redoutables guerriers qui me font face déposent leurs armes au sol et s'agenouillent. Ab. a même fait disparaître sa cuirasse pour s'incliner devant mon ange. En voyant cette putain de scène, je réalise que l'équilibre a encore une chance. Quand on en aura fini avec le consortium, on formera une armée pour rétablir l'égalité entre le bien et le mal. Ça va être un travail ardu, mais on peut y parvenir si on trouve encore quelques âmes de bonnes volontés dans les deux camps. On ne pouvait pas le savoir à ce moment-là, mais il y a de fortes chances pour qu'Eurynome soit notre premier soldat, enfin s'il est toujours en vie.

Ange a ouvert les yeux, et je peux ressentir sa stupeur. Par contre, elle n'est pas du tout étonnée.

« Ce n'est pas la première fois que ça t'arrive ? »

« Euh non... »

« Comment ça ? »

« *Quand tu es parti... j'ai un peu perdu le contrôle.* »

Un grognement m'échappe, Putain, ce que je déteste qu'elle puisse souffrir par ma faute, même si, là, je n'y pouvais pas grand-chose. Elle redescend en douceur avant de s'approcher de nos « hôtes ».

— Avez-vous compris maintenant ? leur demande-t-elle.

— Oui, vous êtes la réponse aux prières de nos anciens Dieux, souffle Ab., toujours accroupi et la tête inclinée.

— Je vais te donner un petit conseil, ne les enterre pas si vite ! Je compte bien les faire revenir de leurs retraites, dit-elle solennellement.

Six têtes se relèvent d'un même mouvement.

— C'est votre plan ? questionnent-ils, un peu tous en même temps.

— Oui, répondons-nous d'une même voix.

Ab. se relève prestement en nous balançant qu'il veut en être. Les cinq autres opinent énergiquement du chef pour signifier leurs volontés de nous épauler. Je ne suis pas très emballé par cette idée, comment être sûr qu'au dernier moment leur loyauté ne retournera pas à leur maître respectif.

« *Je crois que nous avons les bases de notre armée...* »

« *Tu es folle, putain ! Comment pourrait-on leur faire confiance ?* »

« *Oh homme de peu de foi !* »

« *D'accord, comme toujours tu as déjà un plan...* »

« *Ouaip et s'il marche le monde va changer !* »

« *Tu m'expliques ?* »

« Plus tard… nous avons le temps. »

— Si c'est ce que vous voulez, d'accord ! Mais…

— Tu ne le regretteras pas !! s'écrit Ab. en lui coupant la parole.

— Je disais ! reprend-elle froidement. Mais… il n'y aura pas de retour en arrière possible. L'armure que Daemon et moi-même portons est reliée à nos âmes, si nous la trahissons nous mourrons.

— On a plus d'âme, je te rappelle, dit-il d'un ton moqueur.

— Oh ! Je ne t'ai pas dit ? Elle sera en cadeau avec la panoplie que nous vous fournirons ! Toujours partant ?

Les gardes démoniaques se regardent, l'air un peu perdu, ils n'avaient jamais envisagé de la récupérer. Je peux sentir leurs réticences. Il faut reconnaître que des siècles au service du mal n'a pas dû l'embellir, déjà que s'ils avaient fini de ce côté-là de la barrière, il y avait sûrement une raison.

« Il ne faut pas te faire trop d'illusions, mon ange. »

« Je sais, j'ai compris que le poids de leurs actes les effraie. »

« Devoir obéir à Lilith aura salement entaché leurs âmes. »

« Ce n'est pas sûr, non. »

Je n'ai pas le temps de lui demander plus de précisions, car Ab. se retourne la mine sombre, vers nous.

— Nous vous suivons ! Mais nous craignons le retour de nos âmes. Est-ce vraiment obligatoire ?

— Oui, c'est fondamental. Néanmoins, j'ai une question : avez-vous choisi d'avoir un maître ? demande mon ange.

— Non !! s'insurgent-ils tous.

— C'est comme pour les anges, tu sais, on se réveille et découvrons ce qu'ils nous ont fait, nous explique l'un des guerriers.

— Alors vos âmes ont le même poids qu'à votre mort. Vous ne pouvez pas être tenus pour responsable des ordres qu'on vous a donnés alors que vous étiez des esclaves, leur énonce-t-elle.

Un grand soupir ponctue sa déclaration. Les six géants font claquer leurs talons pour se tenir au garde-à-vous devant nous.

Putain, ce que c'est impressionnant !

Quand on a toujours chassé seul, se retrouver avec une armée, aussi petite soit-elle, c'est aussi grisant que flippant…

Mon ange ouvre la bouche pour s'exprimer lorsqu'elle se fige, son langage corporel m'indique qu'elle lutte contre quelque chose, puis une douleur soude m'enserre le cerveau en écho à sa souffrance.

« *Qu'est-ce qui t'arrive ?* »

Rien ! J'ai beau me connecter à son cerveau, je ne trouve rien qui m'explique d'où vient la douleur. Je la serre dans mes bras en lui envoyant de l'énergie pour essayer d'apaiser ses maux, ce qui me permet de sentir qu'elle communique par télépathie avec quelqu'un d'autre que moi.

Fait chier, ce n'est vraiment pas le moment !

— C'est Eurynome ? demandé-je, les mâchoires soudées par la jalousie qui me bouffe en pensant que quelqu'un d'autre peut entrer directement dans sa tête pour discuter avec elle.

Elle grince des dents pour pouvoir répondre

— Non... Bél... Zé ... buth.

Merde ! Qu'est-ce qu'il lui veut ?! Nos nouveaux camarades, sans comprendre d'où vient le danger, ont ramassé leurs armes et se sont mis en cercle autour de nous. Elle s'affaisse soudain contre moi. Tout son corps tremble comme si elle était dans un congélo plutôt que dans cette cavité surchauffée par le portail démoniaque que je sens dans la pièce d'à côté. Rapidement, j'ouvre sa besace pour en sortir de l'eau et une barre chocolatée dont elle raffole.

Oui, bon, moi aussi !

Elle s'alimente avec avidité. Au fur et à mesure que le goûter disparaît, elle reprend des couleurs. Lorsque ses yeux sont redevenus scintillants, elle se relève afin de pouvoir faire les cent pas devant nos nouvelles recrues inquiètes.

— Belzébuth [38] nous attend au portail, annonce-t-elle.

— Quoi ?

— Tu as très bien compris, grince-t-elle.

— Pourquoi nous attend-il ? Et puis, d'abord, comment a-t-il pu te contacter ?

— En fait... peu importe., lâche-t-elle en soupirant. Il dit avoir des informations qui pourraient nous intéresser, mais il veut s'assurer de la véracité de celles qu'Eurynome lui a fournies avant de nous les révéler.

---

[38] Le premier en pouvoir et en crime après Satan ; chef suprême de l'empire infernal

Il est passé par moi parce que c'est mon énergie qui a contaminé son sous-fifre, m'explique-t-elle en prenant la direction de la pièce attenante. Ab, s'il te plaît, ajoute-t-elle, avant d'y arriver, va chercher Samaël dans le couloir.

Passer la porte de séparation me donne la nausée, l'odeur d'œuf pourri y est si forte que ça en est irrespirable et les cinquante degrés ambiants n'aident pas. Comment j'ai fait pour supporter cette daube pendant des siècles ?

J'étais un démon, probablement que j'avais cette odeur aussi…

Ange se dirige directement vers le mur opposé, elle fixe son index avec réticence une seconde, avant de compléter le dessin contre la paroi. Aussitôt, le portail s'ouvre.

Merde ! Elle fait quoi ? S'il passe de ce côté, on est tous morts !

Je m'élance pour bloquer le passage, mais m'arrête en voyant la toile verte qu'elle a placée devant la gueule béante des enfers. Rien de plus gros qu'une mouche ne peut traverser.

Je devrais commencer à savoir que mon ange ne fait jamais rien au hasard.

— Par les couilles de Satan, je voulais voir ça de mes propres yeux ! resonne une voix caverneuse. Des archanges gardiens de l'équilibre ! rit-il. Lilith va s'étouffer en comprenant son déclin ! ajoute-t-il en riant de plus belle. Le consortium se réunit après-demain à midi. Anceline, je t'ai montré où !

— Oui, merci. Nos nouvelles recrues peuvent-elles repartir avec vous sans craindre pour leurs vies ? lui demande-t-elle.

— Je te le promets, oui.

Ab. arrive en tirant par la manche un Samaël pas pressé de redescendre aux enfers.

— Ab., tu prends les hommes et vous allez avec lui, nous nous retrouverons après-demain lorsque nous aurons réglé le problème du consortium. Tu emmènes celui-là avec toi, sauf que, lui, il va rester un bon moment au chaud !

— Non ! Nous venons avec vous ! Vous allez vous faire tuer si vous y allez seul, s'exclame le chef sentinelle.

— Tu vas où je te commande d'aller, ordonne-t-elle, et sans discuter ! Le consortium, c'est trop dangereux pour vous pour le moment, quand vous serez des sentinelles de l'équilibre vous pourrez circuler en toute sécurité, mais pour le moment vous ne seriez que des démons en liberté et donc des cibles faciles.

— Bien, gardienne, lâche-t-il, dans un grognement.

Il attrape fermement Samaël et se dirige vers le portail suivi par les guerriers qui nous saluent en passant.

— Lâche-moi, connard ! Je ne retournerais pas en enfer ! hurle l'ancien prisonnier. Ange, je t'ai aidée, tu ne peux pas me faire ça.

— Oui, tu m'as aidée, c'est pour cela que tu es en vie et que je te renvoie chez toi au lieu de te cramer.

Il continue de se débattre alors qu'Ab. le pousse dans le portail. Puis il se retourne vers nous en faisant claquer ses talons.

« Il va falloir que ça lui passe de se foutre au garde-à-vous toutes les deux secondes ! »

« C'est une marque de respect. »

— Gardienne, gardien, nous vous attendrons à ce portail et restons prêts à vous rejoindre n'importe quand.

« Nous devrions le transformer tout de suite… »

« Putain, j'irais bien me coucher surtout. »

« Nous n'avons pas encore fini, ici ! »

« Comment ça ? »

« Il faut détruire tout cela afin que Lilith n'y ait plus accès. »

« T'as raison, mais ça me fait chier… occupe-toi d'Ab. pendant que je regarde s'il y a des trucs intéressants à récupérer… »

Ange

Je demande à Ab. de revenir, puis je lui explique que je ne vais pas le transformer complètement, mais suffisamment pour que l'on puisse communiquer. Il est toujours réticent de retrouver son âme, mais il finit par se détendre lorsqu'il comprend que cela va lui rendre son libre arbitre. Car il craint encore plus de devoir obéir à Lilith que de cohabiter avec sa conscience.

Quand nous aurons le temps, il faudra qu'il m'explique comment le grand-duc s'est retrouvé esclave du succube.

— Montre-moi ta marque, ordonné-je.

Sans la moindre hésitation, il se déshabille pour me montrer son épaule. Je ne l'avais pas vraiment regardé, mais là, torse nu, je dois avouer que c'est un très bel homme. Je me sens mal à l'aise de le regarder ainsi, mais sa plastique est parfaite. Je me ressaisis, sors mon couteau tout en lui expliquant comment je vais lui arracher sa marque puis la cautériser à l'aide de ma lame avant de lui donner un peu de mon pouvoir.

— Je suis désolée, cela va être douloureux...

— Moins que ce qu'elle m'a fait pendant ma servitude ! Vas-y.

Je m'exécute le plus rapidement possible. Il ne fait pas un bruit, il n'a pas la plus infime réaction, ses mâchoires semblent soudées, c'est tout. Lorsque je pose le métal chauffé à blanc sur la plaie sanguinolente, un soupir lui échappe et son nez se plisse en réaction à l'odeur nauséabonde de la chair brûlée. Rien de plus, alors qu'un morceau de son épaule trempe dans une flaque de son sang au sol...

Waouh ! Impressionnant...

Nous ne sommes pas humains, mais lui doit être fait en une autre matière. Je suis heureuse qu'il soit avec nous plutôt que contre nous ! Lorsqu'il plonge son regard dans le mien, je découvre deux agates plume à la place du rouge sang de ses iris. Je lui souris, il n'est plus un démon.

— Ton âme va revenir maintenant, cela devrait être un peu douloureux. Enfin, peut-être pas pour toi, lui expliqué-je.

Ses yeux ne quittent pas les miens, je suis gênée par ce qu'ils me disent. Daemon va le tuer s'il surprend son regard. Je pose mon index chargé de plusieurs gouttes de mon pouvoir sur son front, aussitôt, ses paupières se ferment, puis se crispent sous la douleur. Mais lorsqu'ils les rouvrent, ses iris sont un mélange de jaune et de vert.

— Bordel ! Il y a longtemps que je n'avais pas senti mon cerveau fonctionner et que je ne m'étais pas posé autant de questions.

— Ton âme est de retour ! Je la sens. Dorénavant, tous tes choix auront des conséquences, ne l'oublie pas. Tu dois passer le portail maintenant.

— Attends ! me dit-il en m'attrapant le bras que je l'oblige à lâcher d'un coup sec. Daemon et toi, vous êtes vraiment un couple ? demande-t-il, comme si je ne venais pas de le repousser.

— Oui ! Et il vaudrait mieux que cela aussi, tu ne l'oublies pas, sinon il te tuera.

— Bien. Je voulais juste être sûr, répond-il tranquillement, alors que je peux lire autre chose dans ses iris jaunes/verts.

« Sûr de quoi, Ab. ? »

« Daemon, tu peux l'entendre ? »

« Ouais et je voudrais qu'il réponde ! »

« D'avoir bien compris les règles… »

« J'espère que c'est le cas ! »

Sur ce, Ab. passe le portail devant le chef des enfers hilare.

— Merci pour votre aide, j'espère que vous comprenez que nous ne pouvons pas laisser ce passage intact. Dans quelques minutes, la forteresse de Lilith sera anéantie définitivement.

— Ça me va ! Au revoir Gardienne.

CRAC !!

Il a disparu et la bouche des enfers avec lui.

Son pouvoir me picote la peau, je souhaite, sincèrement, ne jamais devoir l'affronter…

« *Eurynome[39] si tu veux rejoindre l'armée de l'équilibre trouve Abigor[40], il vient de rejoindre les enfers.* »

« *Je le recherche tout de suite.* »

« *Prenez soin les uns des autres.* »

« *Oui.* »

Je rejoins ma moitié maléfique dans le salon, il est allé chercher nos sacs de sport et a ouvert le sien au milieu de la pièce.

« *Qu'est-ce que tu récupères.* »

« *Essentiellement des armes.* »

« *Et qui y a-t-il d'autre ?* »

« *Tout le bordel magique de Lilith.* »

---

[39] Démon supérieur, prince de la mort.
[40] Grand-duc dans la monarchie infernale auquel soixante légions obéissent.

« Magique ? »

« Des grimoires que les humains ne doivent surtout pas découvrir. »

« Tu en as encore pour longtemps ? »

« Non, c'est la dernière étagère. »

Il jette un vieux livre poussiéreux dans le sac, le ferme avant de le remettre en travers de son dos.

« C'est bon, on peut y aller. »

Je passe le mien par-dessus mon armure pendant que nous nous engageons dans les tunnels que nous avons arpentés dans l'autre sens quelques heures… ou jours, plus tôt. Je réalise que je n'ai aucune idée du temps qui s'est écoulé depuis que nous sommes entrés ici. Ma montre s'est arrêtée dès que nous avons commencé à descendre le premier escalier.

« Selon toi, combien d'heures sommes-nous restés ici ? »

« Je ne sais pas, mon ange, un jour ou deux peut-être. »

« Alors, il n'y a rien d'étonnant que je me sente si épuisée. »

« Garde bien le Calme avec toi, mon ange, sinon tu vas t'écrouler. »

« Oui, toi aussi. »

Nous sommes arrivés à l'intersection des tunnels, je scanne à des kilomètres à la ronde pour être certaine qu'il n'y a aucun être vivant dans les parages. Je prends à droite, Daemon, à gauche.

« Il n'y a pas d'âmes à proximité. »

« *Non, je sens juste deux démons blessés, on peut y aller.* »

Ensemble, nous déversons toute notre puissance dans ce dédale infernal, puis nous envoyons des boules d'énergie pour l'enflammer.

Tout est détruit. Il ne reste rien…

Troisième Partie

Tyrans à débusquer et Dieux à réveiller

Chapître 1

Daemon

Allongé sur le dos, en travers du lit, pour pouvoir y aller en entier, je regarde les reflets du soleil danser sur le plafond depuis une bonne heure. Je n'ai pas osé bouger de peur de réveiller mon ange qui dort blottie contre mon flan, le nez dans mon cou. Mon bras droit, est complètement ankylosé d'être resté enroulé autour de sa taille toute la nuit. Je ne vais pas me plaindre alors que j'adore la sentir contre moi.

Depuis qu'on est sortis du souterrain, mon cerveau passe en revue tous les évènements de ces dernières heures. Plus exactement des quarante trois heures qu'a duré notre périple aux portes de l'enfer.

Putain ! Ça paraît impossible que l'on soit resté si longtemps dans ces tunnels !

Pas étonnant qu'on ait eu tellement de difficulté à tenir debout dès qu'on a abandonné le « Calme », Ange a à peine eu le temps de grignoter un sandwich et de prendre une douche avant de s'écrouler. Moi, je n'y suis pas parvenu tout de suite malgré l'épuisement que je ressentais, c'est là que mon esprit a commencé à analyser les éléments et, malheureusement, il n'a pas encore fini.

Il s'est passé tellement de choses pendant qu'on était dans l'antre du succube que j'ai peur d'être passé à côté d'un truc essentiel. Alors, je repasse en boucle chaque combat, discussion, ou fragment de pensée que j'ai pu capter sans oublier les révélations. Dès que cette pensée me traverse, des images me saisissent :

Je m'appelais Richard, j'étais forgeron, mais je vivais surtout de vols et d'arnaques en tous genres. Malheureusement pour moi, je ne m'en étais pas pris à la bonne personne et quand le propriétaire du cheval que j'avais subtilisé était venu me réclamer des comptes... je n'avais pas eu le temps de fuir. Il m'avait laissé pour mort dans la forge en flamme. D'où je comatais, je pouvais entendre les enfants jouer dans la cour de l'école attenante à l'atelier, dans lequel je stockais de la poudre pour mes armes de contrebande. Malgré mes jambes fracturées, je m'étais traîné jusqu'au feu que j'avais essayé d'éteindre avec de la terre. Mais l'incendie était déjà trop avancé, il était impossible de l'empêcher de se nourrir du tonnelet et de faire exploser la forge ainsi que l'école. Alors, en luttant contre la douleur et l'envie de m'évanouir, j'avais fait rouler le petit tonneau jusqu'à l'étang contigu à l'atelier sachant que je devrais plonger avec lui. En y arrivant enfin, j'avais vu que mes jambes étaient en feu et que j'avais laissé une grande traînée de sang derrière moi. Pourtant, je ne ressentais aucune douleur, mon corps était sûrement brisé. Le choix avait vite été fait, contre toute attente, je m'étais sacrifié...

C'est ce qui m'a ouvert les portes du ciel, enfin pour un moment, en tout cas.

Je voulais savoir qui j'étais avant la transformation, au fond, je crois que j'espérais découvrir qu'ils m'avaient menti, que je ne méritais pas d'aller en enfer... Au temps pour moi, c'était ma place.

C'est drôle, en fait, j'ai toujours été ni vraiment mauvais ni complètement bon...

Je laisse tout ça de côté, pour essayer de revivre tout ce que j'ai ressenti de bien comme de mal dans l'antre du succube. Le moindre fragment de souvenir peut changer la donne et on va avoir besoin de toute l'aide possible.

Demain, si tout se passe bien, on va régler une bonne fois pour toutes le compte du consortium, même si je n'arrive pas à imaginer ce qu'on va y trouver. Je peine à concevoir une réunion où archanges et démons siègent ensemble pour un projet commun. Ça pue l'entourloupe à plein nez, les démons ne partageront jamais le pouvoir, c'est inconcevable et irréalisable. Plus j'y pense, et plus je me dis que les célestes le savent obligatoirement, donc on se dirige vers une guerre divine.

Putain ! Je préfère ne pas penser à ce qui va arriver quand les combats vont se déverser sur Terre...

Les humains n'ont aucune chance de survie. Leurs armes sont peut-être puissantes contre d'autres humains, cela dit dans la guerre qui se prépare, elles ne serviront à rien...

Je ne comprends rien à l'humanité ! J'ai passé en revue ce qu'Ange sait d'eux pour finir encore plus perplexe qu'avant. Il y a des siècles,

les Hommes ont mis leurs intelligences au service de la science et de la technologie au détriment de leurs propres capacités spirituelles. Alors que, des millénaires plus tôt, ceux qui sortaient des grottes, suivaient leurs instincts et utilisaient ces mêmes capacités pour survivre. Les générations modernes ont carrément arrêté d'écouter leurs voix intérieures, préférant se référer à des « applis » faites pour les abêtir et les empêcher de percevoir les énergies élémentaires qui les entourent.

Malheureusement, à l'instant où les portes des enfers vont s'ouvrir sur Terre, pour que des escouades de monstres tout droit sortis de leurs pires cauchemars les chassent afin de les bouffer. À ce moment-là, ils découvriront que tous leurs joujoux technologiques sont obsolètes. Leur seule planche de salut sera les armées divines, sauf qu'ils ne s'intéressent qu'aux âmes ! Si votre âme est « *pure* », elle éclaire comme un phare en pleine nuit, ils la voient et vous protègent, mais si elle est souillée… ils ne les secourront pas ! C'est une logique implacable.

« Tu n'as pas réussi à dormir ? »

« Si, un peu. »

« À quoi penses-tu pour être si sérieux ? »

« J'essaie de me remémorer chaque seconde passée dans le souterrain pour voir si on n'a rien raté. »

« Dors, nous ferons cela plus tard. »

Elle reprend sa place initiale, mais en se plaquant complètement à mon flan cette fois. Mon ventre se serre légèrement au contact de ses seins contre mon torse. Elle bouge à la recherche d'une position plus confortable, son bras enserre ma taille pendant qu'elle cale sa cuisse sur la mienne. Un soupir d'aise s'échappe de sa magnifique bouche, agitant immédiatement mon cœur.

Gagné ! Ma queue vient de se réveiller…

Je n'arrive pas à calmer ma respiration ni mon corps d'ailleurs… J'ai tellement envie d'elle que ma peau frémit partout où elle est en contact avec la sienne. Je suis obligé de faire un effort surhumain pour ne pas lui sauter dessus. Je me répète qu'elle est fatiguée, qu'elle a besoin de se reposer… Cependant, lorsque ses lèvres douces et humides se posent dans mon cou, je n'hésite plus. Je l'allonge sur le dos pour pouvoir dévorer sa bouche. D'instinct, elle enroule ses jambes autour de mes hanches et frotte son pubis contre mon érection, un grognement m'échappe, la sensation est divine, j'ai tellement envie de me perdre en elle… Ma langue explore sa bouche sans relâche, dansant avec la sienne.

« *Je t'aime, mon cœur.* »

Putain, ce que je kiffe cette phrase ! Tout mon corps résonne au rythme du sang qui pulse dans ma verge.

« *Je t'aime aussi, mon ange.* »

Le soupir qu'elle lâche est la plus belle chanson d'amour que j'ai jamais entendue. Mes mains explorent son corps lentement avec retenue, je veux graver cet instant à jamais dans mon esprit. Doucement, je lui retire son tee-shirt puis me recule légèrement pour la regarder, elle est si belle… Ses cheveux défaits lui font une robe soyeuse qui lui arrive à mi-cuisses. Un téton dépasse entre deux mèches sombres, je me penche et le capture entre mes lèvres. Le râle qui lui échappe fait écho à l'allégresse de mon âme de pouvoir enfin la goûter, la toucher. Elle rosit en détournant le regard de ma bouche aspirant son mamelon, mais les mouvements rapides et saccadés de son bassin m'assurent de l'état d'excitation dans lequel elle se trouve aussi. Pour ma plus grande surprise, sa main plonge dans mon boxer et libère la bête affamée qui y était prisonnière. Je ne la laisse pas me caresser, sinon ça va finir comme la dernière fois et je veux la posséder, la marquer, la faire mienne pour l'éternité. Elle râle de nouveau quand je la fais lâcher mon sexe déjà tendu à l'extrême par le spectacle de son corps offert. Je continue à m'occuper de son sein tout en passant ma main sous l'élastique de sa culotte à la recherche de son bourgeon sensible, mais ça s'avère inutile… elle est déjà prête à m'accueillir.

« Regarde-moi mon ange… »

Je me positionne entre ses longues jambes galbées et m'unis à elle dans une douce poussée. Seul un froncement de sourcil me signale que je viens de franchir la barrière de sa féminité. Alors que la sensation est au-delà des mots et que nos corps apprennent à se compléter, une lueur dorée s'allume dans ses yeux. ! Et soudain, nos corps perdent leur individualité, ils n'ont plus de début ou de fin, on ne fait plus qu'un. Je vois son âme couleur or brillant ainsi que la mienne ressemblant à de l'argent liquide envahir la chambre. Le temps d'un battement de cœur, elles fusionnent, se mélangent, puis se séparent et se remélangent. Je ressens tout, son amour pour moi, ses cicatrices et ses craintes. Je suis submergé par tous ses sentiments qui deviennent les miens et je sais qu'elle fait siens, les miens. Nos âmes se reconstruisent, l'or et l'argent se mélangent, puis fusionnent en une sorte d'arc-en-ciel métallique avant de se mélanger encore, comme si mon âme cherchait à trouver sa place dans celle d'Ange. Subitement, au paroxysme du plaisir, nos âmes s'arrêtent de bouger, elles semblent s'être enfin organisées. Le vert vient d'apparaître, il circule d'une âme à l'autre en passant par un câble qui les relie. Non, ce n'est pas un câble, mais un lien constitué d'un brin doré et d'un brin argenté. Je fixe ce lien en me demandant si c'est à cause de lui qu'on est censés être incapables de s'éloigner l'un de l'autre. Il m'est impossible de fixer mon esprit, le plaisir me domine alors que les âmes virevoltent dans des directions opposées puis je vois le lien s'étirer à l'infini. Subitement, nos âmes prennent de la vitesse, l'une d'elles me revient dessus, me percute de plein fouet en même temps que nous jouissons et je me sens entier, complet...

Je décèle dans le regard de mon ange de la stupeur, de l'émerveillement, et, aussi, de la passion.

Ho, putain ! Je n'ai plus besoin de plonger mes iris dans les siens pour savoir ce qu'elle ressent ou pense.

Chacun de nos sentiments, pensées et ressentis fusionne dans nos esprits. Je suis elle, elle est moi, dorénavant on possède une âme pour deux.

Cette fois, je pense que la transformation est achevée...

Ange

Pas besoin d'être une experte pour comprendre que rien de tout cela n'est normal. Je sens une langueur m'envahir, mais j'y résiste en me levant d'un bond.

— Où tu vas ? marmonne mon amant.

— Prendre une douche !

Un gargouillis incompréhensible s'échappe de ses lèvres. Je ne peux m'empêcher de sourire en le regardant se rendormir paisiblement. Je sais que le lien qui nous unit est responsable de la plupart des émotions que je ressens pour lui, mais il y a quand même une partie qui n'est que le fruit de mes propres sentiments. Comme une gourde, je reste là, à détailler son imposante carrure à peine cachée par le drap. J'ai vu un film, il y a quelque temps, où les gens avaient des animaux en guise de démons, le mien est un guerrier de plus de deux mètres, aussi beau que dangereux et incapable de dire une phrase sans vulgarité.

Je ne sais toujours pas quoi penser de tout cela... mais je ne regrette rien, nous sommes enfin entiers !

Le jet chaud de la douche me fait un bien fou, il draine mon corps des souffrances de ces derniers jours et purge, momentanément, mon âme de toutes les questions qui me troublent.

« Tu es sûre que c'est une bonne idée d'affronter le consortium seule ? »

Même sous la douche, je ne peux pas être tranquille !!

« Je ne serais pas seule… »

« Qu'est-ce qui te fait penser qu'il ne va pas retourner auprès de sa maîtresse ? »

Je sais qu'Ab. fait exprès de se servir de ce terme pour me déstabiliser, il veut semer le doute dans ma tête, et surtout dans mon cœur. Trop tard, maintenant que nous avons fusionné, je sais tout de lui…

« C'était la tienne aussi. »

« Elle m'a enchaîné contre ma volonté ! »

« Tout comme pour Daemon. »

« Laisse-moi te rejoindre demain. »

« Non Ab. et je te conseille de rester à ta place si tu ne veux pas pourrir en enfer pour l'éternité. »

« D. est mon ami, mais tu sais aussi bien que moi qu'il ne t'arrive pas à la cheville, j'ai restauré mes propres pouvoirs et grâce à toi ils sont même devenus plus puissants… »

Je ne suis pas sûre que ce soit une bonne nouvelle… bien au contraire même.

« *Ange, j'ai retrouvé mes légions aussi et elles n'attendent qu'un mot de ta part pour t'épauler.* »

Il n'a aucune idée de la puissance que Daemon a acquise ! C'est notre choix de la cacher pour l'instant, mais demain elle sera connue de tous et ils s'inclineront devant lui.

« *J'ai dit non et tu as de la chance que Daemon dorme, sinon il t'aurait fait bouffer tes propos !* »

« *Qu'il dorme ne change rien. Je suis libre désormais et j'ai choisi de n'obéir qu'à toi !* »

« *Ce n'est pas acceptable… Ab…. Ab.* »

Ce n'est pas vrai !!!! En plus de tout le reste, nous allons devoir gérer cela !!

Je sors de la douche plus énervée que jamais, ce démon est ingérable ! J'ai l'horrible pressentiment qu'il n'obéira jamais ! C'était une mauvaise idée de le changer.

« *Eurynome, as-tu rejoint Ab. et ses hommes ?* »

« *Oui.* »

« *Que font-ils ?* »

« *Ils se préparent à faire la guerre.* »

Eh, merde !!

« *Contre qui ?* »

« *Les cibles que tu leur désigneras a priori…* »

Non, mais ce n'est pas vrai !!

J'enfile mes habits à la vitesse grand V, nous devons impérativement agir avant d'affronter nos anciens supérieurs. Nous n'avons pas beaucoup de temps pour régler ce problème.

« Daemon, debout mon cœur ! »

« Il se passe quoi encore ? »

« Ab. se prépare à attaquer. »

« Quoi !!?? »

« Il a repris la tête de ses légions qu'il entraîne à la guerre… »

« Putain de bordel de merde, il fait chier ce connard ! »

Je sors de la salle de bain pour me trouver nez à nez avec un géant belliqueux à poil, et qui continue de déverser des insanités toutes plus vulgaires les unes que les autres.

— Je te jure que je vais lui arracher la peau du cul et l'étouffer avec !! Et si ça ne suffit pas, j'assaisonnerai le tout avec ses couilles !! Cette sale petite merde malodorante, va finir pas obéir, c'est moi qui te le dis.

— J'ai une idée plus constructive…

— Rien à branler que ce soit constructif ! me coupe-t-il. Je vais l'éviscérer et lui faire bouffer… C'est un démon, seule la souffrance peut lui faire comprendre les règles !

— Calme-toi, s'il te plaît ! Nous allons lui donner une leçon ! S'il ne la comprend pas, tu auras le droit de le dépecer si cela te chante.

— Sérieux ! Promis ?

— Oui !! m'exclamé-je, outrée devant sa mine réjouie.

Je lui expose rapidement mon plan, un sourire canaille finit par naître sur ses lèvres. Je savais que mon idée serait suffisamment tordue pour lui plaire ! Enfin calmé, il prend une douche rapide et termine de s'habiller en me rejoignant à la cuisine pour une ration de nourriture. Nous allons devoir beaucoup manger aujourd'hui, si nous voulons être prêts pour la rencontre de demain.

Après notre repas, nous peaufinons les derniers détails de la punition d'Ab. [41] Lorsque nous sommes parés, je m'exécute.

« Apparais ! s'il te plaît ! »

CRAC !!

— Que me vaut le plaisir de votre invitation, gardiens ? dit-il, en inclinant la tête avec respect.
— Merci d'être venu. Nous voudrions te proposer le haut commandement de nos futures troupes.
— Je ne veux pas diriger une armée, je préfère être un émissaire de l'équilibre auprès des enfers. Il vous suffirait de me fournir un peu plus de vos pouvoirs pour que je sois votre représentant en bas.

« C'est encore mieux, non ? »

« Ouais, il est craint par les démons et, quand il portera nos couleurs, ils lui lécheront le cul ! »

---

[41] Grand-duc dans la monarchie infernale auquel soixante légions obéissent.

Je tends ma main recouverte de pouvoir à Eurynome pour sceller le pacte, mais, au dernier moment, je la retire sous les yeux médusés de mes acolytes.

« Un problème, mon ange ? »

Il y a quelque chose qui s'est mis à tourner dans ma tête. Une phrase…, non, c'est un serment plutôt !

— Tu dois prêter serment, lui dis-je.

— Cela me convient.

— Répète après moi : j'accepte le don qui m'est fait et promets de le respecter. Vert comme la vie, il sera ma mort si je le trahis. Ni ange ni démon, dorénavant je suis gardien de l'équilibre.

Il récite l'engagement sans sourciller, les yeux plongés dans les miens, jusqu'à ce qu'il commence la dernière partie. À ce moment-là, des tremblements violents le prennent, je pose ma main sur son épaule dans l'espoir de le calmer, mais en vain, car ses dents s'entrechoquent tellement que finir de réciter le serment doit être une torture. À l'instant où se termine la formule, il tombe à genoux en gémissant, tout en se tenant le crâne entre les mains. La douleur continue à s'amplifier, puisque, sans changer de position, il pose son front sur le carrelage glacé et commence à se balancer d'avant en arrière en grinçant des dents.

Je ne sais pas comment l'aider, sa transformation est essentielle, mais faire volontairement souffrir une personne, quelle que soit sa nature, n'est pas ma conception de ma mission.

Oui, je sais que j'ai torturé et tué beaucoup de monde ces derniers jours, mais les principes moraux ne s'appliquent plus vraiment en temps de guerre !

Daemon s'agenouille devant lui et lui intime de se concentrer sur sa voix, il grogne son accord. Aussitôt, ma moitié diffuse une douce lumière verte et ses mots de réconfort glissent sur moi en tentant de s'insinuer sous ma peau. Eurynome tremble toujours, mais semble s'apaiser, il commence même à relever sa tête et je découvre des iris de couleurs amande.

« Tu l'as hypnotisé. »

« Ouais, putain, j'y suis arrivé ! »

Ils se relèvent tous les deux, Eurynome saisit le poignet de Daemon qui lui-même referme sa main sur le sien.

— Merci ! Sans ton aide, je ne sais pas si j'aurais tenu le coup. Qu'attendez-vous de moi, maintenant ?

— Que tu retournes en bas et que tu mettes aux arrêts Ab. et ses légions renégates pour insubordination, lui expliqué-je.

— Avec grand plaisir ! Jusqu'où puis-je aller pour le faire capituler ?

— Il doit rester en vie, ajouté-je.

— Je vous contacte quand c'est fait.

CRAC !!

Une demi-heure plus tard, nous sommes avertis de la mise aux fers d'Ab, pas trop amoché selon Eurynome, et de ses troupes.

Déjà un problème de moins.

Le reste de notre journée d'attente se passe sans nouveau drame. Nous débriefons beaucoup, mangeons tout ce que nous pouvons pour reprendre des forces, et visitons notre passion dans toutes les pièces de l'appartement…

Chapitre 2

__Daemon__

Putain que cette journée de repos a été bénéfique pour nos corps, et surtout pour mes couilles... Nous avons enfin eu du temps pour nous découvrir, communiquer et nous aimer.

Bordel, ce que c'était bon !

J'avais craint que les réactions de mon corps ne soient dues qu'au lien à la con qui nous relie ou au puissant désir qu'elle m'inspire. Mais non, j'aime tout chez elle ! Son rire me transporte, son regard m'enflamme et sa tristesse me noue l'estomac. Je respire grâce à son oxygène, me nourrit de l'amour qui illumine ses yeux. J'ai enfin compris ce que veut dire « *si l'un est tué, l'autre meurt aussi* » nous vivons avec et à travers l'autre, merde, vivre sans elle n'est pas une option...

Bon, assez rêvassé ! Nous devons nous lever pour finir de nous préparer pour rencontrer le consortium à midi. Belzébuth nous a fourni tous les détails nécessaires pour rentrer dans leur siège et ça ne va pas être une promenade de santé ! Braquer le siège de l'ONU serait plus facile, car il n'est équipé que pour se défendre d'attaques venant des humains alors que le consortium a prévu, dans son mode de défense, des attaques de toutes sortes de monstres infernaux ou divins.

Je sors de la douche, le corps frissonnant recouvert de gouttelettes glacées et pourtant toujours aussi bouillant. Malgré les nombreuses fois où nous avons laissé notre désir s'exprimer, je bande encore comme un taureau en rut !

« Arrête de penser si fort mon cœur, nous devons nous concentrer sur notre mission du jour. »

« Je sais mon ange, mais ma queue ne veut pas m'écouter ! »

« Tu es vraiment impossible… »

« Yep… »

J'oublie constamment de prendre une serviette avant d'aller à la douche ! La vie humaine m'est inconnue et surtout pas adaptée à ma grandeur. Je dois pratiquement me foutre à genoux pour prendre une douche dans cette saloperie de cabine pour nains ! Me savonner dans cette position est merdique, mais si je reste bien droit l'eau de la douchette m'arrive en bas des épaules ! Pour me laver les cheveux, c'est encore pire, debout, mes mains frappent le plafond et si je m'accroupis ce sont mes coudes qui percutent les parois ! Je préfère éviter de parler des chiottes ! La porte est trop petite pour moi et quand je dis « petite », c'est autant à cause de sa hauteur que de sa largeur ! La pièce est tellement exiguë que si je m'assois correctement, mes genoux gênent pour clore la porte. Je crois que je ne suis vraiment pas à ma place dans le monde des Hommes !!

J'arrive dans la chambre à poil au moment où Ange agrafe son soutif… Ma gaule, qui n'avait toujours pas faibli, se resserre encore. Je prends mon élan et pratique un placage parfait, que le matelas amortit. La peau de mon ange crépite de pouvoir prêt à me dévorer. Nos yeux se capturent et aussitôt elle étouffe son énergie destructrice. Ma bouche retrouve enfin la sienne, elle passe ses bras derrière ma nuque et répond à mon baiser avec passion. Mes lèvres descendent en direction du tissu noir qui recouvre si peu sa peau, elles embrassent le satin velouté de sa…

CRAC !!

Sans me rendre vraiment compte de ce que je fais, je nous relève tout en créant une bulle d'énergie autour de nous pour nous protéger. Mais, pour ne pas changer, c'est mon ange qui a eu la réaction la plus violente. Il y a désormais un ange, non, pas un ange, mais un archange cloué au mur de notre chambre !!

« Bravo, mon ange, mais tes goûts en matière de déco laissent à désirer… »

« Oh, ne fais pas chier ! Il n'avait pas à apparaître comme ça ! »

« Je ne critique pas, je constate, c'est tout. Tu le connais ? »

« Si tu retirais la cloche, je pourrais te le dire… »

Je fais disparaître le bouclier et Ange pousse un petit cri en même temps qu'elle se précipite sur le nouvel ornement de la piaule. Pour la première fois, je le regarde vraiment et je sens un malaise grandir dans mes entrailles. Ce mec est plutôt grand, sa tête est tombée en avant et de longues mèches blondes recouvrent son visage, mais mon trouble augmente quand je détaille les deux ailes repliées en cocon autour de son corps. Elles ont la couleur de l'or liquide.

Si ses fringues sont vertes, on est dans la merde !

Ange retire ses pieux d'énergie et l'allonge au sol en faisant très attention à ses sublimes ailes dorées, qu'elle écarte en révélant une toge de la couleur de nos yeux.

« Oh, ce n'est pas possible… Je n'ai pas pu faire cela ! »

Je sens qu'elle est au bord de la crise d'hystérie, elle n'arrête pas de se passer la main sur la nuque. J'essaie de la rassurer, même si je n'en mène pas large non plus.

« Ce n'est rien, on va le soigner… »

« Impossible ! Seul le divin peut le faire… »

Bon, d'accord, ça va compliquer les soins. Doucement, elle pose sa main sur son épaule, là où le pieu était logé. Je sens qu'elle tente quand même de réparer les dégâts. De petites étincelles s'échappent de ses doigts sur la peau du blessé et le trou se referme lentement sous nos yeux médusés.

— Si tu pouvais faire l'autre, susurre-t-il, je pourrais me régénérer en me servant de ton énergie.

— Je suis vraiment désolée de vous avoir blessé, mais vous m'avez surprise.

— C'est ma faute, il n'y a pas de souci, je mérite ce qui m'arrive.

Son sang ne coule plus, doucement ses ailes commencent à verdir et s'intensifie jusqu'à ce que toute son enveloppe charnelle ait la teinte de nos iris. Tout le monde connaît le rayon vert de Raphaël, mais je pense que plus personne ne l'a vu depuis des siècles. Or il est là, devant moi…

Dire que je suis fasciné par ce spectacle est loin de la réalité. Il déploie ses ailes légèrement, puisque la chambre n'est pas assez grande pour leur envergure, et décolle de quelques centimètres. Je sens un flux circuler de lui à moi et de nous à Ange. Il se repose et cette sensation disparaît.

— Merci, je me sens mieux.

— Raphaël, que faites-vous ici ? demande Ange d'un ton circonspect.

— Si vous vous habillez, nous pourrons discuter.

Il a les yeux braqués sur moi et se permet même de détailler mon service trois-pièces comme s'il n'en avait jamais vu !

— Ce qui est le cas. Nous, nous sommes asexués. réplique-t-il

— Putain ! Comme je te plains !!

Seul un ricanement me répond, mon regard se pose sur mon ange pour découvrir qu'elle est toujours en sous-vêtement et dans une position qui met son cul en valeur. Putain, ma queue réagit de nouveau sans mon accord…

« Tu vas devoir apprendre à te maîtriser. »

« Et toi, tu devrais éviter de venir te promener dans ma tête ! »

« Aurais-tu des choses à cacher, gardien ? »

« Je croyais que personne ne pouvait pénétrer dans nos esprits ? »

« Je ne suis pas **PERSONNE** *et pour soigner les âmes je dois voir les esprits. »*

« Putain ! Sors de mon crâne, mon âme se porte très bien, mais ton esprit va morfler si tu restes une seconde de plus ! »

Heureusement pour lui, il me lâche enfin. Je chope mes frusques et ceux d'Ange sur le lit.

« Habille-toi, qu'on en finisse ! »

« Mais tu as vraiment un problème relationnel… »

« Aucun, tant que leurs yeux à la con restent loin de toi. »

« Nous en reparlerons, mais tu vas devoir te maîtriser un peu. »

Maîtriser ?!! Ils m'emmerdent ! Je me maîtrise très bien, la preuve, je ne lui ai pas fait bouffer ses plumes !! Pourtant, il le mériterait pour être rentré chez nous sans invitation.

Putain, quelqu'un peut m'expliquer comment enfiler un jean serré avec une érection pareille ?

Je finis par réussir à tout mettre dedans, mais cette saloperie de fermeture éclair est à deux doigts d'exploser.

Invention dangereuse pour les hommes.

Raphaël s'est assis au pied du lit et attend patiemment qu'on soit prêt à l'écouter.

Ange

— Que faites-vous ici ? lui demandé-je, en finissant d'attacher mon pantalon.

— Cela fait plusieurs jours que je vous suis. Soit…

— On n'aurait pas été contre, d'avoir un peu d'aide ces derniers jours, comme tu dis, le coupe mon si amical amant.

— Je ne peux pas prendre part aux troubles, lui explique-t-il. Actuellement, je suis la justice suprême ou, du moins, je l'étais. Du fait, je dois rester objectif.

— Alors, tu ne nous sers à rien et j'ai un scoop pour toi, la justice suprême est une vaste fumisterie depuis des siècles ! lui balance hargneusement ma moitié.

— Je sais, lui rétorque humblement l'archange. J'ai découvert cela hier en suivant votre visite à la forteresse de Lilith.

« Calme-toi, laisse-le s'exprimer qu'il reparte et que nous puissions faire ce qui est prévu… »

« Baiser. »

« Non, mais tu n'es pas vrai ! »

« Ben quoi, on finit ce qu'on a commencé et on avise après ! »

« Non, nous allons semer la panique à la réunion. »

« Tu n'es pas drôle… »

— Allez-y, dites-nous ce qui se passe.

— Merci Ange. Donc j'ai été témoin de vos dernières aventures, soit, grâce à mes espions…

— Pas très doué ! lâche Daemon alors que je le fusille du regard.

— Mouais, soupire l'archange avant de reprendre. Soit en pensée, mais surtout en suivant l'exode des démons. J'ai aussi vu des signes d'inquiétudes parmi les membres du consortium et c'est là que réside mon problème. Je ne connais pas vos plans pour la suite, mais si c'est de retourner le pouvoir en place… je vais devoir agir et vous en empêcher. Il a été créé pour protéger les humains des pouvoirs divins aussi bien de ceux des célestes que de ceux des infernaux et il doit continuer sa mission.

— Bordel, mais, mec, tu crèches où depuis trois siècles ? C'est eux qui foutent la merde partout sur cette planète !! s'énerve Daemon.

Raphaël s'est levé d'un bond pour se planter devant ma moitié. J'ai sous les yeux des coqs à deux doigts de se battre, sauf qu'un seul est pourvu de plume qu'il agite frénétiquement. Je suis aussi abasourdi par cette réaction que dégoûtée. Qu'ils soient des hommes, des archanges ou des démons ne change rien à leurs puérilités !

— Ça SUFFIT !!! Merde, à la fin, nous n'avons pas le temps pour cela ! Raphaël, suis-moi !

Ils me suivent tous les deux. Je rentre dans le salon et mets en route ma clé USB. Il semble étonné par cette technologie puis réalise ce qu'il voit. Un kaléidoscope d'images de morts, de guerre et de souffrances l'assaille. Il se laisse choir sur les genoux et des émeraudes liquides coulent de ses yeux.

— Je ne comprends pas… ce n'est pas possible ! gémit-il.

— Je suis désolée, et encore plus, de ce que je m'apprête à faire.

Je prends son visage dans mes mains et l'oblige à plonger son regard dans le mien pour un partage de souvenirs. Je laisse mes deux cent cinquante années se déverser en lui, il y découvre tellement d'horreurs et de trahisons à notre mission que ses sanglots deviennent des spasmes violents. Lorsque j'ai fini, je le lâche et me laisse tomber à ses côtés. Daemon s'installe derrière moi pour me servir de dossier tout en me caressant le dos. Personne ne parle, nous laissons du temps à Raphaël pour assimiler toutes les informations qu'il vient de découvrir.

« *Comment ont-ils osé trahir l'équilibre !* »

« *Putain, ils s'en branlent de l'équilibre, eux ce qu'ils veulent, c'est le pouvoir !* »

« *Que comptent-ils en faire ?* »

« *Dominer les humains, je pense…* »

« *Je ne savais pas, j'ai bien eu des retours parfois un peu étranges et mes guetteurs ne comprennent pas toujours ce qu'ils voient, mais je ne pouvais pas imaginer une telle vérité.* »

« *Hormis les traîtres personne ne sait…* »

« *C'est mieux, je suppose.* »

« *Oui, pour l'instant.* »

« *Quel est votre plan ?* »

« *Revenir aux sources.* »

Il regarde le tapis comme s'il avait toutes les réponses, il est perdu, sa chère mission est une supercherie ! Je comprends son désarroi, je le ressens aussi.

« *D'accord, je suis inquiet, mais c'est la seule solution que je vois.* »

Il se relève, avec des mouvements plus proches de ceux des oiseaux que des humains, son regard se pose sur l'écran de l'ordi et je vois ses plumes frémir. Je ne peux retenir la question qui vient de traverser mon esprit.

— Allons-nous, nous aussi, avoir des ailes ?

— Je ne sais pas. Je n'ai jamais rencontré de transformés avant vous. Il y a beaucoup de contes et légendes à propos des vôtres, mais j'avoue à regret que vos espérances de vie sont si courtes que très peu d'entre nous ont eu la chance d'en côtoyer.

— Nous le découvrirons bien assez tôt, je suppose.

— Je pars, mais j'ai un… cadeau ? Oui, je vais l'appeler ainsi, dit-il pour lui-même. Donc un cadeau à vous remettre. Vous êtes probablement recouvert de signes, mais l'arbre du savoir n'a pas dû apparaître sur vos enveloppes charnelles, n'est-ce pas ?

— Effectivement, il est sur nos armures, mais pas sur nous, confirmé-je.

— Oui, c'est normal, car c'est moi qui en étais le garant. Mais c'est à vous que le symbole de l'équilibre revient.

Il tend la main devant nous et l'ouvre doucement. Des volutes d'énergie s'en échappent, formant quelque chose ressemblant à des racines, elles prennent de la hauteur tout en se solidifiant. Sous mes yeux ébahis, un tronc se forme puis des branches poussent à partir de lui, suivies par de magnifiques feuilles lobées. Dans sa main se tient désormais un splendide arbre d'une trentaine de centimètres. On dirait qu'il est vivant, c'est fascinant ! Raphaël souffle dessus et un flux commence à circuler dans les racines puis continue sa progression dans le tronc et finit dans les branches. Même les feuilles semblent s'en nourrir. Cette sève chimérique redescend dans les racines et recommence son périple, mais au fur et à mesure de ses passages les couleurs changent, il devient l'arbre de vie aux couleurs si reconnaissables. Lorsque les trois couleurs ont trouvé leur place, Raphaël nous demande de poser nos mains de chaque côté du tronc et de fermer les yeux. Je vois mes doutes se refléter sur le visage de Daemon, mais nous finissons par obéir. Un jardin luxuriant noyé de soleil apparaît dans ma tête, j'entends des oiseaux chanter dans la canopée, et même, de l'eau ruisseler ! S'il y a une rivière quelque part dans les parages, la forêt est trop vaste pour que je puisse la voir. Mon regard est soudain attiré sur ma gauche, je viens de trouver ce qui m'amène dans ce lieu enchanteur. Il est majestueux et je sens au plus profond de moi qu'il m'appelle ! Je ne cherche pas à résister, il fait partie de moi et je sais que ma moitié m'y attend déjà. Cet arbre est gigantesque, puissant et je ressens son pouvoir ainsi que ses craintes pour l'avenir. Je l'enlace fort et plaque ma joue contre son tronc rugueux. Nous partageons nos énergies, je me repais de lui pendant quelques minutes de paix trop vite remplacées par la sensation que mes veines brûlent. Je n'arrive pas à me libérer, il me retient alors que la douleur devient insoutenable.

« Lutter ne sert à rien, je ne veux pas te faire de mal. »

« Qui êtes-vous ? »

« Tu le sais… »

Je me sens groggy, mes jambes flageolent et, si deux bras puissants ne m'avaient pas retenue, je me serais écroulée.

C'est mauvais, les promenades dans des jardins ancestraux !

— Putain, lâche-la ! tonne une voix juste derrière moi.

Je change de bras, cependant, même si ma nausée ne faiblit pas, j'ai suffisamment récupéré pour me redresser. Il y a quelque chose qui me démange à l'intérieur de mon poignet gauche. Je suis fascinée par ce que j'y découvre ! Un magnifique arbre couleur émeraude y est gravé. J'attrape celui de Daemon et y trouve le même dessin scintillant. Raphaël contemple nos poignets avec un sourire et nous dit :

— L'arbre de la connaissance du bien et du mal a fait de vous les seuls et uniques gardiens de l'équilibre ! Votre autorité est au-dessus de toute autre, seuls les Dieux peuvent aller contre elle. Je vais partir, mais je ne serais pas loin. Si vous le voulez bien, j'aurais des recrues à vous proposer pour votre armée.

— Ouais, on procédera à un enrôlement massif après notre raid au consortium. D'ailleurs, tu peux nous dire quoi sur ces enculés ? l'asticote Daemon.

— À sa création, le consortium était constitué de neuf sages. Ils avaient été choisis pour la nature profonde de leurs âmes. Trois étaient issues du mal, trois autres du bien et les trois derniers étaient un mélange parfait des deux. Chaque décision qu'ils doivent prendre est votée et doit avoir été approuvée par la majorité pour être ratifiée. C'est… enfin, c'était une démocratie. Leur salle de réunion est là où ils résident, mais j'ignore où cela se trouve, cependant, je sais que c'est très bien protégé et j'imagine qu'avec leur trahison, la garde a dû être renforcée. Soyez prudent ! Nous avons tous besoin de vous.

CRAC !!

Cette fois le changement est complet et irréversible. L'énergie de l'arbre s'est mélangée aux nôtres pour l'éternité.

Chapitre 3

Daemon

Après le départ de l'autre emplumé de trouble-fête, on n'a pas terminé ce qu'on avait si bien commencé. Non, à la place, on s'est plongé dans notre future mission. C'est vrai qu'on avait des décisions à prendre, on devait surtout se mettre d'accord sur la meilleure manière d'agir et on a décidé de ne pas faire de détails. Soit, ils s'inclinent devant nous, et ils auront la vie sauve, soit ils refusent notre autorité et ils mourront.

Je ne sais pas pourquoi, mais je pense que ça va encore être sanglant…

La réunion débutera dans moins de deux heures, on doit se mettre en route. On prend nos casques et sortons de l'appart pour quasiment nous cogner à des humains. Il y a une femme, dont le sac est tellement grand qu'elle doit pouvoir y planquer un putain d'arsenal, et deux mioches. Leur présence ne me dérangerait pas si leurs regards n'étaient pas aussi paniqués. Grâce à mes nouveaux pouvoirs, je peux même entendre leurs pensées et elles sont déstabilisantes pour moi.

« Calme-toi mon cœur… »

« Me calmer… Tu entends leurs pensées ? »

« Oui, nous les terrifions, mais ce n'est pas nouveau. »

« On va risquer nos vies pour eux et la seule chose qu'ils pensent en nous voyant, c'est de nous faire enfermer parce qu'on les effraie. »

« Ils pensent que nous sommes des gens dangereux parce que nous arborons un style paramilitaire, alors qu'il est évident que nous ne faisons pas partie des forces armées. »

Je ne sais pas si c'est ça, mais je suis certain qu'elle va appeler les flics dès qu'on aura tourné le dos. Je peux voir qu'un puzzle est en train de s'assembler dans sa tête. D'abord, il y a eu les déflagrations inexpliquées d'il y a quelques nuits, puis les traces de sang retrouvées éparpillées sur le parking, sans compter la grande plume d'un blanc virginal dans la flaque à côté de sa voiture. Ajoutons à ça, la dégradation sur la porte des escaliers et maintenant, nous. Bordel de merde, elle n'est pas loin d'avoir toute l'histoire. En plongeant plus dans sa tête, je nous vois par ses yeux, et, là, je comprends sa panique ! Nos visages fermés aux traits durs, nos regards froids inondés d'un vert luisant surréaliste, nos grandeurs et carrures de guerriers ne plaident pas pour nous, bien au contraire. On est obligatoirement les méchants !

« Fait chier ! Si elle contacte les autorités, on devra abandonner cette adresse… »

« Il n'y a pas de risque ! »

Elle leur sourit tout en envoyant un peu de son énergie, immédiatement, je sens la mère se détendre et la fillette ébaucher un sourire dans ma direction.

« Elle possède trop d'éléments contre nous. »

« Je l'ai vu aussi et je vais rendre cela moins clair. »

« Comment ça ? »

« Regarde, elle n'est plus aussi catégorique »

Un nouveau tour dans la tête de l'humaine me prouve, encore une fois, de l'étendue des capacités de ma moitié, car elle a fait oublier à la casse-couilles comment assembler tous les éléments en sa possession. Désormais, il manque de nombreuses pièces à son puzzle.

« Bien joué, mon ange ! »

« Ce n'est pas la première fois que l'un de mes voisins me croise. Une fois, j'étais couverte de sang d'Orcus[42]… »

« Ha ha ha !!! »

« On y va. »

On lui jette un au revoir rapide et dévalons les escaliers vers le parking sous terrain où mon ange a garé son bolide.

Je m'installe derrière elle, puisqu'elle ne veut pas me laisser son « bébé » ! Je n'arrive toujours pas à identifier si j'aime ou déteste ce mode de transport. J'aime plaquer mon entrejambe contre son magnifique cul, mais c'est frustrant de ne rien contrôler, même pas les réactions de ma queue. Putain, on a dû faire trois kilomètres et j'ai déjà une érection d'enfer !

Pas pratique pour se concentrer…

---

[42] Monstre ressemblant aux gargouilles qui se nourrit de chair humaine. Le mot français est « ogre »,

On a pris la route en direction de la banlieue nord, la plus huppée de cette ville ! Ça ne m'étonne même pas qu'ils aient foutu du fric en l'air pour jouer les bourges... On bouffe le bitume à vive allure, mais même sa vitesse excessive peine à soulager la tension dans mon boxer. Je devrais être en train de visualiser ce qui nous attend, mais, à la place, je revois nos heures de plaisir effrénées alors que, elle, elle est à fond dedans. Après plusieurs tentatives pour penser au boulot, plutôt qu'aux sensations et aux désirs qui me tiraillent le ventre, ma concentration refait surface m'aidant à enfin me mettre en condition pour la bataille qui nous attend.

« On arrive quand ? »

« Bientôt, l'âne... »

« Le quoi ? »

« Laisse tomber, c'est un film pour enfant ! »

« Okay, mais ça ne répond pas à ma question... »

« Dix minutes... peut-être quinze. »

« Je vais visiter pendant ce temps-là. »

« Non, tu vas tomber. »

« Putain, aie confiance en moi, je sais ce que je fais. »

Je ne lui laisse pas le temps de répondre, je quitte mon corps et me laisse porter vers le siège de nos dirigeants. Ce n'est pas difficile de repérer le bon bâtiment, il est emmitouflé dans une sorte de brouillard rouge et bleu qui pulse comme une sorte de cœur. Bordel... Mais c'est justement ce qu'il était censé être, le cœur des pouvoirs divins.

Vaste connerie !!

Je ressens beaucoup d'énergie dans les environs, elles ne sont pas toutes dans l'immeuble qui m'intéresse. Je commence par le hall d'en face, puis le parking de l'école d'à côté et finis par la terrasse au sommet d'une petite bâtisse adjacente. De là, j'aperçois plusieurs célestes volter dans le brouillard, en m'approchant légèrement, je vois leurs emblèmes.

Putain de merde, fait chier !!

Je retourne devant l'entrée, je n'ai pas besoin de chercher un hypothétique système de sécurité puisqu'il éclaire le mur et les fenêtres comme un phare en pleine nuit.

Bordel ! Ça ne s'arrange pas...

Je flotte à l'intérieur en humant l'air pour identifier les différentes empreintes charnelles présentes et reste plutôt interdit sur ce que je découvre. Je ressors et rejoins mon corps.

« Alors, qu'est-ce qui nous attend ? »

J'ai mal à la tête, m'éloigner autant de mon enveloppe charnelle n'était pas une bonne idée. Et en plus, devoir rester légèrement conscient pour ne pas tomber, encore moins. Mais je préfère encore sucer Belzébuth que de le reconnaître. Mon ange a senti ma douleur et m'envoie de son énergie pour me soulager.

« Merci, gare toi. »

Elle prend aussitôt la direction d'un parking souterrain et se gare à l'écart des autres véhicules. Je descends et commence à tourner en rond autour de notre monture mécanique. La douleur a laissé mon cerveau cotonneux et mon estomac ne serait pas contre un peu de bouffe, mais ce n'est pas le moment de penser à ça. Je vois soudain se matérialiser devant moi une de ces super barres chocolatées que je dévore avec plaisir.

« Qu'est-ce que tu as vu ? »

Je soupire et fourrage dans mes cheveux dans l'espoir de voir un plan prendre forme dans mon esprit, mais rien ne vient. La situation est dramatique ! Pire que ce qu'on avait prévu… et pourtant on avait imaginé des scénarios catastrophes ! J'ouvre les yeux et plonge dans ceux d'Ange remplis d'inquiétude.

« C'est à ce point-là ? »

« Ouais, c'est la merde… »

Je n'ai pas de plan, mais je commence à entrevoir des actions à réaliser avant de passer à l'attaque.

« Contacte Belzébuth demande lui de clôturer les portails entre l'enfer et la terre ! »

« Tous ? »

« Ouais ! »

« Attends, explique-moi avant que je ne fasse cela ! »

Ange

Il est devenu fou ! Si nous scellons les portails, c'est une révolution qui nous attend. Enfermer les démons est la pire décision que nous pourrions prendre, c'est bien pour cela qu'ils ont le droit de circuler dans le monde des humains, mais seulement circuler.

Mon regard se pose sur Daemon en attendant qu'il s'explique, mais il est bien trop occupé à tourner en rond pour cela ! Je me place en face de lui et pose mes mains sur ses épaules.

« Parle-moi, mon cœur. »

Après un soupir à fendre l'âme, il s'exécute.

— Le bâtiment se repère de très loin, les énergies positives et négatives gravitent autour. En m'approchant, j'ai perçu d'autres énergies donc je suis allé voir de plus près…

— Et qu'est-ce que tu as trouvé ?

— Au sol, il y a trois cellules de surveillance, ce sont tous des démons de haut niveau. Ensuite, la structure est protégée par de l'énergie verte. Dans la brume, il y a des gardiens du portail céleste et, comme par hasard, ils ont tous la marque de Gabriel. Je suis rentré dans le hall…

Je dois bien reconnaître, à regret, qu'il y a une sacrée force de frappe autour de notre objectif ! Je vois plusieurs méthodes pour en arriver à bout, mais cela va prendre trop de temps et c'est justement ce qui nous fait défaut, car, comme me l'a expliqué ma moitié, Lilith va sauter dans le portail dès qu'il y aura un problème.

Daemon est de nouveau perdu dans ses idées et, à voir son expression, je présume qu'elles ne sont pas agréables...

Bon, prenons les problèmes dans l'ordre pour gagner du temps. Soudain, la solution me saute aux yeux !!

— Putain, j'ai trouvé ! m'écrié-je, en faisant sursauter ma moitié démoniaque.

— Arrête de jurer ! Tu as trouvé quoi ?

— La solution pour rentrer dans le bâtiment, lui réponds-je sans relever la première partie de sa réponse.

— Vu ce qu'il y a dedans, vaut peut-être mieux ne pas y rentrer !

— Euh ! Si tu m'expliquais exactement ce que nous allons affronter, je pourrais te dire à quoi j'ai pensé.

— Okay. Dedans, il y a des humains, des Orcus[43], des chiens de l'enfer, des anges et des démons. Quelques archanges y viennent aussi. Et bien sûr, il y a un portail... protégé !

— Rien qui ne soit impossible à résoudre pour nous. Pourquoi réagis-tu ainsi ?

— Il est protégé par un... J'ai vraiment du mal à croire que je vais dire ça, putain ! Quel est le malade qui a fait entrer un monstre pareil sur Terre.

---

[43] Monstre ressemblant aux gargouilles qui se nourrit de chair humaine. Le mot français est « ogre »,

— Mais de quoi parles-tu à la fin ?

— Il y a un cerbère qui garde le portail des enfers !

— Un vrai ? Avec plein de têtes et tout ça ?

— Ouais. C'est pour ça qu'il faut que le portail soit fermé depuis de l'autre côté. On ne doit pas l'approcher, sinon on va s'épuiser à le combattre pour rien.

— Oui, tu as raison. Je vais contacter Eurynome [44] et Ab. pour leur expliquer la situation. Je voudrais, si tu es d'accord, que nous fassions venir notre armée pour qu'elle gère l'extérieur pendant que nous nous occuperons de l'intérieur.

— Ab. ? Tu es sûre ?

— Ne fais pas l'enfant !! Oui, nous avons besoin de lui aussi.

Pourvu qu'il ait compris la leçon…

— Mouais ! C'est d'accord, mais on en reparlera !

— Si tu veux ! Ensuite, je vais demander à Belzébuth et Raphaël de fermer momentanément les portails. Cela te convient-il ?

— Ouais, mais personne ne rentre à part nous !

— C'est le plan, oui.

— Okay, contacte tout le monde.

Un cerbère !!?? Daemon a raison, ils sont dingues. Ces bestioles sont incontrôlables !

« Eurynome, Ab, vous m'entendez ? »

« Oui… »

---

[44] Démon supérieur, prince de la mort.

« Oui, putain ! Pourquoi tu... »

« La ferme ! Si tu veux revoir le ciel, je te conseille de te taire et de ne répondre que par oui ou non Ab., c'est clair ? »

« Oui. »

« Bien, combien d'âmes comptent notre armée ? »

« Il reste cinq légions prêtes au combat. »

« Ab. tu confirmes ? »

« Oui. »

Je les briefe sur notre plan et attends leurs réponses. Eurynome répond tout de suite, favorablement Ab. est plus long à prendre sa décision, mais finit par accepter à condition qu'il ne soit pas enfermé après la mission. Je lui promets à condition qu'il arrête de se comporter comme un con avec Daemon.

« Ouais, mais tu n'as rien à foutre avec un nase comme lui... »

« Ta geôle te plaît autant que cela ? »

« C'est bon, je me la ferme ! »

« Bien, rejoignez-nous dans dix minutes. »

Après leurs accords, je contacte les deux suivants sur ma liste.,

« Raphaël, Belzébuth, vous m'entendez ? »

« Oui... »

« Oui, beauté. »

« Nous sommes à côté du consortium et j'aurais besoin que vous me rendiez un service ? »

« Ce que tu veux, Ange. »

« Mais avec plaisir, céleste. »

« Merci, je veux que vous fermiez les portails pour quelques heures… »

« Ha non… Jamais de la vie ! »

Je leur explique la situation du siège du consortium, les sécurités, les gardes, je leur raconte tout. Ils doivent le faire sinon nous n'avons aucune chance de leur reprendre le pouvoir.

Enfin, là, nous allons plutôt leur arracher !

« Oui, je comprends et je vais le faire, mais je ne commande pas les gardes célestes. »

« Ce n'est pas grave, nous nous en chargerons. »

« D'accord, mais pas plus de cinq heures. »

« Merci beaucoup. »

Je coupe le lien et raconte à Daemon les décisions qui ont été prises. Il n'est toujours pas ravi de la présence d'Ab., mais accepte quand même de travailler avec lui. Nous sommes en train de revoir le plan quand un titillement m'indique l'arrivée imminente de nos disciples.

CRAC !!

Cinq légions apparaissent soudain devant nous ! Nous avons cent vingt-cinq ex-démons pour nous épauler, Eurynome a bien travaillé ! Ils ont tous les yeux ambre et une armure d'énergie verdâtre. Pas d'erreur possible, ils ont été libérés de la houlette d'Ab.[45] J'ai devant moi une armée de volontaires boostée à mon énergie. L'arbre de la connaissance du bien et du mal orne leur large poitrail de guerrier aguerri. Lorsque nous nous approchons, tous posent la main droite à plat sur l'arbre en nous disant : « *Tous pour l'équilibre* ».

La guerre finale peut commencer...

---

[45] Grand-duc dans la monarchie infernale auquel soixante légions obéissent.

Chapitre 4

<u>Ange</u>

L'ambiance est tendue, j'aurais préféré rencontrer nos unités avant de les envoyer au casse-pipe, mais nous n'avons pas le choix… Ab. s'avance vers moi d'un pas décidé, mais se cogne au torse de ma moitié.

— Tu l'approches, t'es mort ! C'est clair ? lui crache-t-il à la face.

— Elle ne t'appartient pas, bouffon, lui répond notre subalterne, tout en poussant Daemon de son passage.

Étonnamment, il se pousse pour le laissez-passer, mais Ab. s'écroule à mes pieds en se griffant la gorge comme s'il voulait se l'arracher !

Ho, merde !!

« Daemon laisse le respirer… »

« Encore un peu. »

« Arrête ta crise de jalousie, ce n'est pas le moment ! »

« Ho, que si, putain ! D'un ce connard comptait t'embrasser et de deux, j'assois mon autorité ! »

Là, il marque un point. S'il n'est pas respecté par nos troupes, nous ne vivrons pas longtemps. Il faut qu'ils aient peur de lui pour qu'ils fassent ce que nous leur demandons. Mais voir mon mec se prendre pour Dark Vador, c'est quand même bizarre.

Daemon se tient bien droit à côté de son ancien pote, qui agonise par terre. Sur son visage, aucun signe de pitié ou de regret, juste un masque impénétrable et froid. Il a capté toute l'attention des cent vingt-six guerriers en face de nous, d'ailleurs, il les défie du regard, d'oser ne serait-ce que pensé venir sauver Ab. Celui-ci est au bord de l'évanouissement, c'est le moment qu'attendait mon âme damnée pour s'adresser à lui ainsi qu'à tous nos soldats, à travers lui.

— J'espère que cette fois c'est clair pour toi, enfoiré, tous tes putain de pouvoirs démoniaques ne font pas le poids face aux nôtres. Ange est avec moi et tu ne la baiseras jamais, espèce de connard orgueilleux, lui dit-il calmement.

Son regard parcourt les hommes alignés devant nous et il leur assène d'une voix plus coupante que la lame d'un glaive :

— Nous pouvons vous détruire en un claquement de doigts…

Sa tirade est coupée par un ricanement peu discret. Il semblerait que le sifflement qui s'échappe de la gorge comprimée par télékinésie d'Ab. ne suffit pas à les convaincre de notre puissance. Les yeux de ma moitié flamboient et, sans me regarder, il me demande une démonstration :

— Ange !

Je sais lequel a ricané, je le fixe en attendant que le poids de mon regard lui fasse lever le sien sur moi, ce qui ne prend que quelques secondes. Aussitôt, il blêmit, mais je dois reconnaître qu'il n'est pas dépourvu de courage, car il ne baisse pas les yeux devant les miens remplis de pouvoir. Théâtralement, je claque des doigts et de magnifiques flammes rouge orangé lui lèchent les jambes. Il n'a pas le temps de crier que je lui scelle la bouche par magie.

« La prochaine fois que tu mets notre parole en doute, je te crame en entier et je profite du brasier pour faire griller des marshmallows que je dégusterais en me délectant du spectacle ! Je t'offre une chance, pas deux, c'est compris ? »

« … »

« Oh enculé ! Si j'étais toi, je profiterais de ce qu'elle t'offre… »

« Oui, j'ai compris, mais je ne savais pas que je pouvais vous parler comme ça… »

Une quinte de toux suivie d'injures bien salées m'apprend qu'Ab. a été libéré et que sa trachée est écrasée. Au moins, nous l'entendrons peu. Je regarde ma montre et annonce à tout le monde qu'il ne nous reste plus que dix minutes pour nous coordonner. Deux signaux dans ma tête m'apprennent que les portails viennent d'être fermés.

Le consortium est isolé du paradis autant que des enfers, bien, que la fête commence !!

— Bon, maintenant que nous avons déterminé qui pisse le plus loin, nous allons rejoindre nos positions pour que cette mission soit une réussite, lancé-je, aux mâles qui m'entourent. Eurynome, il y a trois bastions à prendre, comment envisages-tu l'assaut ?

— Nous allons nous séparer en trois groupes, cela sera le plus rapide.

— Qui va prendre les commandements ? demande ma moitié.

— J'en prends un, Ab. un autre et Hum., le dernier ?

— Merde, pas question !! Ab. retourne en enfer immédiatement. Quant à Hum., je ne suis pas certain d'être d'accord avec ça.

— Qui est Hum. ? Avance !! exigé-je.

— C'est moi, Humtaba,[46] pour vous servir ma reine, dit-il, en s'inclinant, la main sur le cœur.

— Ange suffira, lui dis-je en l'emprisonnant dans mon regard. Pourquoi avoir demandé à intégrer cette armée ?

— Lilith[47] m'a pris ma liberté en premier, puis elle s'est octroyé mes pouvoirs et m'a obligé à devenir un troufion.

— Humtaba, le démon le plus rancunier possédant la capacité de donner la mort juste en soufflant sur ses ennemis, récité-je.

— Oui, sauf que je ne peux plus tuer de cette façon. Elle m'a tout pris... Ma r... Ange.

— C'est d'accord pour moi, dis-je en le libérant de mon regard.

Le soupir de Daemon marque son désaccord, mais j'ai vu ce que je voulais savoir, il est loyal. Un frisson me court l'échine, ce qui me met en alerte et fait apparaître deux longues piques d'énergie dans mes mains. Aussitôt, tous les guerriers m'encerclent prêts à se battre, Daemon a plaqué mon dos à son torse et des boules d'énergie flottent autour de ses mains attendant d'être projetées.

---

[46] Démon de Babylone qui a la réputation de ne rien pardonner.

[47] Succube. Première femme d'Adam. Princesse des démons.

« *Ange, mes gardes ont pris la place des gardiens de Gabriel et ils n'attendent que ton signal pour stopper les autres.* »

« *Raphaël, c'est une très bonne nouvelle encore quelques minutes et nous attaquons…* »

« *Parfait et c'est à vous qu'ils obéiront.* »

« *Bien, combien sont-ils ?* »

« *Une section entière.* »

Il a coupé la communication. Je reste perdue dans mes pensées… Nous avons une section d'ailée pour assurer nos arrières, c'est fabuleux ! Dix-neuf anges entraînés nous attendent…

— Préparez-vous, nous y allons, c'est l'heure !

Personne ne rechigne, la foule se scinde en trois groupes dont chaque faction se place derrière un chef nouvellement promu. Par télépathie, je leur donne mes ordres, puis j'enfourche ma bécane, attends que mon mec se soit installé, avant de filer vers le consortium. Je profite du court trajet pour le mettre au courant au sujet de la section d'ailés qui nous attendent déjà là-bas dans le but de nous aider à rentrer dans les locaux.

Plus nous approchons du siège, plus je ressens l'ombre malfaisante qui y a élu domicile. Cette sensation me déstabilise, car elle n'est pas que négative, il y a aussi du bon dans ce bâtiment. Nous allons devoir affronter nos passés, mais nous ne devrons pas nous laisser envahir par la peur ou la haine. Nous ne sommes pas venus nous venger, mais rétablir l'équilibre.

Je me gare devant l'entrée, scanne les environs pour définir si toutes les unités sont à leur place, ce qui est le cas et me dirige vers la double porte.

Daemon

Quand mon ange a mentionné le nom de Raphaël, je me suis rappelé un truc qu'il a dit et depuis je prépare dans ma tête ce que je m'apprête à faire. Alors qu'Ange se dirige vers la façade, moi, je me place bien en évidence au milieu de la chaussée, j'appelle un maximum de pouvoir pour que mon armure soit visible de très loin et je commence mon laïus :

— Je m'adresse aux anges et démons qui protègent le siège du consortium. Nous sommes les gardiens de l'équilibre ! Nous ne vous voulons aucun mal, mais vous êtes hors-la-loi !! L'équilibre a été bafoué et des centaines d'humains ont déjà trouvé la mort par la faute des faux dirigeants qui se cachent dans ce bâtiment. Deux choix s'offrent à vous. Soit, vous rejoignez notre armée et vous défendez les préceptes de vos Dieux respectifs en vous battant à nos côtés au nom de l'équilibre. Soit vous faites le mauvais choix en décidant de vous battre contre nous, mais vous périrez tous, nous ne sommes pas magnanimes et ignorons la pitié !

« Je sais que nous avons décidé d'agir pour l'équilibre, mais est-ce judicieux de ne leur donner que le choix de vivre ou mourir ? »

« Il est temps pour chacun de choisir son camp, mon ange. »

Elle n'ajoute rien, ce qui me laisse penser qu'elle est d'accord avec ma vision des choses. Puis elle me rejoint avant de plaquer son dos au mien pour que nous puissions surveiller toute la zone. J'aperçois des anges qui descendent vers nous ainsi que des démons qui avancent d'une démarche incertaine dans notre direction. Soudain, un ange immensément grand, doté d'ailes noires mouchetées de bleu se pose sur ma gauche. Il me salue d'un coup de tête, puis se tourne et prend position pour défendre mon flanc pendant qu'une ange aux ailes blanches prend position de l'autre côté.

— Ravi de te revoir, Ange.

— Moi de même, Séraphina, répond Ange avec un sourire. C'est Raphaël qui t'envoie ?

— Nous sommes tous volontaires, il y a si longtemps que nous attendions de pouvoir servir l'équilibre.

— Alors bienvenue à bord ! grogné-je, sans quitter la rue des yeux.

— Je suppose que si vous êtes là, c'est pour prendre d'assaut le siège ? demande l'ange aux ailes mouchetées.

— Ouais, mais, Ange et moi, serons les seuls à y rentrer, lui confirmé-je

— Cela me convient amplement ! Allez-y, nous sommes assez pour gérer l'extérieur.

C'est à cet instant précis que les premières détonations d'énergie éclatent au bout de la rue. Mes yeux sont fascinés par le spectacle qui se joue là-bas.

« *Waouh la belle bleue… Hooo, la magnifique rouge… Han l'extraordinaire verte…* »

« *DAEMON ! Ce n'est vraiment pas le moment d'être sarcastique alors que nos troupes sont en danger…* »

« *Désolé, mon ange, mais d'ici on dirait un feu d'artifice.* »

Ange secoue la tête et commence à se diriger vers les escaliers qui mènent à l'entrée. Je vais pour la suivre, dépité par son manque d'humour, lorsqu'une main attrape mon poignet pour m'en empêcher. Je repousse cette mini-entrave et me retourne vers le casse-couilles. Une ange aux cheveux bleu et aux ailes grises se rapproche de moi.

— Tu es Daemon ? me demande-t-elle. Anciennement appelé Angel Gabs ?

— Ouais ! Putain, tu es obligée de me rappeler ça ?

— Désolée, dit-elle, contrit, mais j'ai un cadeau pour toi de la part de Raphaël, m'explique-t-elle en se rapprochant encore.

Arrivée quasiment contre moi, elle quitte le sol de plusieurs centimètres pour être à ma hauteur. Je recule aussitôt d'un pas, sa présence à ras de mes lèvres me dérange énormément, mais bien moins qu'à mon ange apparemment ! L'ailée est projetée loin de moi à une vitesse vertigineuse et le cri de surprise qu'elle pousse me fait penser à celui d'un oiseau de proie.

— Rapproche-toi encore de lui, Edraim, et je te déplume comme une dinde de Noël avant de te faire rôtir à la broche, la menace-t-elle.

« Edraim, celle qui retire les obstacles entre Dieu et l'âme… »

« Elle-même, oui. »

— Non, mais vous n'êtes pas bien !! Que pensiez-vous que j'allais faire ?

Euh… Bonne question ! On a oublié qu'elle est un ange, pas une femme, mais on n'a pas le temps de s'éterniser sur le sujet, car des démons arrivent à notre hauteur. Leur chef, un géant au corps d'homme, mais au faciès de sanglier, s'arrête de l'autre côté de la rue et nous interpelle :

— Pouwoi vous fai confian ?

« Bon au moins maintenant on sait pourquoi les sangliers ne parlent pas… »

« Putain, ouais. Il devrait se faire raboter les défenses, ce con ! »

Je vois un léger sourire étirer les lèvres de mon ange,

Humm ses lèvres, sa bouche si douce… Putain, ce n'est pas le moment !! Ressaisis-toi, mec ! Et voilà, l'autre dans mon boxer est réveillé… Quelle merde !

J'essaie de me concentrer sur les mochetés au garde-à-vous sur le trottoir d'en face.

« Bordel de merde ! C'est une légion entière ! »

« Il semblerait oui, mais ils sortent d'où ? »

« Demande-lui, avec un peu de chance, on arrivera à saisir quelque chose ? »

« Tu ne peux pas être un peu sérieux ! »

À sa respiration, je sais qu'elle essaie de contenir un fou rire et soudain elle reprend le contrôle. Elle a une maîtrise d'elle-même époustouflante.

— Nous sommes les gardiens de l'équilibre ! Notre parole vaut de l'or ! dit-elle solennellement. Où étiez-vous en poste ?

— Pawing sous tewin plus loin dans wu. Vous fai quoi de nous ?

« Ben merde, je ne les avais pas sentis, ceux-là... »

« Ce n'est pas grave, ils n'ont pas l'air hostiles, Pumbaa est juste un peu paumé. »

« Qui est... non, je m'en branle en fait, refile-les à ta copine qu'on puisse entrer. »

— Vous allez créer des problèmes ?

— Non !!

— Séraphina va vous mettre à l'abri.

— Non ! Nous guéwiers, nous combat.

— Si c'est ce que vous voulez. Séraphina, appelle-t-elle.

— Oui, Ange ?

— Je te confie nos nouvelles recrues. Nous, nous y allons !

— Daemon, attends ! J'ai toujours le cadeau de Raphaël à te remettre, me dit Edraim en se plantant de nouveau devant moi.

— Putain ! Tu me veux quoi, à la fin ?

— Si personne ne m'agresse, ça ne prendra que quelques secondes !

— Vas-y alors, grogné-je

Elle se remet à ma hauteur et tout doucement approche son visage du mien. Un grondement de désapprobation surgi derrière moi

« Jalouse, mon ange... »

« Possible et fais disparaître ce sourire satisfait de ton visage ! »

Ce que je fais illico ! Je sais qu'elle est capable de me foutre le feu au calbut si je la pousse trop loin et même si je la titille, je ne suis pas à l'aise de sentir l'autre si prêt. Des iris célestes plongent dans les miens, elle ouvre la bouche et un vent léger s'infiltre dans mes narines. J'arrête de respirer pour ne pas absorber ce truc, mais c'est trop tard, je l'ai ingéré.

« Respire calmement Daemon, tu ne crains rien... J'ai trouvé comment retirer le conditionnement des chasseurs... quand le cadeau d'Edraim aura fait son effet, tu auras accès à tout ton potentiel. »

« Merci Raphaël. »

« De rien, cependant nous avons un problème très préoccupant. Mickaël a disparu. Dans les cieux, c'est la panique, car tous pensent qu'il est mort. »

« Merde, je le dis à Ange, peut-être qu'il est ici... »

« Merci et que Dieu vous garde. »

J'explique rapidement la situation à ma moitié quand ma vision se trouble et qu'un truc dégueu remonte ma gorge avant que je l'évacue en une giclée nauséabonde sur le trottoir.

Putain ! C'est vraiment obligatoire de souffrir à chaque modification qu'ils nous infligent ?

Quelque chose a changé, au creux de mon ventre brûle un brasier inconnu, sans vraiment l'être. En effet, mon corps me dit que ce feu a toujours été là, mais que c'est la première fois que je le ressens.

« *Tu te sens de continuer le plan ?* »

« *Ouais, c'est bon, on y va.* »

Ange accorde une accolade à l'emplumée et on se dirige vers les doubles portes du consortium.

« *Nous entrons… faites attention à vous tous.* »

Elle arrive à contacter toutes nos troupes avec cette phrase et je ressens en retour leur soutien pour notre mission. Je jette un dernier regard sur la bataille, qui n'a pas diminué d'intensité depuis qu'on est arrivés. Je ressens les corps à terre, huit pour nous et onze ennemies…

« *Quel gâchis putain !* »

« *Tu as tort, mon cœur, c'est dix-neuf pour nous, ils sont tous des éléments de l'équilibre et c'est lui qui souffre aujourd'hui.* »

« *Putain de merde, ouais… Ce qui se passe ici est ridicule !* »

Je vois dans les yeux de mon ange une peine considérable.

« *Mon Dieu, où que vous soyez, stoppez cette folie !* »

Qui sait, il a peut-être entendu !!

Chapitre 5

<u>Ange</u>

Je sais déjà que ma prière sera vaine, il est évident, qu'où qu'ils soient, les suppliques des humains n'atteignent plus les anciens Dieux.

Existent-ils encore ? Sont-ils prisonniers ? Ou pire…

Un dernier regard sur la guerre qui a éclaté un peu plus loin et nous avançons vers le premier obstacle. Même si j'aimerais me tenir aux côtés de nos unités pour combattre, je ne dois pas oublier que j'ai ma propre mission et eux, la leur. Alors pourquoi mon cœur se serre-t-il à cette pensée ? Sans doute parce que je sais que leur survie dépend de notre réussite… Aujourd'hui, nous n'avons pas le droit à l'erreur.

Nous sommes sur le parvis, le système de sécurité nimbe la façade d'un halo vert. J'avance ma main pour la plonger dans ce rideau lumineux, mais Daemon stoppe mon geste alors que mes doigts ne sont plus qu'à quelques millimètres.

« Bordel de merde, mais t'es folle ! »

« Mais non, ce faisceau a la même couleur que nos yeux, c'est sûrement pour identifier les archanges. »

« Sûrement, c'est trop vague à mon goût. »

« Alors que proposes-tu ? »

« Je n'en sais rien, mais putain sûrement pas d'y plonger la main… »

Je la pose sur sa joue en plongeant mes yeux dans les siens, aussitôt, ses lèvres frôlent les miennes en une caresse fugace avant qu'il se recule. Il est énervé, je le sens comme si sa fureur était la mienne, ce qui ne m'aide pas à me concentrer pour trouver une solution. Néanmoins, une idée commence à prendre forme dans mon esprit. Je ferme les yeux, essaie de faire le vide dans ma tête.

Ce n'est vraiment pas facile alors que nos hommes sont en danger et que je perds du temps à cause d'une connerie de sécurité, comme dirait mon compagnon !

J'appelle l'énergie, je la sens galoper vers moi, c'est nouveau, elle n'a jamais réagi de cette manière ! Elle court sur mon corps en laissant des traînées brûlantes derrière son passage. Mon armure commence à scintiller et mes mains luisent sous la puissance qui me submerge. J'invoque mon don afin de créer une bulle de protection autour de mes doigts avant de les approcher lentement du faisceau.

« *Putain ! Mais t'es bouchée, je ne suis toujours pas d'accord avec ça, mon ange !* »

« *Je sais ce que je fais, maman.* »

Un grognement proche de celui d'un grand fauve me répond

« *Tu vas voir ce que maman va te faire, ce soir…* »

Je ricane tout en passant ma main à travers le rideau énergétique sans aucune réaction du système de sécurité. J'offre à Daemon un sourire mi-moqueur mi-vainqueur avant de projeter une décharge de mon pouvoir dans le flux. Immédiatement, il se met à osciller puis gonfler et finit par exploser dans un son assourdissant de déchirement proche de celui de la foudre. La rue sombre dans un silence oppressant, tous les combattants se sont figés dans l'attente d'une hypothétique riposte… mais rien ne vient.

Cela ne me rassure pas ! Au contraire même. Cette situation sent le traquenard à plein nez !

Mais nous n'avons plus de temps à perdre. Comme je l'ai déjà dit, nous avons une mission…

« Nous rentrons, faites très attention, des renforts risquent d'arriver aussi bien des airs que par les souterrains ! »

Depuis la porte vitrée, je vois un grand sas d'entrée. Il ne me dit rien qui vaille, mais avant d'avoir eu le temps d'en parler à mon compagnon, il envoie une boule verte sur la vitrine qui explose en millions d'aiguilles acérées. Heureusement, avec l'autre main, il dresse un rempart d'énergie pour nous protéger des projectiles qui nous viennent dessus. Le bouclier disparaît et nous slalomons entre les décombres pour pénétrer dans le hall. À l'instant où nous y sommes, des rideaux métalliques se déroulent pour remplacer les vitres et nous enfermer à l'intérieur.

— PUTAIN DE MERDE !! brame Daemon.

« Il semblerait que nous étions attendus… »

« Bordel à queue ! Fait chier, mais au moins ça prouve que ce que nous cherchons est ici. »

« Cela prouve surtout qu'ils ont peur… »

Il renifle l'air et un sourire malfaisant anime son visage de tueur.

« Pas encore assez, ça ne sent pas. »

« Nous allons nous y employer, alors. »

Je me dirige rapidement vers l'issue de secours, pas question de nous faire piéger dans l'ascenseur, j'ouvre la porte d'un coup sec pour me retrouver en face de deux monstruosités. Je claque le battant si fort que le mur vibre, je m'adosse au panneau pare-feu, afin d'essayer de le maintenir clos.

— Bon, j'en déduis que la voie n'est pas libre, commente-t-il calmement.

Je ne réponds pas, j'analyse ce que je viens de voir pour identifier la menace. Et quelle menace ! Ces horreurs ressemblent à des chiens, très trapus, style Pitbull, mais ils n'en sont pas, car assis, leurs gueules garnies de crocs de plus de dix centimètres de long sont à la hauteur de mon visage. Leurs pieds sont tellement gros qu'ils dépasseraient d'une assiette à dessert et chacun est pourvu de griffes acérées. Pas de doute possible…

— Il y a deux chiens de l'enfer qui montent la garde derrière la porte, dis-je enfin.

Mon incrédulité s'entend clairement dans ma voix, ce qui n'échappe pas à ma moitié, qui soulève son sourcil gauche pour me notifier de son scepticisme.

— Tu es certaine ?

— Oui ! Deux énormes chiens noirs aux yeux rouges attendent derrière cette porte ! m'écrié-je, agacée de devoir répéter.

Aussitôt, il se place devant moi, des boules d'énergie apparaissent dans ses mains pendant que d'autres, plus petites, s'éparpillent au sol comme une sorte de champs de mines.

« Tu m'expliques ce que tu fais ? Parce que le danger est dans mon dos… »

« Ces saloperies vont toujours par trois, alors où est passé l'autre ? »

Je scanne rapidement les lieux.

« Tu as raison, il n'est plus très loin. »

« Peux-tu mettre une sécurité sur la porte pour empêcher ces merdes sur pattes de rentrer ? »

« Oui, cela doit être faisable… »

Mes mains ont déjà commencé à distiller mon pouvoir pour sceller magiquement cette issue. Je me décolle d'elle et matérialise ma première pique.

« Malheureusement, ça ne servira à rien mon ange, il faut les décapiter pour qu'ils ne reviennent pas. »

« Nous pouvons les faire exploser, pas les décapiter. »

« Putain… je le sais. »

Je focalise mon esprit sur le souvenir d'une statue de Mickaël que j'ai vu dans une église. La pique qui est toujours dans ma main commence à s'étirer et…

GRRRRR !!

Ho, ce n'est pas vrai ! Ce truc est d'une laideur à ne plus jamais pouvoir dormir sans faire des cauchemars. Il est debout sur le pas de la porte à nous étudier tour à tour. Daemon s'avance, pour se positionner au centre des explosifs qu'il a semés un peu partout dans la pièce. Je n'aime pas qu'il serve d'appât, mais le monstre a l'air d'être plus intéressé par moi.

Logique, ce sont les chiens de Lilith [48] !

Rapidement, je me replonge dans l'élaboration d'une arme qui puisse étêter un canidé géant. Mon énergie se laisse façonner pour prendre la forme que je désire. La bête a déjà fait exploser trois mines, ses blessures sont nombreuses et pourtant, elle continue à avancer comme si elle ne laissait pas des flaques de sang derrière elle. Une nouvelle mine vient d'être activée, emportant un morceau de son poitrail, stoppant enfin sa progression vers mon mec. Le chien chancelle, puis finit par tomber sur les genoux, c'est le moment ! Je passe mon pouce sur le fil pour vérifier que mon arme est suffisamment tranchante. Le garde maléfique commence à se régénérer, Daemon ébauche un pas pour s'éloigner, mais j'ai terminé.

« Daemon attrape et décapite le monstre ! »

---

[48] Succube. Première femme d'Adam. Princesse des démons

Daemon

Instinctivement, j'attrape le projectile vert qui m'arrive dessus à grande vitesse, ma main se referme sur la soie d'une longue épée à doubles tranchants d'au moins un mètre de long. D'un moulinet du poignet, je tranche la tête de l'abomination qui me fait face. Sa tronche n'a pas encore touché le sol que ses deux saloperies de compagnons se jettent sur la porte, sûrement dans l'espoir de nous bouffer, mais mon ange l'a très bien barricadé. Les molosses sont devenus bien silencieux soudain ! Ça n'augure rien de bon.

« Ils arrivent par le même chemin que le premier. »

« On va les recevoir, merci pour l'épée, elle est bien équilibrée, c'est un régal ! »

« La mienne n'est pas mal non plus. »

Je me retourne et découvre qu'elle a dans sa main droite une épée quasi identique à la mienne, elle doit juste être plus courte. Elle me rejoint et se positionne à ma gauche, arme au poing. Je perçois des bruits qui approchent rapidement.

« Ils sont dans la pièce adjacente. »

« Ouais je les sens… Quelle merde, on en prend un chacun. »

« Oui… fais attention à toi… je t'aime. »

« C'est toi qui dis ça… ne fais pas n'importe quoi pour une fois ! »

Le premier cauchemar démoniaque passe la porte, son regard se braque immédiatement sur la dépouille au sol, puis il pousse un hurlement à la mort qui m'arrache les oreilles avant de se jeter sur moi

« Je t'aime, mon ange. »

Le monstre, trop en colère pour regarder autour de lui, vient de foutre son gros pied sur une mine qui en éclatant lui a enlevé une bonne partie du bas de sa patte. Il est déstabilisé quelques secondes et j'en profite pour l'attaquer. Mon estocade lui ouvre l'épaule, ce qui le rend enragé. Il se rue sur moi pour me mettre à terre, mais sa patte déchiquetée lâche avant qu'il m'atteigne. Il s'effondre sur une autre mine qui en explosant expulse des morceaux de son abdomen à des mètres à la ronde. Je jette un coup d'œil à mon ange pour vérifier qu'elle n'était pas trop près quand le monstre est tombé. Encore une fois, elle me prouve qu'elle est la meilleure. Elle est en train de nettoyer son épée, assise sur le monstre qui se vide de son sang sur le carrelage. Le mien, qui vit toujours, commence à se régénérer. Putain ! J'abats mon épée et il passe de vie à trépas.

— Ça va, tu n'es pas blessée ? lui demandé-je

— Non, c'est bon, et toi ?

— Ça va !

Elle saute en bas du dos du molosse et déverrouille la porte qu'elle franchit d'un bon pas. Je la suis sans faire de commentaires, mais, bordel, mon orgueil a encore trinqué ! Je la dépasse de plus d'une tête, je suis deux fois plus large qu'elle, mais elle est plus forte et plus rapide que moi ! Putain, ça me saoule, c'est incompréhensif ! Non ?

« Pourquoi es-tu en colère ? »

Quoi que je réponde, je vais passer pour un con ou, pire, un gros macho. On continue à monter les escaliers vers une destination qui m'est inconnue, mais pas à elle, puisque nous passons un certain nombre de portes qu'elle n'ouvre pas.

« Si tu es blessé, mon cœur, dis-le. »

« Ça va, je n'ai rien. »

Elle se stoppe si brutalement devant moi que je la percute, j'ai juste le temps de la retenir avant qu'elle ne heurte le mur. Elle se retourne d'un coup, lève la tête et mc fusille du regard. Je suis une marche au-dessous d'elle, mais toujours plus grand qu'elle et à cet instant même, ça a l'air de beaucoup l'énerver.

« Dis-moi ce qui ne va pas avant que l'on arrive au prochain étage ! »

« Il se passe quoi à cet étage ? »

« Il y a quelque chose qui m'y appelle… »

« Et toi, tu nous jettes dans la gueule du diable ! »

« L'expression, c'est du loup ! »

« Rien à foutre, du loup, je le bouffe au petit-déjeuner. »

« S'il te plaît, dis-moi ce qui cloche ! »

« Rien de grave, mais quoi que je fasse je suis pas à ta hauteur ! »

Elle dépose un chaste baiser sur mes lèvres et me dit tout en me faisant un clin d'œil

« Normal, tu es plus grand. »

Ma colère redescend doucement pendant que, nous, nous montons les derniers degrés pour arriver au sommet de l'escalier. On déboule sur un vaste palier richement décoré, devant une double porte de taille impressionnante. Moi aussi, je sens l'étrange sensation qui se dégage de cet étage, mais le scan des lieux que je fais ne donne rien. Il semblerait que la salle soit vide. J'ouvre la porte et pénètre dans un sas, je fais deux pas pour rejoindre sa jumelle quand j'entends la première porte se verrouiller derrière moi. J'essaie de l'ouvrir, mais je n'y parviens pas, je me jette sur la deuxième, pareil !

« Qu'est-ce qui se passe, je suis enfermée sur le palier ! »

« Putain ! Je n'en sais rien, je suis bloqué dans un sas ! »

« Fais attention à toi, j'ai de la visite. »

« Quoi, mon ange ? »

Et merde !! J'entends des sons étouffés venant de l'autre côté de la porte, mais elle est vraiment blindée, même mes attaques énergétiques ne la font pas bouger. L'air autour de moi semble changer, devenir plus lourd… mais, je ne sais pas ce qui arrive, ça continue à évoluer. Quelque chose de démoniaque va apparaître, je le ressens dans tout mon corps, le danger va surgir, c'est imminent.

Bordel de merde, cette pièce est bien trop étroite pour un combat !

CRAC !

Un monstre chimérique vient de prendre corps devant moi. Il me dépasse d'au moins un demi-mètre, ça a un corps de forme humanoïde, mais dans un style homo sapiens. Quant à sa tête... Peut-être un bovidé... mais c'est une hypothèse due au fait qu'il me fait penser à un Minotaure, ce qui est absurde... enfin, je n'avais jamais imaginé que la mythologie grecque puisse être réelle. Il tient un filet dans ses énormes mains recouvertes de longs poils noirs. Un filet ? D'accord, il doit nous ramener à ses maîtres, pas nous tuer. Le gorille à tronche de veau semble attendre un ordre, à moins que ce ne soit un mouvement de ma part ? Je confectionne une boule d'énergie de la taille d'une bille et doucement l'envoie à ras le sol en direction du mur opposé à celui où je suis adossé. Dès qu'elle explose, façon pétard mouillée, l'hybride se retourne dans la direction de l'impact et se fixe de nouveau. Je commence à me demander si on nous prendrait pas pour des crétins à force. Comment ces monstruosités sont-elles censées nous tuer ou nous attraper ?

« Ils nous veulent vivants. »

« J'avais compris, ils se protégeaient et me repoussaient, mais ne se défendaient pas. »

Elle les a déjà tués ! Putain, mais elle sort d'où ?

« Ils étaient combien ? »

« Cinq Orcus et toi tu avais quoi ? »

Fait chier, je suis encore en retard sur elle. Sans faire de bruit, je m'approche du monstre et je dégaine le cadeau de ma moitié, mais, au moment de frapper, je retiens ma main. De près, je peux voir que le monstre est couvert de blessures récentes. Il a des brûlures dans le dos, des ecchymoses sur l'abdomen ainsi que quelques coupures profondes sur le visage. Pas d'erreur possible, il a été brisé pour être dressé. J'ai vu pas mal d'horreur ces derniers temps, mais leurs inhumanités me laissent toujours perplexe.

Comment en sont-ils arrivés là ?

Je commence à comprendre la réaction d'Ange à l'hôtel, tuer cet être vivant me rebute complètement, mais je n'ai pas le choix. Je relève ma lame et, en y mettant toute la colère qui m'habite à devoir le tuer, je l'abats sur son cou massif qui cède rapidement et se déchire dans un râle guttural suivi d'une cascade d'hémoglobine. Instantanément, la montagne de chair inerte s'effondre à mes pieds et les portes s'ouvrent. Ange me rejoint d'un pas conquérant tout en me détaillant, je lui fais un sourire pour la rassurer et lui emboîte le pas pour pénétrer dans une pièce immense. Elle doit bien prendre la moitié de l'étage, son mobilier est constitué d'une grande table au fond et de dizaines de chaises alignées en face. Ça ressemble à une église sauf que chaque rangée a des assises de couleur différente.

Un ordre hiérarchique probablement

Rien à apprendre de ce lieu, il n'y a même pas un bout de papier. Ange se dirige vers une porte qui se situe derrière la table, sa main se pose sur la poignée et commence à l'abaisser.

— NON !! Ne l'ouvre surtout pas, crié-je.

Chapitre 6

<u>Ange</u>

Trop tard, j'ai déjà ouvert !

J'entends Daemon vociférer des insanités derrière moi, mais je n'y réponds pas. Je suis pétrifiée de stupeur face à la monstruosité que je viens de découvrir. Mes yeux ne savent pas où regarder, il avait dit qu'il y en avait un, mais je ne m'attendais pas à ça… L'abomination que renferme cette pièce est un superlatif ambulant ! Immensément grand, quatre mètres au garrot à peu près. Très imposant, genre wagon de marchandise. Sent horriblement mauvais, il pue la charogne, c'est irrespirable. Très dangereux, chaque pied possède dix griffes, de la dimension d'une grosse corne de rhinocéros et mon préféré ; il a beaucoup trop de têtes aux mâchoires pourvues de crocs titanesques à profusion ! Les sept gueules du cerbère me fixent avidement, de la bave coule le long des babines retroussées de celle du milieu.

Est-ce qu'une de ses têtes commanderait les autres ?

Bonne question, cependant je doute d'avoir le temps de le découvrir, une boule d'énergie le percute sur le flan, sans lui faire le moindre dégât…

« Putain, il est fait en quoi, ce con ? »

Je prends mon élan et m'élance vers l'atrocité l'épée en avant, je vise l'articulation de son pied, mais ma lame glisse sur sa peau ou carapace, sans pouvoir la trancher. D'une pichenette de son pied, j'atterris contre le mur, tête la première, je suis légèrement sonnée. Daemon s'approche de la tête centrale tout en parlant la langue des enfers, mon cerveau congestionné a du mal à supporter ce drôle de son. Comme la première fois, il assure la traduction.

« Tu n'as rien à faire ici, mon gros. »

Grr.

« Le portail est fermé, tu peux partir. »

Grr.

Seule une gorge gronde, mais je ne suis pas certaine de savoir laquelle. Si j'étais joueuse, je parierais sur celle du milieu.

« On ne te veut aucun mal, juste passer dans l'autre pièce. »

Grrrr.

« Ne nous oblige pas à t'en faire en nous bloquant le passage ou en nous attaquant. »

GRRRRR.

Mon âme diabolique est maintenant plaquée à la bête qui est obligée de baisser ses têtes pour le voir.

« Allez, va-t'en, tu ne sers plus à rien. »

GRRRRRRR.

La tête du milieu ouvre grand sa gueule et plonge sur mon imprudent de mec.

« Daemon… »

Ce grand crétin ne bouge pas, il met juste ses deux mains devant son visage alors que la bouche démesurée du monstre n'est plus qu'à un mètre de lui... Je me relève d'un bon et m'avance pour lui venir en aide.

« Non, ne bouge pas de là où tu es ! »

« Tu vas te faire tuer ! »

La pointe des dents est juste au-dessus de son crâne, je ne sais pas si je dois agir ou faire ce qu'il me demande.

« Putain, aie confiance ! »

Simultanément à ce message, deux boules d'énergie s'échappent de ses mains et pénètrent dans la gueule du cerbère. La tête se redresse rapidement et un son entre grognement et gémissement canin se fait entendre. Daemon se jette sur moi, me plaque au sol et crée un dôme d'énergie au-dessus de nous.

« Je ne sais pas s'il va exploser ou brûler ! »

Je me libère et me retourne pour voir ce qu'il advient de la tête nourrie au pouvoir de mon mec. La bête se racle la gorge pour régurgiter ce qui le consume, il a la gueule grande ouverte et de la fumée s'en échappe, ainsi que de ses narines. Six paires d'yeux sont braquées sur le spectacle du cou devenu quasiment translucide sous l'effet de la chaleur. Soudain, la tête la plus proche du brasier se met à hurler à la mort, bientôt suivie par les autres. Mes tympans vont exploser tellement ce son est fort... La suite est aussi surprenante que répugnante.

Beurk !!

Même si je peux comprendre la logique de l'acte, voir ces six énormes gueules déchiquetées, très salement, l'attache du cou blessé au poitrail me laisse perplexe.

« Putain, ils en foutent de partout. »

« Oui, mais je me demande si ce n'est pas notre chance… »

« C'est quoi, le plan ? »

« Continuer ce que tu as commencé. »

« Servir d'appât pour leur faire bouffer nos énergies. »

« Pas tout à fait, plutôt essayer de se faufiler jusqu'à son cœur pour y envoyer une dose massive d'énergie. »

« Ouais, ça me va. »

Nous nous relevons doucement, pour pas trop nous faire remarquer, mais le mastodonte est trop occupé à s'automutiler pour penser encore à nous.

« S'te plaît, mon ange, joue pas les kamikazes ! »

« Comme si je faisais toujours n'importe quoi… »

Un long soupir me répond.

Nos épées sont devenues gênantes puisqu'elles sont inutiles face à cette bestiole soi-disant impossible à tuer. Je me concentre et fais une modification au dos de mon haubert pour y glisser ma lame. Les mains enfin libres, je m'avance vers le carnage en essayant de repérer où est le cœur de cet immense chien. Je n'ai pas fait un pas que les yeux de la tronche de gauche se braquent sur moi.

Grillée !

Je ne bouge plus, j'attends. J'appelle l'énergie à moi pour être prête à l'envoyer dans sa gorge dès qu'il essaiera de me bouffer. Une à une, les têtes se redressent pour fixer leur regard sur le responsable de ce carnage.

Splash !!

Je sursaute à ce son et essaie d'éviter le tas d'immondices sanguinolent, doté d'un reste de gueule, qui vient d'atterrir dans une flaque d'hémoglobine à deux mètres de mon pied, qu'une gerbe de sang a souillé. Le cerbère n'a plus que six têtes toutes plus dégoûtantes les unes que les autres, du sang et des morceaux de chairs tombent de toutes ses babines. La plaie béante, elle, ne saigne pas, étrangement. Je la fixe un long moment avec la peur qu'une autre tête repousse…

Ouf ! Non, pas de nouvelle tronche féroce.

Le monstre ne bouge toujours pas, il doit y avoir une frontière à ne pas franchir. Il ne lâche pas Daemon des yeux, c'est lui qu'il veut ! Pour confirmer ma théorie, je fais deux pas sur le côté…

Rien !

Ho, la bête est rancunière ! Comme c'est intéressant…

« C'est toi qu'il va attaquer. »

« Putain, je l'attends de pied ferme ! »

Daemon

Je prends place à côté de mon ange, elle a raison, seuls mes mouvements captivent le clebs.

« *Son cœur est au milieu de son poitrail.* »

« *Tu es sûr ?* »

« *Ouais… je l'entends.* »

Elle me regarde comme si c'était moi qui avais plusieurs têtes maintenant !

« *Tu crois qu'il peut se régénérer ?* »

« *Peut-être, mais tout va dépendre de la gravité des dégâts qu'on va lui infliger.* »

« *Si nous lui arrachions le cœur ?* »

« *Personne ne survit sans cœur, mon ange… Tu comptes t'y prendre comment ?* »

Elle ne me répond pas, mais recule contre la porte par laquelle on est arrivés. Le monstre continue de me fixer en bavant abondamment. Je fais un pas sur le côté pour voir ce qu'Ange fait, sans lâcher des yeux la monstruosité que mon mouvement fait grogner. Je sens Ange appeler de l'énergie à elle en grande quantité.

« *Quel est le plan ?* »

Ma luciole magique prend son épée et fait courir son pouvoir sur la lame alors qu'elle continue de se gorger d'énergie. Des flammèches vertes rampent sur l'épée qui s'allonge lentement, mais soudain, mon ange perd sa concentration. Toute son attention est fixée sur la porte qui vient d'apparaître de l'autre côté de la pièce.

« NON ! »

Son cri psychique me vrille le cerveau. La communication par télépathie efface toute intonation, alors crier est impossible. Enfin pas par elle, bien sûr.

« Putain, mais qu'est-ce qui se passe encore ! »

Elle ne me répond toujours pas, mais recommence à emmagasiner de l'énergie. Par notre lien, je sens sa colère et sa détermination. Des flammes mouvantes transforment l'épée en une sorte de javelot de dix centimètres de diamètre avec une pointe remplie de pouvoir.

Je n'y crois pas ! Elle a placé une mini boule d'énergie sur la lance. Quand elle va rentrer en contact avec la bête, c'est tout l'immeuble qui va exploser…

« Vise le cœur du monstre ! »

« Certainement pas, c'est trop dangereux ! »

« Putain, aie confiance ! »

« Arrête de jurer. »

Je prends la lance qu'elle me tend, elle mesure plus de trois mètres et pèse une bonne quinzaine de kilos.

« Tu es sûre qu'on ne va pas y rester ? »

« Je sais ce que je fais, mais donne-moi cinq minutes avant de la lancer. »

« Dis-moi quand… »

Je sens qu'elle appelle de nouveau de l'énergie, mais cette fois elle ne retient pas son pouvoir. Le bâtiment, qu'elle vide entièrement de son énergie même au point de puiser dans toutes les sécurités magiques qu'elle détruit, commence à vibrer sous sa puissance. Elle quitte le sol, doucement, pour flotter à plus d'un mètre du plancher. Toute son armure irradie d'une lumière éclatante alors que ses cheveux semblent être en feu. Le chien des enfers est tellement captivé par ma luciole qu'il en oublie de me garder à l'œil, ce qui me donne la possibilité de changer de position pour atteindre plus facilement son cœur.

« *Prépare-toi pour l'affrontement.* »

« *D'accord.* »

Même si je ne comprends pas de quoi elle me parle.

« *Maintenant !* »

Je lance le javelot de toutes mes forces et recule d'un pas pour me protéger des déchets qui vont recouvrir les murs… Mes pieds quittent le sol, avant que je sois projeté contre la porte, qui est apparue il y a quelques minutes, au moment où le clebs implose littéralement. La porte cède sous la force à laquelle elle m'a jeté contre et j'atterris dans une pièce sombre. Ange regagne tranquillement le sol en se postant devant moi.

Grrr, probablement pour me protéger…

Elle est déjà en position de combat, mais les deux Orcus, qui gardent une grande cage, sont attachés par des chaînes scellées au mur. Le premier monstre infernal, tire sur son entrave à s'en arracher la jambe pour se libérer alors que l'autre est prostré dans un coin. Je me relève d'un bond et me positionne à côté d'elle. À mes yeux d'Archange, la cage scintille. Elle renferme un pouvoir immense, cependant je n'arrive pas à identifier de quoi ou plus probablement de qui il provient. Je profite que nous ne sommes pas en danger immédiat, même si Ange est toujours sous forme de luciole magique et que ça m'intrigue, pour jeter rapidement un regard en arrière.

Arf ! C'est franchement dégueulasse.

Du peu que je vois par ce qui reste des montants de la porte, en explosant, la bestiole a recouvert les murs et le sol de morceaux de chair flottant dans une mer de sang. Je n'arrive pas à définir si c'est comme à la station essence ou pire. Je me mets une baffe mentale pour revenir à la situation actuelle en sentant que mon ange a formé deux boules d'énergie.

« Attends… »

— Doucement, nous ne sommes pas là pour vous, dis-je dans leur langue tout en traduisant mentalement pour mon ange.

— Pas entrer ici, me répond celui qui se débat avec sa chaîne.

— Qui vous donne vos ordres ?

— Elle pas gentille, répond le terrorisé, cette fois.

— Tu parles de Lilith[49] ?

---

[49] Succube. Première femme d'Adam. Princesse des démons

— Oui, dit-il en essayant de se faire tout petit dans l'espoir de se cacher.

— Où est-elle ?

— Avec lumière.

« Sûrement Gabriel. »

« Encore et toujours. »

« Nous devons les trouver et les arrêter définitivement. »

« Ouais, cette garce doit retourner en enfer ! »

« Rien que pour le mal qu'elle a fait à ces pauvres créatures cette… ce succube mérite de cramer ! »

« Je rêve de me venger d'elle depuis très longtemps, mais en voyant combien ses agissements t'affectent, je te la laisse, mon ange. »

Un sourire mauvais apparaît sur ses lèvres, puis elle regarde les deux monstres et la tristesse envahit ses yeux. Elle soupire tout en secouant la tête avant de murmurer « *pardon* ». L'énergie qu'elle a gardée au creux de ses mains s'envole et les Orcus partent immédiatement en poussière.

« Gabriel est à toi, mon cœur. »

Je suis certain que mes iris viennent de rougeoyer sous l'intense bouffée de plaisir que cette perspective fait naître en moi. Mais elle ne me donne pas plus de temps pour en profiter, car elle s'est approchée de la cage avant d'envoyer des éclairs de son pouvoir dessus. Je ne sais pas ce qu'elle veut faire, cependant, à la grimace qui crispe ses traits, ça ne doit pas marcher.

— Nous devons ouvrir cette pièce, murmure-t-elle.

— C'est qu'une cage vide, réponds-je, en regardant dedans.

— Non, regarde ce qui se cache derrière cette image en te servant de ton don.

Je ferme les yeux et laisse venir la vérité.

Oh putain de merde !

— C'est du glamour ! lâché-je, abasourdi par cette découverte.

— Je ne savais pas que vous pouviez vous en servir sur des objets, je croyais que ce n'était que pour vous dissimuler !

— Tu serais sympa d'arrêter de m'englober à chaque fois que tu parles de la fange des enfers ! Je suis humain, je n'ai jamais eu à me cacher.

— Excuse-moi, grimace-t-elle contrite.

— Mais, effectivement, tu as raison, ils ne sont pas censés pouvoir faire ça. Je ne comprends pas les lois qui régissent cet endroit. Aucune des règles extérieures…

— Mon Dieu, si ! s'exclame-t-elle, soudain. J'ai de drôles de sensations depuis que nous sommes entrés et cela me perturbe, mais je viens de saisir. Ils sont ici !

— Qui ça ? demandé-je, complètement largué.

— Ne sens-tu pas que ce bâtiment renferme le bien et le mal à l'état brut ? Je suis sûre que Dieu et Diable sont quelque part au-dessus de nous.

D'accord, ça expliquerait un certain nombre de choses, mais si elle a raison, ce qui est souvent le cas, notre mission se complique encore plus.

— On s'occupe d'abord de... ça, dis-je en montrant la fausse cage, et ensuite le consortium. On les cherchera quand on aura fini avec Gabriel et Lilith.

— Cela me convient, dit-elle en me souriant.

Chapitre 7

<u>Ange</u>

Normalement, le glamour disparaît si vous savez ce qu'il cache, malheureusement là ça ne fonctionne pas. À moins, que nous ne connaissions qu'une partie de la vérité…

Grâce à mon énergie, je confectionne une nouvelle épée que je plonge immédiatement dans l'illusion. Je sais que je viens de toucher la porte, pourtant la lame la traverse comme s'il n'y avait aucun obstacle.

« ***Comment ont-ils réussi à créer cela ?*** »

Daemon me pousse doucement, ses yeux irradient comme des lasers qu'il braque sur la porte chimérique.

— Je crois que j'ai compris, chuchote mon âme damnée. Tu penses que tu peux faire revenir ton énergie angélique ? me demande-t-il.

Ne connaissant pas la réponse à cette question, je me concentre pour appeler mon don, mais mes mains se recouvrent d'énergie verte. Merde ! Je peux encore jouer mon va-tout, enfin essayer…

« ***Mickaël, j'ai besoin d'un peu d'énergie céleste.*** »

Avant d'avoir terminé de penser cette phrase, une légère brise me frôle et mes mains se recouvrent de flammèche bleue.

« ***Merci.*** »

Je me retourne vers mon acolyte, tout en attendant une réponse de l'archange qui ne vient pas. Ses mains sont déjà rouges ainsi que ses yeux, ça me désarçonne un peu alors que mon cerveau m'envoie d'autres images prouvant que je l'ai déjà vu ainsi.

« *Comment peux-tu appeler de l'énergie infernale ?* »

« *Désolé mon ange, mais mon âme est loin d'être aussi pure que la tienne.* »

Mon âme est-elle si pure ? J'en doute, d'autant plus que j'ai été légèrement contaminé par de l'énergie des enfers...

« *Laisse tomber, mon ange, oublie ça. Bon nous allons saisir la poignée en même temps.* »

« *Tu penses qu'il faut la présence du bien et du mal pour pouvoir rentrer ?* »

« *Ils se croient malins, mais je ressens toujours mes deux anciens maîtres et je sais qu'ils sont les seuls à franchir cette porte.* »

« *D'accord, essayons.* »

« *Tiens-toi prête, il y a une grande puissance dans cette pièce.* »

« *Nous ne risquons rien.* » lui affirmé-je, pendant que je passe mon bras dans le glamour en tentant d'attraper une poignée irréelle. À l'instant où la main recouverte de flammes rouges se pose à côté de la mienne, le métal froid apparaît dans nos mains et la porte s'ouvre. Immédiatement, je me précipite à l'intérieur pour secourir le prisonnier, cependant je suis stoppée net dans mon élan. Je m'attendais à trouver une prison, au lieu de cela je suis dans un laboratoire. Mes yeux trouvent enfin ce que je suis venue chercher et un soupir de soulagement m'échappe, très vite remplacé par un hoquet de stupeur.

« *Putain, ce truc rabougri est vraiment Mickaël ?* »

« *Oui.* »

Moi aussi, j'ai du mal à reconnaître mon mentor dans ce vieillard fripé doté d'ailes amoindries aux plumes chiffonnées. Je m'approche doucement de lui, pour découvrir que de près le spectacle est bien pis. Il est aussi pâle qu'un mort et sa peau est parcheminée, mais ce qui m'inquiète le plus est l'état de ses ailes. Ses muscles alaires sont trop atrophiés pour qu'il puisse les déployer et son magnifique plumage a été remplacé par un pennage galeux. Or il va devoir voler pour partir d'ici puisque le portail est fermé. Mais comment a-t-il réussi à m'envoyer un peu de son énergie alors qu'il est à l'article de la mort ?

« *Petit Ange, tu dois arrêter la machine et détruire tout le sang qu'ils m'ont prélevé.* »

J'étais tellement obnubilé par son état général, que je n'ai pas vu les tubes enfoncés dans ses bras.

— Putain, qu'est-ce qu'ils vous ont fait ?! s'exclame Daemon en essayant de lui retirer les aiguilles qu'il a dans les veines sans le blesser davantage.

Mickaël ouvre la bouche pour lui répondre, mais se ravise dans un soupir d'épuisement.

« *Ils voulaient alimenter des démons avec mon sang afin de créer une armée quasiment indestructible.* »

« L'armée de l'équilibre. »

« Probablement. »

Un frisson d'horreur remonte ma colonne vertébrale à cette idée. Combien d'ignominie ont-ils perpétrée dans ce laboratoire ? Certains de leurs essais ont-ils abouti ? Mon regard se tourne vers ma moitié démoniaque.

*« **Sommes-nous les résultats de leurs expériences ?** »*

*« **Moi, probablement, mais pas toi, mon ange, et c'est pour ça que tu es si puissante.** »*

Je ne sais pas si je dois le croire. Cependant pour l'instant, je vais m'accrocher à sa théorie, de toute façon je n'ai pas de temps à perdre, nous avons une mission à terminer.

— Ils ont déjà pris du sang ou tout est là ? questionne mon acolyte.

*« **Tout est là.** »*

*« **Vas-y, fais-toi plaisir, crame tout.** »*

— Mickaël, tu es trop affaibli pour voler. Est-ce que te redonner ton sang pourrait t'aider ? l'interrogé-je, plein d'espoir avant de tout faire brûler.

« Non, il ne me sert plus à rien. »

« Et merde. »

Oui, c'est ce que j'allais dire aussi. Tant pis, nous allons faire autrement. Je pose mon index sur le premier bocal rempli d'un liquide épais à la couleur lie de vin, immédiatement il s'enflamme. Heureuse du résultat, je réitère avec les autres bocaux.

« Comment as-tu réussi à brûler mon sang ? »

« Elle aime tout faire flamber. »

Je fais une grimace à ma moitié tout en regardant les autres bocaux présents dans la pièce. Impossible de savoir ce qu'ils contiennent parce qu'ils ne sont pas étiquetés.

« Non, ce que je veux dire, c'est que mon sang est comme moi, immortel. »

Un sourire apparaît sur le magnifique visage de mon mec et je sais que j'affiche le même.

Nous pouvons détruire Gabriel !

« On fait quoi de Mickaël ? »

Je ressens l'excitation qui a gagné Daemon, elle court aussi dans mes veines et remplace petit à petit la paix qui m'habitait. Il a raison, nous devons rapidement trouver une solution pour le blesser et rejoindre le consortium. Je ne sais pas exactement comment faire, mais j'ai une idée. Depuis un moment, il y a quelqu'un de très puissant dans le ciel. Je vais essayer de le contacter et, si je ne me trompe pas, il devrait m'entendre…

« J'ai besoin d'aide pour faire sortir Mickaël d'ici, il est blessé. »

« Putain, tu fais quoi ? »

Une lumière verte inonde la pièce, avant de s'éteindre pour laisser place à Raphaël.

— Seigneur ! lâche-t-il. Qu'est-ce qui t'est arrivé, mon frère ?

Je n'entends pas la réponse et il est impossible de lire les expressions sur le visage d'un archange, ils en sont dépourvus, pourtant Raphaël se fige un instant avant de passer sa main au-dessus du visage de son « frère ». Une pluie de paillettes vertes scintillent à un centimètre de sa main, qu'il éloigne rapidement de Mickaël.

— Je ne peux pas le soigner ici, m'annonce-t-il. Je l'emmène, mais je vais avoir besoin d'un coup de main pour le remettre debout.

Daemon soupire en se dirigeant vers le plus puissant des archanges. Dire qu'il devrait être le seul en mesure de nous anéantir si nous déconnons, alors que, pour le moment, c'est nous qui pourrions le détruire. Ce constat déclenche un feu dans tout mon corps, c'est plus profond que la colère ou l'excitation d'en découdre avec nos ennemies... Poussée par mon instinct, j'attrape la main de mon ancien maître et lui balance une onde de mon pouvoir.

— Haaaaaaaa !!! crie-t-il quand ses muscles reprennent vie en se regonflant comme un ballon de baudruche dans lequel on vient de souffler.

Ses yeux reprennent leur couleur ainsi que sa peau. Je pense qu'il est sauvé...

— Mon Dieu, qu'es-tu au juste ? me demande le soigneur de Dieu, horrifié. Que tu puisses me soigner était déjà étonnant, mais que ton énergie puisse alimenter celle de Mickaël est inconcevable !

— Elle est l'archange la plus puissante qui existe sur la Terre et dans les cieux, la guerrière à la tête des armées de l'équilibre et ma moitié.

Ça répond à votre question ? lui lance mon âme damnée avec un sourire satisfait.

Les deux archanges hochent la tête dans un ensemble parfait, ils ont l'air abasourdis.

« J'ai toujours cru en toi, petit ange, j'étais certain que tu pouvais faire plus que ce que nous voulions de toi. »

— Il est temps pour vous de partir, nous devons finir notre mission, dis-je pour les congédier, ainsi que m'épargner une discussion qui n'a plus lieu d'être.

— J'emmène Mickaël en lieu sûr puis je reviendrais pacifier le bâtiment. Je ne sais pas comment vous vous y êtes pris, mais toutes les sécurités ont explosé peu avant que vous m'appeliez. Du coup, je peux m'occuper des derniers gardes pendant que vous vous occupez de la réunion.

— Ça me va ! grogne Daemon, pendant que les deux ailés disparaissent.

Par une fissure que l'explosion des sécurités a sûrement faite, j'aperçois le couloir par où nous sommes arrivées. Avec une boule d'énergie, Daemon l'agrandit.

« C'est trop dégueu pour repasser par le cerbère… »

« Bien d'accord ! »

Je vérifie que mon armure est toujours en place en enjambant les restes du mur et prends la direction de la salle de réunion tout en créant huit piques et cinq boules d'énergie que je fais tourner autour de moi comme des satellites. Le Calme m'envahit de nouveau et c'est en paix que je me dirige vers l'affrontement final. Alors que nous avons parcouru la moitié du couloir, je détache la plus grosse des boules d'énergie qui tournent autour de moi. Sans un regard en arrière, je l'envoie dans le laboratoire percuter de plein fouet l'étagère qui contenait plusieurs bouteilles de produit chimique inflammable.

Daemon

Je dresse un mur d'énergie derrière nous pour former un bouclier, juste au moment où l'explosion fait trembler la structure du bâtiment. Nous accélérons le pas, car le sol se fendille sous nos pieds. Je me retourne pour voir les dégâts, une brèche se crée dans le béton qui commence à s'effriter.

— Cours ! ordonné-je. Le bâtiment est en train de se couper en deux.

On est en sécurité lorsque tout un pan de la façade s'écrase sur le trottoir en contre bas.

« *Toujours en vie ?* »

J'ai l'impression qu'une centaine de voix viennent d'envahir ma tête pour s'enquérir de notre état.

« *Nous arrivons à la réunion.* »

« *Où en êtes-vous ?* »

« *La rue est à nous.* »

« *Le ciel est à nous.* »

« Les sous-sols sont à nous. »

« Putain de merde qu'est-ce qui s'est passé ? Cette saloperie de portail est détruit ! »

Je me marre en imaginant les démons fulminer d'avoir perdu un deuxième accès à la Terre à cause de nous.

« Mon Dieu, qu'avez-vous fait du portail ? »

Il faudra qu'on m'explique pourquoi les célestes tiennent tant à leur portail alors qu'ils ont des ailes et voyagent comme ils veulent.

« Les chasseurs n'ont pas d'ailes, gardien, et vous non plus. »

« Putain Raphaël ! Je crois t'avoir déjà dit de ne pas venir traîner dans ma tête ? Si tu ne veux pas que je te déplume avant de te faire rôtir ! »

Pour être sûr qu'il comprenne le message cette fois, je lui envoie des images des orgies adorées par Lilith[50] ainsi que des tortures que l'on m'a fait subir.

« Comment peut-on faire de telles horreurs et les faire endurer à des êtres vivants ? »

« Les humains le font aussi et Gabriel ne s'en est pas privé… »

Pour prouver mes dires, je fais défiler les images de la mort de mon ange.

« Gabriel est à moi, il va devoir rendre des comptes à ses pairs ! »

---

[50] Succube. Première femme d'Adam. Princesse des démons

« Si Ange a raison, c'est avec quelqu'un d'autre qu'il va devoir s'expliquer. »

« Je ne comprends pas. »

« Elle sait où sont nos anciens. »

« Elle a trouvé le Seigneur et Satan ? »

« Oui. »

J'entends plus l'archange, mais une étrange allégresse me traverse ainsi qu'Ange. Cette sensation semble parcourir la planète et un sentiment de joie reste en suspens dans les airs.

« Qu'est-ce qui se passe ? »

« C'est Raphaël, qui va s'occuper de Gabriel. »

« Pas toi ? »

« Non, il va le ramener à notre créateur dès qu'il sera libre. »

« D'accord, c'est cela qui rend le monde heureux. »

« Ouais. »

On monte un escalier en silence, je m'attends à tout moment de me trouver nez à nez avec un monstre, mais plus aucun obstacle ne nous empêche d'atteindre le dernier étage.

« Mon cœur, je pense que nous devrions faire disparaître l'emblème qui recouvre nos plastrons. »

« Pourquoi ? »

« Ils ne se soumettront pas, alors gardons un atout majeur en réserve. »

Elle a sûrement raison, on ne sait pas ce qu'on va devoir affronter, alors garder quelques secrets peut nous aider. Je me concentre pour effacer l'arbre qui orne mon ventre comme l'a déjà fait ma moitié. Une sensation de manque me saisit, c'est comme si j'avais perdu un être aimé.

L'arbre fait partie de nous…

« Bon… nous y sommes presque, es-tu prêt ? »

« Oui, j'ai hâte même. »

Elle s'arrête devant une porte ouvragée et prend son épée. Nous y sommes… C'est ici que le consortium et ses supercheries prennent fin. J'attrape mon ange par la taille, l'attire à moi et l'embrasse à pleine bouche. Elle se love contre moi et répond à mon baiser avec passion. Je la repousse doucement et plonge dans ses yeux en ouvrant en grand mon âme, car, même si on ressent les états d'âme de notre moitié, j'ai besoin de partager ce que je ressens avec elle. Pendant quelques millisecondes, je lui montre mon amour, mais aussi mes craintes, car on ne sait pas ce qu'il peut se passer ici ni ce qu'on va devenir après cette bataille.

— Je t'aime aussi, me chuchote-t-elle. Et souviens-toi, mon cœur : « *Nous sommes tout, nous sommes unis, nous ne faisons qu'un !* »

— Ne l'oublie pas non plus, mon ange.

Elle me sourit et je pose un dernier baiser sur ses lèvres avant de défoncer la porte d'un coup de pied. Le battant percute le mur dans un fracas assourdissant avant d'envoyer des morceaux de bois et de crépi un peu partout.

— Comment oses-tu venir perturber une réunion du consortium ? braille Lilith, en se levant d'un bond.

Mon regard émeraude détaille chaque connard assis autour de la table de conférence. D'un côté, il y a Lilith et deux démons de niveau deux. De l'autre, Gabriel accompagné de deux anges de « Dominations [51] ». Et en bout de table, là où devraient se trouver les sages, siègent trois humains. Un tour dans leurs têtes m'apprend que le premier est un avocat, le second est le président d'une banque international et le dernier le ministre de je ne sais quel pays. Je ne perçois aucune sagesse dans leur esprit, rien que du profit. Seul le ministre semble croire qu'il va pouvoir aider les Hommes en s'alliant aux autres. Le pauvre, il va rapidement déchanter...

— Nous enfreindrions effectivement toutes les règles de l'équilibre si c'était une vraie réunion du consortium, mais comme aucun de vous n'a le droit d'être ici... Techniquement, nous ne sommes pas en faute, déclare solennellement mon ange. Par contre, j'aimerais que vous m'expliquiez ce que, vous, vous faites dans cette salle.

Les humains ne comprennent plus rien. On leur a fait croire qu'ils font réellement partie du... « gouvernement divin » ? C'est quoi cette débilité ! Putain, ce qu'ils sont naïfs, ceux-là.

---

[51] Ange du second niveau. Ils transmettent les commandements de Dieu. Ils instruisent quand le doute et le découragement s'installent.

Gabriel se lève doucement, les yeux braqués sur nous. Je sens sa puissance nous frôler, cependant il n'arrive pas à nous atteindre. Ange procède de la même façon et Gabriel se rassoit précipitamment sous le choc.

« Ben, ouais, mec ! Va falloir t'y faire, elle est plus puissante que toi ! »

Son regard assassin me fixe avec haine, ce qui est la preuve qu'il m'a très bien entendu.

Chapitre 8

<u>Ange</u>

Gabriel n'a plus l'air aussi sûr de lui, il regarde partout comme s'il cherchait une issue de secours que, de toute façon, il ne trouvera pas. Avec un archange et deux ex-chasseurs sur ses traces, cette pourriture n'ira nulle part et il vient sans doute de le comprendre, car il s'avachit sur sa chaise en fixant le sol. La succube, elle, n'a pas encore réalisé que son règne vient de finir. Royalement, elle se lève et nous toise.

— Je suis Lilith[52], première compagne d'Adam. Il est évident que ma place est ici, déclame-t-elle.

Je ne laisse pas à Daemon le temps de réagir, Dieu seul sait ce que cet affrontement pourrait donner, et encore…

— Tu es surtout un succube malfaisant, qui a décidé de monter en grade en s'appropriant la Terre sans l'accord de son supérieur. D'ailleurs, Belzébuth t'attend, il est impatient de connaître ta version des faits.

— Et tu crois que c'est toi, petit ange, qui vas me renvoyer en enfer ! ricane-t-elle en se servant volontairement du surnom que Mickaël m'a donné pour me faire comprendre que c'est elle qui le détient.

---

[52] Succube. Première femme d'Adam. Princesse des démons

— Peut-être, à moins que je ne laisse ton ancien esclave en finir avec toi, répudiée ! dis-je en appuyant sur le dernier mot.

Son visage devient un rictus hideux et ses yeux prennent feu.

— Je t'interdis de m'appeler ainsi !! crie-t-elle en essayant de bloquer sa transformation. J'ai trahi mon épo…

— Oui, oui, oui, si tu le dis, ricané-je, en amassant encore plus d'énergie. Vous trois, dehors ! ordonné-je, aux humains pour les mettre à l'abri, en coupant la parole à la créature mi-femme mi-démon qui nous fait face.

Le ministre ne demande pas son reste, se lève promptement et prend la fuite en récitant des « *Notre Père* » avec ferveur. Le banquier hésite quelques secondes, mais finit par détaler aussi. L'avocat regarde Gabriel, toujours vautré sur sa chaise puis Lilith.

— Vous m'aviez promis quelque chose ! s'exclame-t-il. J'exige d'être payé ! hurle-t-il.

Je n'ai pas le temps de bouger, qu'un jet d'énergie rouge le percute. Son corps se recroqueville comme celui d'un vieillard et finit par tomber en cendres alors que l'avocat hurle de douleur. L'exécution n'a dû prendre qu'une seconde. Je n'arrive pas à intégrer ce que je viens de voir. Elle a anéanti un humain en un battement de cil…

Daemon lui envoie immédiatement une boule d'énergie, qu'elle esquive.

— Je suis ton maître, sale traître ! Tu n'as pas le droit de t'en prendre à moi.

— Je ne suis plus ton vassal ni celui de personne, ajoute-t-il en regardant Gabriel qui ne semble même plus être avec nous.

Lilith essaie de rassembler de l'énergie, mais elle s'y prend trop tard, j'ai déjà tout pris et j'en ai profité pour saturer la salle avec la mienne pour les empêcher de se régénérer.

— Nous avons assez joué, soufflé-je. Je suis Ange Mickaëls et voici ma moitié, Daemon Liths. Nous nous sommes affranchies de nos maîtres en devenant des Archanges. Au nom de l'équilibre, nous vous demandons de vous soumettre afin d'être jugé par vos pairs.

— Vous êtes des abominations, crache l'un des deux angelots, sous le regard pervers d'un Gabriel bien réveillé. Nous n'avons aucune raison de vous obéir, siffle-t-il en nous défiant du regard.

— Bon, tu avais raison, mon ange. La manière douce ne fonctionne pas, essayons la manière forte ! Et comme dit l'adage : Dieu reconnaîtra les siens…

Dans un bel ensemble, nous posons nos poignets marqués du sceau de l'arbre de la connaissance du bien et du mal sur nos plastrons. Aussitôt, l'arbre reprend vie à l'avant de nos armures en secouant son magnifique feuillage.

— Nous sommes les gardiens de l'équilibre ! Soumettez-vous ou périssez ! nous exclamons-nous avec force et conviction.

Les six traîtres semblent légèrement ébranlés par notre tirade. Les quatre sous-fifres se consultent du regard quelques secondes, puis des flammèches apparaissent dans le creux de leurs mains, m'informant qu'ils vont attaquer.

Leur stupidité n'a pas de limite...

— Nous sommes plus nombreux que vous, lance un des anges avec sarcasme.

« Ils vont... »

Daemon a à peine le temps de prononcer un début de phrase pour m'avertir, et nos ennemis commencent juste à confectionner des boules d'énergie que les miennes foncent déjà sur les quatre subalternes. Chacune d'elles atteint sa cible qui s'enflamme immédiatement. Les deux démons, dévorés par les flammes, hurlent des obscénités, dont j'avoue ne pas forcément connaître le sens. Quant aux anges, c'est un spectacle édifiant qu'ils nous offrent, bien malgré eux. Le feu consume leurs plumes à une vitesse hallucinante, alors que rien d'autre ne s'est enflammé. Lorsque la dernière plume disparaît, une grande lumière verte nous aveugle et les deux angelots sont emportés dans un cri de terreur.

« Raphaël. »

— Raphaël ! s'exclament en chœur l'archange et le succube.

Je peux sentir la peur et la colère qui les habitent. Leurs plans sont tombés à l'eau et ils n'ont plus d'échappatoires, l'enfer ainsi que les cieux les appellent. Ce que j'attendais arrive enfin, leur haine se retourne contre nous. Dans moins de cinq secondes, ils vont nous attaquer et nous allons pouvoir renvoyer la princesse des enfers à ses enfants.

« Ça y est. »

Je sens enfin les premières étincelles de leurs pouvoirs se matérialiser. Mentalement, j'envoie les piques d'énergie qui flottent au-dessus de moi sur les faux chefs du consortium. Les deux premières se plantent dans les épaules de Lilith, je pousse sur mon don et cette dernière est projetée contre le mur le plus proche. Les pointes déchirent sa chair démoniaque et se plantent dans le béton, la clouant littéralement à la cloison. Un liquide visqueux de couleur indéfinissable dégouline de ses plaies. Gabriel a eu plus de chance, ce sont ses ailes que j'ai immobilisées, en les fixant au mur. Juste avant que les autres piques traversent leurs mains, Lilith envoie une salve de boules d'énergie sur moi, mais mon âme damnée les intercepte avant qu'elles ne nous atteignent. Ma colère réapparaît comme un tsunami emportant le Calme et faisant bouillir mon sang, à moins que ça ne soit celle de Daemon… Je capte son regard qui a retrouvé sa couleur ambre.

« Calme-toi mon cœur. »

« Je n'y arrive pas, aide-moi mon ange, sinon je vais faire une connerie ! »

Il y a quelque chose qui cloche, Daemon a toujours eu une maîtrise totale sur son pouvoir, alors pourquoi …

— Merde ! m'exclamé-je, en comprenant ce qui se passe.

De longues aiguilles vertes sont déjà en train de s'envoler de mes mains en direction de l'ancien maître de ma moitié. Dès que la première perfore l'épaule de Gabriel, la respiration de Daemon redevient régulière et le Calme réapparaît lorsque tous mes projectiles ont atteint leur cible. Dorénavant, le traître ressemble à un hérisson ailé avec les douze piques qui le transperce.

— Tu es pathétique ! Regarde ce que je fais de tes aiguilles d'énergie, rit la mère des enfers. Ça ne me retiendra pas longtemps...

Elle a raison, mon énergie commence à s'effriter là où elle est en contact avec son sang. Dans moins d'un quart d'heure, elle sera libre et je ne sais pas comment la retenir. Daemon traverse la salle d'un pas rapide en dégainant son épée, sans le moindre effort, il lui sectionne la jambe gauche en coupant le fémur en deux. Le bas de la jambe se transforme en cendres avant qu'elle ne touche le plancher. Ce dernier est recouvert d'une flaque de sang acide qui fait cloquer le vernis en fumant légèrement.

— Je vous maudis !! hurle-t-elle, pendant que sa jambe repousse.

« Ne me dis pas qu'elle est indestructible... »

« Non, elle a déjà dû retourner en enfer, mais je ne sais pas pour quel genre de blessures. »

Soudain, je me souviens d'Abaddon[53]. Avec un rictus entre joie et méchanceté, je l'arrache du mur par télékinésie et la balance par terre

---

[53] L'ange destructeur, chef des démons de la septième hiérarchie. C'est l'ange exterminateur dans l'Apocalypse.

au milieu de la salle. Elle se redresse vivement en sentant le sol sous son dos, mais six nouveaux piques la perforent pour l'empêcher de bouger.

— Bientôt, il n'y aura plus de place pour nous dans le cœur des humains ! Nous ne pouvons déjà plus les influencer, car ils sont devenus plus retors que nous, explique-t-elle en plongeant son regard dans le mien. L'enfer est en train de devenir un paradis pour eux ! Putain, Ange écoute moi, au fond de toi, tu sais que j'ai raison. Les humains sont dévorés par l'argent, le pouvoir et la luxure ! Même les enfants ont perdu leur naïveté, vous n'aurez bientôt plus d'âmes à récolter, soupire-t-elle. Nous voulions juste revenir en arrière…

Son discours est loin d'être dénué de sens… Même si la méthode est discutable.

Ses arguments sont justes. L'humanité est en perpétuelle évolution et c'est vrai que, depuis un bon siècle, l'Homme s'éloigne de nous. Cependant, le créateur leur a donné le libre arbitre, c'est un cadeau merveilleux que personne n'a le droit de leur voler ! Même s'ils s'en servent à mauvais escient. Et puis, qui sait si le mal qui gangrène leurs âmes n'est pas dû aux malversations qui ont eu lieu dans ce bâtiment…

Daemon

Je ne suis pas certain de comprendre ce que l'autre garce vient de dire. Je ne connais pas grand-chose aux humains. J'en ai plus appris auprès de mon ange ces derniers jours, qu'en des décennies de chasse parmi eux. Cela dit, je vois bien que l'autre salope a perturbé ma compagne, et ça m'emmerde d'autant plus que je ne sais pas pourquoi.

« Putain, ne te laisse pas abuser par cette raclure ! »

« Pas de risque, j'essaie juste de comprendre ses motivations. »

« Domination du monde, esclavage des humains… tu as le choix. »

« Oui, je sais, mais nourrir des démons avec du sang céleste semble ne pas rentrer dans ce schéma. »

« Ouais, tu as raison, ça s'est plus élaboré ! »

— Ho ! J'ai oublié de te prévenir que nous avons libéré Mickaël, il est très en colère…

— Qu'importe, il sera mort ce soir, soupire l'immondice.

— Je ne crois pas non, il a volé loin d'ici.

— Volé ! Certainement pas, il allait se flétrir jusqu'à n'être plus qu'un pruneau desséché, crache-t-elle.

— Et le sang c'était pour faire quoi ? demandé-je.

Son rire me vrille les tympans, ses yeux rougeoient encore plus de plaisir et des excroissances semblent vouloir sortir de son dos, elle se tortille pour leur laisser de la place.

— Ah, bébé. Ta perspicacité m'a manqué. Tu n'as jamais voulu obéir aveuglément, même lorsque je t'ai démembré ou arraché la peau.

Ma haine est grande, mais ce n'est rien à côté de ce que je sens bouillir en Ange.

— Ta gueule ! Désapprouvée, s'exclame ma moitié en jetant deux de ses pieux sur les protubérances naissantes de ses ailes que l'impact déchiquette. Je t'interdis de l'appeler ainsi !

— Péronne autant que tu veux, petit ange virginal ! Tu te sentiras moins forte quand mes légions deviendront l'armée de l'équilibre après vous avoir écrasé, siffle-t-elle avec suffisance.

« Nous avions vu juste, elle comptait prendre la tête de notre armée ! »

« Putain, elle est encore plus ravagée que je le pensais… »

« Quel genre de monstres donneraient des démons nourris au sang céleste… »

J'ai beau me creuser la cervelle, je ne trouve pas la réponse.

« Je l'ignore, je crois que ce n'est jamais arrivé. À moins que… moi… »

« Tu n'es pas un démon. »

— Ferme-la ! crie Gabriel depuis son mur. On a échoué, pauvre folle, pour nous c'est le purgatoire ad vitam aeternam, soupire-t-il.

— Je suis un démon, abruti ! Personne ne peut s'en prendre à moi. Ils ne sont que deux alors que mes troupes attendent mes ordres dans la rue.

C'est plus fort que moi, j'éclate de rire. Elle n'est pas possible… Selon moi, elle n'a jamais été saine d'esprit, mais, là, elle a complètement lâché la rampe.

— Vas-y, appelle-les… ricane mon ange, avec un sourire narquois. Alors, où sont-ils ?

Le feu dans ses iris ainsi que les braises menacent de déborder. Je sens qu'elle siffle ses légions, soudain son visage change légèrement d'expression. Elle relance un appel psychique, plus fort cette fois. Toujours pas de réponse… Gabriel, qui avait commencé à esquisser un sourire lorsqu'elle a parlé d'être sauvée, a repris son air abattu.

— Si nos guerriers mettaient aussi longtemps à nous répondre, je les virerais, tu ne crois pas, mon cœur ? soupire Ange en s'appuyant contre une chaise dans une stature embêtée.

— C'est clair, dis-je avec mépris, quand j'appelle, ils se manifestent tout de suite.

Le succube fulmine en continuant à siffler, en vain, ses chiens. Ange lui jette un regard de défis puis me sourit. Elle va enfoncer le clou enfin pas pour de vrai ! Quoique, c'est ce qu'elle a déjà fait…

« Elle nous entend ? »

« Non, mon ange, ce lien n'est qu'à nous. »

« Si j'appelle nos généraux, elle nous entendra ? »

« Pas vraiment, mais elle identifiera avec qui tu communiques puisqu'elle avait un lien avec eux. »

Un éclat de rire lui échappe, ce qui fait blêmir Lilith.

« Comment allez-vous ? »

« *Quelques pertes, mais bien moins que nous pouvions le redouter grâce aux ailés entre leur aide et leurs soins, nous n'avons eu que huit morts.* »

« *Je suis heureuse de le savoir. Eurynome,* [54] *comment vont Ab. et Humtaba ?* »

« *Tous deux blessés, mais en vie et prêt à vous rejoindre, si vous avez besoin d'eux.* »

« *Non, pas tout de suite, cependant restez sur vos gardes et surveillez la porte.* »

« *À vos ordres.* »

— NON !! hurle la reine des enfers. Je vous détruirais ! Je vous boufferais !! Mes chiens vous violeront avant de vous déchiqueter, je ressortirais bientôt et là…

— Elle me saoule ! s'exclame Ange en faisant apparaître un bâillon.

— Demande à Belzébuth [55] de venir la chercher, je ne supporte plus d'être dans la même pièce que cette abomination, grogné-je.

J'ai envie de me venger, envie de lui arracher la peau comme elle me l'a fait ainsi que bien d'autre morceau de son anatomie, mais, dorénavant, il y a au fond de moi une lumière qui me retient. Est-ce mon amour pour mon ange ? À moins que ce soit mon âme ou mon nouveau statut. Je l'ignore, ce que je sais, par contre, c'est qu'il y a plusieurs choses dans ma nouvelle vie que je ne mettrais pas en péril.

---

[54] Démon supérieur, prince de la mort.
[55] Le premier en pouvoir et en crime après Satan ; chef suprême de l'empire infernal

Même pas pour assouvir une vengeance qui ne me soulagera pas de toute façon puisqu'elle ne mourra pas de nos mains. Quelle que soit l'horreur qu'on lui fera subir, elle renaîtra toujours chez elle en enfer et finira par revenir sur la Terre. Notre seule chance d'arrêter l'agonie de l'humanité, c'est de libérer nos anciens Dieux et de leur redonner le pouvoir. Quant à nous, nous allons constituer une armée puissante pour maintenir l'équilibre et épauler nos Dieux. Voilà notre mission, tout le reste est secondaire, hormis « nous », bien sûr.

— Changement de plan, balance mon ange en se dirigeant vers le succube.

— Qu'est-ce qui se passe ?

— Le portail le plus proche n'est pas une option, donc nous devons la faire partir par nos propres moyens. Je m'en occupe ou tu veux le faire ?

Je réfléchis un instant, je n'arrive pas à mettre le doigt dessus, mais je suis sûr qu'on a raté un truc. Soudain, Ange est près de moi, les yeux incandescents, des pieux dansent au-dessus d'elle alors qu'elle brandit son épée d'énergie. Je ne comprends pas ce qu'il s'est passé...

« Mon cœur, ça va ? »

« Oui, pourquoi ? »

« Tes yeux ont changé de couleur. »

« Putain de bordel de merde ! »

« Fais une bulle d'énergie autour de toi. »

« Ouais. »

Je me mets sous cloche pendant qu'elle avance vers Lilith, l'épée à la main. Elle approche la pointe de la lame qu'elle a de nouveau enflammée de son pouvoir à moins de deux centimètres du visage du démon.

— Tu ne peux pas me tuer, ricane-t-elle quand le bâillon disparaît.

— Possible, oui, par contre je peux te faire pire que ça, je peux te défigurer pour l'éternité.

Le sourire de la bête disparaît et ses yeux s'emplissent de panique.

— Je vois que j'ai réussi à capter ton attention. Où sont enfermés les anciens Dieux ?

Lilith ne semble pas comprendre la question. Je regarde Gabriel qui n'a pas changé d'expression. Est-ce lui qui a essayé de m'influencer quand j'ai voulu me souvenir qu'on doit sauver les Dieux ? Pourquoi pas, après tout, il a déjà fait pire.

— ARRÊTE ! crie Lilith alors que les flammes de mon ange lui lèchent la joue, je ne sais rien, je le jure sur les cornes du diable.

Elle attrape le visage de l'autre immondice et plonge son regard en elle.

— NON ! crié-je, trop tard.

Personne ne plonge dans la tête d'un démon, et surtout pas dans ceux de haut rang. Et puis il faudrait être complètement malade pour le faire avec Lilith… Malheureusement, je ne peux rien faire, une fois la procédure activée, elle est la seule à pouvoir en sortir.

« Mon ange sort de cette fosse à purin et reviens vers moi ! »
« Je vais bien et je sais ce que je fais. »

Chapitre 9

<u>Ange</u>

Je sens l'énervement de ma moitié maléfique, mais je pense réussir à maîtriser. De toute façon, c'est trop tard, j'ai déjà commencé à trier les faits qui m'intéressent tout en évitant ce que je préfère ne pas savoir.

La première chose que je rencontre est sa haine envers Ève. Encore aujourd'hui, elle est jalouse d'elle. Comment peut-on se complaire dans des ressentiments pendant des millénaires ? Cela me sidère.

La suite est faite de cris, de douleurs et de sang. Le sien et ceux de beaucoup d'autres, je m'extirpe rapidement de ces souvenirs pour en visiter d'autres. J'en survole plusieurs avant d'en trouver un qui semble prometteur. Il remonte à très longtemps…

Elle avait décidé de se faire passer pour un démon, de moindre niveau, afin de pouvoir intégrer le consortium. Elle avait fait tout ça parce qu'elle avait entendu dire que dorénavant c'était lui qui possédait le pouvoir. Donc elle s'y était rendue en camouflant son pouvoir et elle avait réussi, assez facilement, à rentrer dans la salle où nous nous trouvons aujourd'hui. Lors de cette réunion, elle comprit, avec un plaisir qu'elle avait peiné à cacher, que le pouvoir avait déjà été corrompu, pas énormément, mais suffisamment pour que Gabriel se soit octroyé des droits supplémentaires. Les jours suivants, ça devient une obsession, très vite elle se mit à fomenter des plans de plus en plus sombres pour qu'elle aussi puisse atteindre le pouvoir total sur ce monde qui selon elle, l'avait trahi. À la réunion suivante, elle se présenta à Gabriel et lui exposa ses projets machiavéliques de domination. Au départ, il la rejeta, ce qui la rendit folle de rage, elle se mit à massacrer un grand nombre de démons subalterne. Mais après plusieurs mois, Gabriel l'avait contacté pour engendrer un plan commun. La première étape fut de se débarrasser du maître chasseur des enfers qui avait refusé de la suivre. Mais pour cela ils devaient trouver un remplaçant, donc des unités complètes de démons et de célestes se mirent à la recherche d'un humain ayant les qualités d'un futur chasseur avec une âme noire. Leurs recherches n'aboutirent pas, ils essayèrent de corrompre l'âme d'un potentiel chasseur, mais, là non plus, ça ne fonctionna pas. Alors ils changèrent de plan. Pendant leurs recherches, ils avaient découvert une puissante guérisseuse qui en mourant deviendrait une maîtresse chasseuse.

Voilà comment ils ont scellé nos existences.

Le nouveau chasseur divin, qui ne plaisait pas à Gabriel, car trop perspicace, fut chargé de me tuer, puis a été manipulé pour rejoindre les enfers. C'est à partir de là que tout dérailla. La nouvelle chasseuse, en l'occurrence, moi, fut donnée à Mickaël et non pas à Gabriel, ce qui n'était pas le plan. Pour tester Daemon, Lilith fit massacrer un village par des Orcus, mais Mickaël m'y envoya avant que Gabriel ait eu le temps de me faire altérer. Sachant le danger que je représentais pour leurs plans, ils obligèrent des sorcières à amoindrir mes pouvoirs, malheureusement pour eux, seule ma capacité à me soigner fut bloquée. À chacune de mes missions, ils me plongèrent en stase pour tenter de m'implanter le sortilège qui empêche les autres anges de se retourner contre eux, en vain. Désespéré de devoir encore ralentir la progression de sa domination, Lilith[56] décida de me kidnapper pour que ses bouchers m'altèrent ou m'exécutent. Pour cela, elle laissa filtrer qu'une élue allait être tuée par un démon, je m'y rendis et en interrogeant « gentiment » le démon, je découvris ce qu'ils faisaient. Là, une dizaine de soldats infernaux me sont tombés dessus. J'ai donc été enfermée dans sa chambre de torture pendant qu'ils punissaient Daemon de ne pas vouloir tuer des humains. Il n'était pas loyal à Lilith à cause de l'altération que Gabriel lui avait implantée et qui, pour une raison mystérieuse, l'empêchait de devenir entièrement démoniaque.

Je l'ai sauvé, puis mis à l'abri dans l'entrepôt où je l'ai retrouvé et je suis partie raconter ma découverte à Mickaël, sauf que je n'y suis pas parvenue. Comme Gabriel ne pouvait pas me modifier, il m'a fait courir après des Orcus[57] pendant que les démons continuaient à massacrer des élus.

---

[56] Succube. Première femme d'Adam. Princesse des démons

[57] Monstre ressemblant aux gargouilles qui se nourrit de chair humaine. Le mot français est « ogre »,

Maintenant, je comprends mieux certaines choses. Je m'oblige à ne pas ressentir ce que tout cela m'inspire, sinon je vais lui griller le cerveau avant d'avoir trouvé les deux éléments qui me manquent encore. Je repars explorer ses souvenirs, cependant elle a décidé de m'en empêcher. Elle me dévoile les méandres de son cerveau perverti. Les horreurs qu'elle me montre sont insoutenables, j'essaie de m'en extirper, mais je suis embourbée dans une couche d'excréments nauséabonds qui me bloque sur place.

Je réunis mon pouvoir et le concentre sur ma voix mentale.

« *Stop !* »

Un cri de douleur suivi de plusieurs râles s'échappe d'elle pendant que j'atteins enfin ce que je veux.

Alors que leur plan aurait déjà dû être bien avancé, ils stagnaient lamentablement à cause des deux maîtres chasseurs, c'est-à-dire, nous, qui refusions d'obéir aux ordres. Gabriel avait même menacé d'éliminer Mickaël pour devenir mon chef. Quant à Lilith, elle avait déjà fait subir toutes sortes de tortures à Daemon pour le briser. Sans succès. Ils étaient dans l'impasse. Ce soir-là, à la réunion du consortium, qui n'avait plus rien à voir avec les réunions du début, ils eurent une très mauvaise surprise. Gabriel fut invité à rencontrer, immédiatement, les anciens Dieux. Lilith paniqua complètement en sachant qu'elle serait la prochaine, mais Gabriel la rassura et partit rencontrer son créateur. Il ne lui relata jamais comment c'était passé l'entrevue, par contre elle fut étonnée de ne pas être convoquée par la suite.

C'est donc Gabriel qui a emprisonné les Dieux.

Je m'extirpe de ce souvenir pour rechercher la dernière information dont j'ai besoin. Je découvre une communication mentale entre elle et Gabriel.

« *Tu n'es qu'un incompétent, ça fait plus de deux siècles que tu me promets de la tuer et au lieu de ça, elle a perverti mon chasseur en le transformant en archange. Je parie qu'ils vont essayer de retrouver les anciens Dieux, je ne me laisserais pas dépouiller de mes nouveaux pouvoirs pour être de nouveau enfermée en enfer !* »
« *Que comptes-tu faire, espèce de dégénérée perverse ? Nous avons échoué aujourd'hui, mais grâce à notre immortalité nous pourrons réessayer plus tard.* »
« *Je n'attendrais pas plus tard, depuis hier j'ai dans mon labo de quoi créer l'armée de l'équilibre contre laquelle nos Dieux ne pourront rien !* »

Voilà, c'est confirmé, mais quelle folie de vouloir se servir du sang de Mickaël. Cette aliénée mentale pensait qu'en nourrissant des démons avec du sang divin, elle accoucherait de notre armée. Il y avait beaucoup plus de chance qu'elle crée des bêtes à la recherche de sang, qu'une armée divine.

Être si vieille et si ignorante...

En quittant son cerveau, j'y envoie une décharge de mon pouvoir pour la faire dormir. Une fois entièrement de retour dans ma propre tête, je claque des doigts et le succube s'enflamme.

Ce n'est qu'à ce moment-là que je réalise que Gabriel n'est plus léthargique.

— Ferme ton esprit, sale garce cornue ! Empêche-la de lire en toi ou nous allons crever ! Je te jure que tu vas me le payer...

Il s'arrête au milieu de sa phrase lorsque le corps de sa complice devient poussières.

— J'étais sous son influence, je ne voulais pas faire ça, je n'ai jamais voulu tuer tous ces pauvres gens...

— La ferme ! hurlé-je, hors de moi en faisant apparaître un bâillon sur sa bouche.

Daemon me donne une barre chocolatée que je dévore avidement pendant qu'il me soutient contre lui.

« *Tu n'aurais pas dû faire ça.* »

« *Il le fallait, nous devions savoir pour le raconter aux autres.* »

« *Ça ne sera pas nécessaire, tu as projeté tes découvertes directement dans nos têtes.* »

« *Ce n'était pas prévu.* »

Je me dirige vers Gabriel pour lui soutirer la dernière info...

« Ange, puis-je venir chercher le traître ? »

« Non, pas encore, il doit d'abord me dire où sont les anciens Dieux. »

« D'accord, mais je n'attendrais pas encore très longtemps maintenant que j'ai vu ce qu'ils ont fait… »

« Oui je… »

Quelque chose vient de s'éclairer en moi. Je viens de comprendre.

« Raphaël, c'est bon, il est à toi. »

PLOUP

Gabriel a disparu dans un éclair vert.

— Ne me dit pas qu'il a réussi à s'enfuir, s'exclame Daemon.

— Non, pour son malheur, il a rejoint Raphaël et Mickaël.

— On fait comment, sans lui pour libérer Dieu et Diable ?

« Calme-toi mon cœur, respire et ferme les yeux. »

« Ce n'est pas le moment de faire de la méditation ! »

« S'il te plaît, fais ce que je te demande. »

Il soupire puis ferme les yeux en essayant de calmer les battements de son cœur. Voyant qu'il n'y parvient pas, je calme les miens, ce qui freine les siens. Il respire enfin tranquillement.

Soudain, ses yeux s'ouvrent en grand, ils irradient de pouvoir.

— Putain de bordel de merde !

Daemon

Elle a raison, on n'a pas besoin de l'autre emplumé pour libérer les Dieux. C'est dingue que personne n'ait compris.

— Selon toi, comment on fait ?

— Je ne suis pas sûre...

Ça, c'est nouveau.

— Mon ange, je suis certain que tu as une idée. Dis-moi.

Elle reste un moment silencieuse avant de faire les cent pas dans la pièce qui pue le sang et les chairs cramées.

« ***Eurynome*[58]*, Humtaba, Ab. où en êtes-vous dehors ?*** »

« ***Pacifié. Les prisonniers célestes ont été emmenés par Mickaël et les démons attendent de pouvoir franchir un portail.*** »

« ***Bien, vous avez fait du bon travail de l'extérieur, voyez-vous le rideau de puissance vert et rouge ?*** »

« ***Oui, la sécurité est de nouveau en place.*** »

« ***Y a-t-il des gens dans l'entrée ?*** »

« ***Non, après que vous soyez rentrés, ils ont tous fui.*** »

« ***Merci, nous n'allons pas tarder à arriver.*** »

— C'est quoi le plan ? demandé-je

— Nous allons faire exploser le bâtiment

— Quoi ? Ça ne va pas la tête !

— Je vais très bien.

---

[58] Démon supérieur, prince de la mort.

Elle se blottit contre moi et m'embrasse passionnément. J'oublie pour un instant la merde dans laquelle on est pour profiter de sa bouche.

— Allons-y, dit-elle en me prenant la main.

On monte à l'étage au-dessus puis entrons dans un cube de béton sans autre ouverture que la petite porte que je passe accroupi. En face de nous se trouve une étrange machine qui est la source du rideau de protection extérieur. Mon ange scanne la machine pour trouver l'énergie qui l'alimente.

— Elle s'auto-alimente, dit-elle en posant ses mains sur la surface lisse du côté droit.

— Et ?

Ma luciole magique est de retour, des arcs électriques courent sur son corps alors que des éclairs sortent de ses ongles pour pénétrer le métal de la machine.

— Je ne connais pas grand-chose en technologie, dis-je, réellement inquiet, mais il me semble que c'est dangereux d'électrifier du métal. Surtout si tu le touches.

— Il n'y a pas de risque, ricane-t-elle en continuant d'envoyer des éclairs sur la plaque.

« Ange, Daemon, on a un souci ici… »

« Que se passe-t-il Hum. ? »

« Ange, les célestes ont envahi le ciel et on sent que des démons se rassemblent dans les souterrains. »

« Je ne suis pas vraiment étonnée, ne t'inquiète pas, ils ne vont pas vous attaquer.

« Tu es sûre, parce qu'il y a un parfum étrange qui se dégage du bâtiment... »

« Plus nos Dieux deviennent forts, plus nous les ressentirons. »

« C'est ça que l'on sent ? »

« Oui et c'est ce qui attire tout le monde, encore un peu de patience. »

« D'accord, on vous attend. »

— Ils sont enfermés là-dedans ? demandé-je, incrédule.

— Leurs essences, oui. Je te rappelle, mon cœur, qu'ils n'ont pas d'enveloppes charnelles.

Merde, oui ! Elle a encore raison. Ils ne sont qu'énergie, qu'elle est en train d'alimenter.

— Viens, mets tes mains en face des miennes et envoies ton énergie dans la plaque.

— Comme toi, en continu ?

— Oui, j'ai fait une brèche, mais ils ont besoin de plus.

Je diffuse mon pouvoir dans la machine, mais mon inquiétude augmente de plus en plus. Que vont-ils nous faire ? Va-t-on être libres ou leurs esclaves ? À moins qu'ils nous éliminent...

— Charge-toi au maximum.

J'appelle de l'énergie pendant que ma luciole flotte à un centimètre du sol en éclairant comme un phare.

— Trois, Deux, Un…

On vide en une fois toutes nos réserves.

Je suis sonné, comme si j'avais pris un coup sur la tête, mais je me ressaisis, car la machine est éventrée et le sol sous nos pieds est fendu.

— Mon ange, on y va ! m'exclamé-je, en l'attrapant par le poignet.

— Attends ! dit-elle sans bouger. Ils sont à nouveau présents, mais toujours enfermés dans la boîte.

Je regarde la machine et vois qu'effectivement il y a un cube en une roche rougeâtre au centre des débris. Malgré toute l'énergie qu'on a envoyée, on n'a pas réussi à la briser.

« *Tu es sûre qu'ils sont réveillés ?* »

« *Oui, regarde.* »

Elle me tend le poignet que je ne tiens pas et je vois le symbole de l'arbre qui s'y trouve se couvrir de magnifique couleur. Il semble vivant, d'ailleurs soudainement, il s'ébroue avant de reprendre la pose. Je regarde le mien, lui aussi est vivant.

« *C'est…* » commencé-je à demander avant de m'interrompre, intimidé par le nom que j'allais prononcer

« *Je crois que oui, c'est son retour qui a fini de réveiller l'équilibre* »

— On y va, le bâtiment va s'écrouler.

— Nous ne pouvons pas laisser la boîte ici ! grogne-t-elle.

— Si on n'a pas pu l'ouvrir, personne n'y parviendra. Déclarons que cette ruine est le siège de l'armée de l'équilibre et bâtissons notre caserne autour.

— C'est une excellente idée, mon cœur. Nous allons faire cela.

Un morceau du plafond se décroche en emmenant une partie de l'escalier pour ponctuer sa phrase. Elle s'élance dans le couloir puis on atteint ce qui reste de l'escalier. Elle fait disparaître sa cuirasse ainsi que son épée et dévale les étages aussi vite que les éboulis et les trous nous le permettent. Le premier étage a quasiment disparu, j'ai beau chercher des yeux, je ne vois rien qui puisse nous permettre de descendre. J'attrape Ange alors qu'elle prenait déjà son élan pour se jeter dans le vide.

— Tu es suicidaire ou quoi ? grogné-je

— Non, dit-elle sérieusement, qu'est-ce que ça fait ? Huit mètres, cela ne devrait pas me tuer.

— J'y vais en premier et tu te sers de moi comme échelle, ça sera moins dangereux.

Elle soupire, mais se pousse pour me laisser de la place. Je me mets de dos au vide et je saute. Mes mains s'accrochent au reste de la dalle que le carrelage rend glissante. Je ressers ma main gauche afin de lâcher la droite avant d'arracher la faïence pour avoir un meilleur point d'appui.

« *Vas-y* »

Elle se met à genou devant moi puis se laisse glisser le long de mon corps jusqu'à être accrochée à mes chevilles. Il y a encore plusieurs mètres de vide sous ses pieds. Au moment où elle me lâche, j'envoie mon énergie pour servir de filet de protection. On atterrit, un genou à terre, dans un bel ensemble. Des gravats se détachent de la structure et s'écrasent à quelques pas de nous. Je me précipite vers le rideau métallique qui est tombé lorsqu'on est rentré pour le détruire et enfin quitter ce lieu de malheur.

« *Non, attends.* »

« *Quoi, encore ?* »

« *Regarde-nous, nous ne pouvons pas sortir dans cet état.* »

C'est vrai qu'on ne paie pas de mine. On est sales, ébouriffés, mais surtout désarmés.

Elle fait réapparaître son armure et la mienne. L'arbre qui les orne scintille de mille feux. Pendant que je m'extasiais sur notre blason, elle a de nouveau confectionné des épées ainsi que trois pieux d'énergie qui flottent en ellipse autour d'elle.

— La bataille est terminée, lui dis-je en regardant ses pieux.

— Nous devons toujours être prêts, même nos hommes peuvent nous attaquer. Nous devons leur donner matière à réfléchir à leurs actes, chaque fois qu'ils posent les yeux sur nous ils doivent se rappeler que nous sommes trop forts pour eux.

Comme toujours, elle a raison. On ne doit jamais leur laisser penser qu'on pourrait avoir des faiblesses. Je l'embrasse fougueusement puis nous faisons exploser le rideau et sortons sur le parvis.

Chapitre 10

<u>Ange</u>

À l'instant où nous apparaissons sur le parvis, nos troupes posent un genou à terre en baissant la tête, immédiatement imitée par les transfuges qui ont demandé notre protection. Le ciel est assombri par tous les ailés qui y volent. Brusquement, plusieurs d'entre eux descendent en piqué vers la rue où ils se posent avant, d'également poser un genou à terre.

« Mon cœur, contemple notre armée. Lorsque nous aurons insufflé notre pouvoir en eux, ils seront loyaux à l'équilibre. »

« Pas si on garde Ab. »

Je suis suffisamment proche des pensées de notre sous-commandant pour savoir que Daemon a raison.

« Ange, je suis soulagé de te voir, je craignais que ta moitié t'ait livré à sa maîtresse. »

« Tes mots sont du poison, mais par chance je suis immunisée contre eux. Je ne te le redirais pas, soit tu nous sers tous les deux, soit tu retournes en enfer pour l'éternité. »

« Je te sers toi, parce que je n'ai pas confiance en lui. »

« Il est ton commandant alors respecte-le. »

« Oui ma reine. »

Ma reine ! Grrr… Je vais devoir lui faire passer son habitude de m'appeler ainsi. Nous avons fait une erreur en le prenant avec nous, mais à ce moment-là nous avions besoin de lui.

« Merci, mon ange, de m'avoir fait écouter. »

« Je pense que nous devons proposer à Hum. le poste de second. »

« Oui, comme ça quand j'étriperai l'autre enflure, la ligne de commandement ne sera pas affaiblie. »

Ha, mon diplomate !

Il y aura encore des jours sombres pour l'équilibre. Mettre en place une armée constituée de démons et d'ailés va obligatoirement poser des problèmes. Séraphina et Edraim se relèvent et avancent vers nous. À quelques pas, elles reposent un genou à terre.

— Gardiens de l'équilibre, nous demandons l'autorisation de rejoindre votre armée ainsi que nos soldats.

— Faire le choix de l'équilibre est définitif. Vous ne pourrez pas revenir en arrière, expliqué-je, alors que d'autres anges avancent vers nous.

— Nous aussi, nous aimerions vous rejoindre, dit un grand ange blond.

— De qui dépendez-vous ? demandé-je, connaissant déjà la réponse.

L'ange ébauche un sourire, mais ne me répond pas. Pas besoin, je le reconnais, d'ailleurs son visage devient dur.

« Qu'est-ce qui se passe ? »

« C'est le bras droit de Gabriel. »

« Il n'est pas gonflé celui-là ! »

« Si nous les enrôlons, ils échappent aux questions de Mickaël. »

Quelque part, je peux comprendre, moi aussi, je détesterais devoir expliquer pourquoi j'ai laissé mon maître tuer des innocents avec le succube.

« Petit ange, puis-je vous rejoindre pour procéder à la mise aux arrêts des troupes du traître ? »

« Mickaël demande le droit de venir chercher les subalternes de Gabriel. »

« Ça va être drôle, qu'il vienne. »

« Avec plaisir. »

— Vous voulez vous joindre à nous ? demandé-je en regardant Seraphina et Edraim.

— Oui, gardienne !

— Alors, mettez les troupes de Gabriel aux arrêts.

— À vos ordres ! clament-elles ensemble.

— Hum, aide-les.

Les ailés et nos troupes encerclent les nouveaux venus qui essaient de s'envoler pour leur échapper. Ils ont à peine quitté le sol que leurs ailes se consument et finissent par disparaître.

— Au nom de l'équilibre, nous vous arrêtons pour vous remettre à Mickaël !

Ce dernier apparaît sur ces mots.

— Vous avez fait du bon travail, nous dit-il en avançant vers les prisonniers. À genoux, traître !

Certains des ailés s'y mettent instantanément, alors que les autres, le regardent avec arrogance. Il les fixe les yeux incandescents, ce qui fait capituler la plupart des captifs, mais cinq sont encore debout.

— Tant pis pour vous, soupire le grand guerrier divin. Le purgatoire vous fera sans doute du bien.

Une lumière saphir éclaire la rue avant de disparaître pour laisser deux personnes au pouvoir immense se matérialiser. Immédiatement, je m'incline ainsi que tous les ailés présents.

« *Qui est-ce ?* »

« *Uriel et Saint-Pierre.* »

Aussitôt, il s'incline.

Saint-Pierre s'approche de nous et de sa voix divine, qui d'habitude ouvre les portes du monde céleste, nous appelle :

— Gardiens ! Qu'allez-vous faire pour notre seigneur ?

— On va reconstruire le bâtiment autour d'eux, clame Daemon, on en fera notre caserne. Il y aura un portail pour que chacun puisse venir auprès de nos anciens Dieux.

L'ancien apôtre nous sonde du regard de longues minutes puis acquiesces avant de se tourner vers la ruine dernière nous qui commence déjà à se reconstruire.

Uriel s'incline devant nous avant d'émettre un son entre sifflement et grincement.

— Vous, vous venez avec nous, dit-il alors que la lumière saphir recouvre les prisonniers et les fait disparaître.

— Je vous laisse, vous avez beaucoup de travail, dit Mickaël accompagné d'un clin d'œil avant de s'envoler.

Daemon

« *Que vont-ils faire de ces connards ?* »

« *Ils vont les sonder, ceux qui ne savent rien seront réaffectés, les autres passeront plusieurs siècles au purgatoire.* »

« *Ça me va.* »

« *À moi aussi.* »

Une étrange vibration émet soudain dans ma tête me faisant sursauter, je me retourne vers le bâtiment entièrement reconstruit dorénavant. Je suis sûr que ce son venait de l'intérieur.

« *Un nouveau portail vient d'être mis en service.* »

« *On ressent les portails ?* »

« *Oui, je l'ai senti quand ils ont fermé l'ancien, pas toi ?* »

« *Non.* »

« *Alors, c'est le cadeau d'Edraim.* »

J'aime assez savoir qu'ils n'ont plus aucune prise sur moi et que je suis l'égal de mon ange. J'ai été un ange à qui on a fait faire des monstruosités, puis un démon qui a refusé d'en faire d'autres pour finir par devenir un archange.

Putain, ma vie était agitée, mais ce n'est rien à comparer de ma mort…

Et aujourd'hui, je suis le commandant des armées de l'équilibre. On est le sommet de la pyramide, autant du côté des célestes que des enfers. Le premier qui enfreindra l'équilibre aura à en répondre devant nous. L'humanité va peut-être enfin pouvoir vivre en paix et en sécurité. Malheureusement, on ne peut s'occuper que des affaires « surnaturelles », comme disent les humains, on n'a pas le droit d'interférer dans leurs conflits.

Quoique ça, c'est à voir…

J'espère que mon ange a conscience que je ne laisserais pas des humains se faire massacrer sans réagir, même si c'est par leurs congénères ! Je ne fais pas partie des Casques bleus…

« **VOTRE CASERNE EST TERMINÉE !** » tonne dans ma tête une « *voix* » que je ne connais pas. D'ailleurs, ce n'est pas à proprement parler une voix, on dirait plutôt la résonance du monde céleste.

« Merci, vous aurez toujours accès à la boîte où sont enfermés les Dieux. »

Une allégresse se propage dans mon corps pour exploser dans mon cœur. Je ressens les pulsations que le ciel et le monde souterrain envoient à travers les océans. Immédiatement, la planète est parcourue par un vent d'espoir. Je ressens les croyants de toute foi, vibrer de courage et d'amour. Dire que c'est merveilleux est au-dessous du compte, c'est aussi époustouflant que le spectacle de ces fleurs qui s'ouvrent quelques minutes, dans le désert après une ondée…

Cette ferveur s'abat sur nous, la déferlante est tellement puissante que mon ange lâche ses armes avant de tomber à genou. Je lutte, mais je finis par m'écrouler aussi. Une nouvelle chaleur m'envahit lorsqu'elle atteint la prison de nos anciens Dieux. Rien n'a changé, pourtant le monde semble plus calme, plus serein. On doit vraiment trouver un moyen de les libérer, toute cette foi mérite d'être remerciée. Je me relève et tends la main à mon ange, je ressens son trouble et sa volonté de réussir, le monde a tellement besoin de nous que c'en est effrayant.

— Humtaba ! appelle-t-elle.

Il monte sur le parvis et s'agenouille à côté des deux anges.

— Gardiens ? demande-t-il.

— Devant les anges et les démons ici rassemblés, nous te faisons commandant en second, clame-t-elle. Enfin, si tu veux la place.

— C'est un honneur, gardiens. Je ne vous décevrais pas.

— J'en suis certaine, dit-elle en souriant. Nous ferons une fête plus officielle aussitôt que nous aurons installé tout le monde.

— Comment, ça, c'est lui le second ? grogne Ab.[59] en nous venant dessus.

— Votre reconnaissance me suffit, gardiens, dit-il en se relevant

---

[59] Grand-duc dans la monarchie infernale auquel soixante légions obéissent.

Augurant sûrement que l'autre tête de mule va faire une connerie, il s'interpose entre Ab et nous.

— Ab, retourne à ta place ! gronde le nouveau second.

— Toi, dégage ! rage-t-il, en bousculant son chef.

— Ailée ! Saisissez-le, ordonne notre second aux deux anges qui venaient de se relever avec l'air encore hagard.

Aussitôt, elles le chopent et l'allongent au sol. Ab. a beau se débattre, elles ne bougent pas d'un poil.

— Que voulez-vous que nous fassions de lui, commandant ? demande Séraphina, que Hum. regarde avec un désir non dissimulé.

« *Il ne nous manquait plus que cela.* »

« *Il découvrira rapidement que ce n'est pas une femme.* »

« *Je ne sais pas exactement ce qu'elle est ni ce qu'elle va devenir quand nous l'aurons métamorphosée.* »

« *On va devoir créer des règles si on veut garder le contrôle de nos troupes.* »

« *Oui, cela devient urgent.* »

— Lâchez-moi ! Vous ne savez pas qui je suis ! continue de persifler le prisonnier.

— Enfermez-le. Il y a des cages au sous-sol, nous informe mon ange.

« *Comment le sais-tu ?* »

« *Ne sens-tu pas que ce bâtiment est relié à nous ?* »

Effectivement, en me concentrant, je peux le sentir. Ça va nous aider pour sécuriser nos locaux et surtout la pièce qui va servir de sanctuaire aux anciens Dieux.

— Armée de l'équilibre ! clamé-je, en me positionnant près de la porte d'entrée. Votre demeure vous attend.

— Recrue potentielle, veuillez-vous approcher, dit Ange en se postant de l'autre côté du battant.

Lorsque nos hommes sont rentrés, je la rejoins. Les heures suivantes, elle sonde les esprits, j'incise la marque d'appartenance sur leurs épaules et elle insuffle une micro parcelle de son pouvoir en eux. Puis nous installons les nouveaux venus dans leurs quartiers. Mickaël a dû revenir chercher des partisans de Gabriel et de Lilith, qui pensaient pouvoir se cacher dans nos rangs.

Les dernières lueurs du jour vont s'éteindre lorsque nous pouvons enfin découvrir nos propres appartements. Je suis vidé, exténué et surtout inquiet pour la suite. Je me demande de quoi sera fait demain et si on a réellement une chance de libérer les prisonniers de la boîte. J'espère que oui, mais…

Toute pensée cohérente vient de se faire la malle, mon ange se plaque à moi en mordillant ma lèvre inférieure. Toutes mes questions peuvent attendre, de toute façon tant qu'on reste ensemble on est intouchables…

Épilogue

<u>Ange</u>

Mon âme damnée répond avec enthousiasme à mon baiser. Je profite de cet instant, car, contre toute attente, nous sommes en vie. Je ne pensais pas que nous avions réellement une chance d'y parvenir, même si nous n'avons pas complètement réussi notre mission puisque nos Dieux sont encore prisonniers.

En fait, pour être honnêtes, nous n'avons rien résolu. Ce n'est pas la première fois que Lilith[60] est renvoyé en enfer, bien au contraire. Et, comme à chaque fois, elle s'en échappera pour recommencer à comploter contre le pouvoir céleste et les humains. Sa soif de vengeance contre Adam et Ève est si grande qu'elle n'est pas prête à abandonner. Mais pour la première fois, cela va être différent, car elle va devoir nous affronter si elle veut perpétrer ses crimes. Seuls, nous sommes déjà plus puissants qu'elle, mais avec notre armée, nous sommes indestructibles.

L'avenir semble s'éclaircir pour la Terre et les humains, cependant, de gros nuages noirs s'amalgament déjà à l'horizon…

En commençant par Ab.

---

[60] Succube. Première femme d'Adam. Princesse des démons

Je pressens qu'il n'a pas fini de nous emmerder, comme dirait mon démon personnel.

« *À quoi penses-tu ?* »

« *Je fais la liste de tout ce que nous allons devoir gérer à court terme.* »

« *On verra ça demain, ce soir, il n'y a que nous !* »

Il a raison, je m'inquiéterais des envies de meurtre d'Ab. plus tard, ainsi que des légions qui vivent dans ce bâtiment.

« *Profitons de nous avant que les problèmes ne nous rattrapent.* »

Daemon se plaque contre moi tout en reprenant ma bouche d'assaut. Avant de le réaliser, je suis allongée sur notre lit… Immense lit dans lequel mon compagnon peut s'allonger en entier. Cet appartement est conçu pour sa taille, ce qui l'a ravi lorsqu'il l'a visité. Il dévore ma bouche avant de poursuivre sur ma gorge et descendre…

Des images envahissent soudain ma tête, je me relève d'un bond.

« *Armée de l'Équilibre debout ! Orcus en liberté à New York, déjà onze morts. Rendez-vous au portail dans cinq minutes…* »

𝔉𝔦𝔫

Remerciements

Merci à Leticia, mon éditrice, et à Encre de Lune de croire en mes délires. Tu as fait un travail incroyable pour rendre ce livre magnifique.

Thomas, en priorité, c'est pour toi que j'invente et écris toutes ces histoires.

« Les Archanges » est une aventure qui a commencé en 2017, grâce à toi. Marie. Merci, de m'avoir poussé vers l'écriture ainsi que de ton soutien au fil des années et des textes. Ton amitié m'est très précieuse, ainsi que les moments inoubliables que nous passons ensemble.

Laetitia, tu as rapidement rejoint le projet. Merci d'avoir osé me suivre, sans même me connaître, alors que je t'imposais mes exigences. Ton travail de bêta m'aide infiniment et nos conversations sont importantes pour l'amélioration de mes textes sans compter qu'elles ont créé notre amitié. Vois comme ton « ange » est beau !

Merci à Fabien, pour ton travail de bêta, pour ton soutien et surtout de croire en moi ainsi qu'en mes textes.

Merci à Estelle, à ma mère et à Isa, qui répondent toujours présentes lorsque j'ai besoin d'un avis rapidement.

Et merci à Sabine, Christine, Germain, Karina et Angélique. Mes lecteurs du début ainsi qu'à toutes les nouvelles.

Et un dernier merci à un ami, qui est un peu à l'origine de cette histoire avec sa phrase « Dieu a dû se faire la malle pour que le monde aille si mal ».

Biz à tous et à très bientôt pour d'autres aventures livresques…

Vanessa Cella